Y CAFFI

Y CAFFI

ALED LEWIS EVANS

GWASG PANTYCELYN

ISBN 1-903314-42-9

Dymuna'r cyhoeddwyr gydnabod cymorth
Adrannau Cyngor Llyfrau Cymru.

Argraffwyd yng Nghymru.

Cyhoeddwyd ac argraffwyd gan Wasg Pantycelyn, Caernarfon

Carwn ddiolch i Maldwyn Thomas, June Jones
ac Aled Job a holl staff Gwasg Pantycelyn am eu gwaith a'u
cymorth efo cyhoeddi *Y Caffi*.
Diolch hefyd i'r Cyngor Llyfrau am gefnogi'r gwaith,
Nia Wyn Evans am olygu, ac i gwmni Cowbois
am glawr trawiadol.

———

NODYN

Cyflwynir sgwrs ac ymson cymeriadau mewn dyfynodau.
Ond os ceir deialog o fewn ymson fe'i cyflwynir mewn
print trwm efo – yn ei ragflaenu.

CYMERIADAU YN NHREFN YMDDANGOSIAD

Lin – Arweinyddes ifanc giang y Caffi. Darpar-athrawes ar Gwrs ym Mhrifysgol Caerfantell. Enaid y Caffi.

Megan – Gweinyddes hynaf y Caffi, a fu'n gweini mewn amrywiol gaffïau yng Nghaerfantell.

Dai Owen – Hen ŵr bonheddig o'r Rhos. Cyn-athro Mathemateg sydd hefyd yn hynod o ddiwylliedig yn y Celfyddydau.

Glenda – Rheolwraig y Caffi.

Mrs Cwricwlwm Cenedlaethol – Athrawes sy'n gorchuddio byrddau y Caffi â'i hoff ddogfennau Cwricwlwm.

Rhish y Pish (Rhisiart Morgan) – Cyd-athro efo Mrs C.C. yng Nghaerantell.

Celt – Un o giang ifanc y Caffi gyda diddordeb angerddol mewn cerddoriaeth Geltaidd a meini Gorseddol!

Iestyn – Gŵr Lin. Athro Celf.

Noel – Un o aelodau'r giang ifanc, er ei fod ychydig yn hŷn na'r gweddill. O Ponciau yn wreiddiol, ond wedi mabwysiadu acenion ei deithiau i Lundain a Wigan a Manceinion.

Jessica Fardd – Barddes gelfyddydol ganol oed, ac aelod anhepgor o Glwb Sgwennu Caerfantell.

Roc Trwm – Un arall o'r giang ifanc. Myfyriwr Celf yng Nghaerfantell, aelod o ambell 'grŵp' a threfnwr ymweliadau â gigs amrywiol.

Marty – Tynnwr lluniau lleol ar gyfer y wasg tabloid.

Geoff – Mab Jessica sy'n dioddef o anhwylder meddwl.

Gwyneth – Diva y Caffi, aelod o gôr yr Eglwys a Chlwb Digymar.

Toi Boi – Partner Gwyneth.

Lucille – Merch Gwyneth.

Sadie – Gweinyddes ifanc yn y Caffi.

Corey – Un o edmygwyr y diva Gwyneth.

Alma – Gweinyddes yn y Garej Bedair awr ar hugain gerllaw y Caffi.

Shaz (Sharon Owen) – Gweinyddes ifanc y Caffi ar nos Iau, ac yn achlysurol ar adegau eraill.

Heulwen – Merch drin gwallt, sy'n trin gwallt rhai o giang y Caffi.

Trwynog ond Swynol – Gwreigan annwyl sy'n hoffi bod yn gyfredol â holl glecs y Caffi.

Carwen – Merch ifanc a ddaw i'r Caffi yn achlysurol. Mae'n ceisio denu sylw Cyfryng-gi er mwyn cael bod yn seren.

Weiran Gaws – Canwr sy'n gobeithio am enwogrwydd gyda Roc Trwm.

Zanzibar – Consuriwr yn y gwersylloedd gwyliau. Daw i'r Caffi pan fydd gartref.

Sophie – Mystic Meg y Caffi, o Langollen.

Jack – Un o hen fois Côr y Dur, a chyn-weithiwr yn y Brymbo.

Pippa – Y weinyddes ieuengaf sy'n dal i astudio Lefel A. Mae wedi dotio at Weiran Gaws.

Stormin' Norman – Darlithydd dadleuol ond hoffus yn y coleg cyfagos.

Llidiart – Ceidwad yr Oriel a'r Porthor ar Ganolfan y Caffi.

Croeseiriau – Hen ŵr ffurfiol sy'n hoff o gwblhau croeseiriau ar feinciau'r dref.

Sebastian – Assistant Ffrangeg yn y Coleg Chweched Dosbarth lleol.

Brigitte – Cyd-assistante Ffrangeg.

Deg Peint – Cyfaill i Alma yn y Garej.

Ziggy Spread'em – Cariad Roc Trwm a chyd-bendolciwr!

Adonis (Luke) - Y model Dylunio Byw.

Charlie – Perchennog Clwb cadw'n heini 'Cyhyrau'. Cyn-weithiwr dur o'r Brymbo.

Jan – Glanhawraig yng Nghwmni Fideo Cymunedol Caerfantell.

Jenks – Ceidwad y maes parcio ger y Caffi.

Daniela – Prif gogyddes y Caffi, o haul Môr y Canoldir yn wreiddiol.

Isabella Jones – Capelwraig o Ben-y-Cae.

Ross – Cariad Heulwen 'Gwallt'.

Benny – Un o gyn-gariadon Jessica Fardd.

Emyr – Dyn sbwriel y Caffi a'r Ganolfan.

Dolly – Hen wreigan goluredig.

Cyfryng-gi – Gweithiwr yn y cwmni fideo, a chydnabod i Carwen.

Pauline – Aelod blaenllaw o Glwb Ceidwadwyr Caerfantell. Brîd prin. Cyn-dywyswraig ym mhlasdy Iâl.

Y Cerddor Cudd – Cerddor a gitarydd clasurol lleol sy'n aelod achlysurol o giang ifanc y Caffi.

Bili Belffast – Gwyddel hoffus a fu'n gysylltiedig â chyffuriau, gan golli ei wraig yn y broses.

Mrs Wilcox – Hen wreigan sy'n gwmni nosweithiol achlysurol i Pauline.

Jim – Cyfaill i Dai Owen o Rhos sy'n ei gyfarfod yn y Caffi difie'r pnawn.

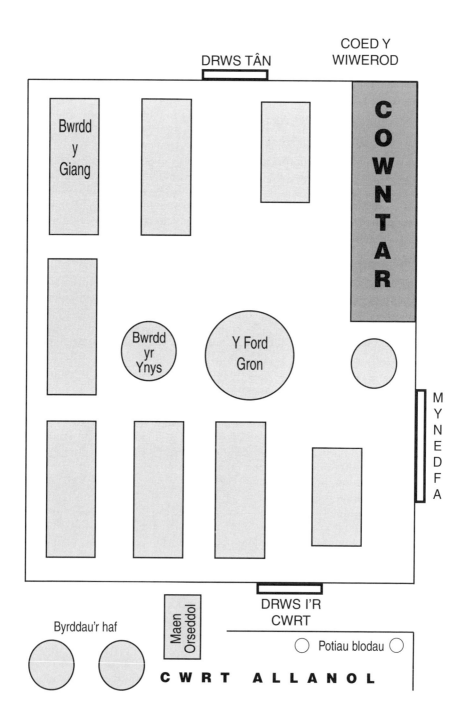

1

Lin oedd brenhines y Siop Goffi, nid am ei bod hi'n trio bod, ond achos ei bod hi'n bersonoliaeth mor arbennig. Roedd hi'n hoff o bobl ymhob man. Lle golau yn gadael llawer o oleuni i mewn oedd y Caffi, yn gweddu i'w phersonoliaeth gloyw hithau. Ond fe feddyliai Lin yn aml i ba le fyddai pawb yn mynd oddi yno fin nos i fwrw eu hiraeth ac i chwerthin? Pwy fyddai'n eu cynhesu nhw pan fo'r paneidiau coffi poeth wedi eu casglu a'u cipio o'u dwylo? Pwy oedd â'r wyneb i'w gyrru tuag adref i wynebu eu hunain? Dim ond Megan yn dod i gloi, ac olwynion bywyd ar eu taith yn troi a throi eto fyth. Megan y weinyddes hynaf efo'r chwerthiniad isel annisgwyl o ddynol.

"Mae popeth yma yn fwyd cartre hyd y bo modd – hyd yn oed y bobl!" Roedd cysur yn ei llais fel un a lithrodd ei hun i ganol y gors rhywdro ac a ddaeth i'r lan yma. Ar ddiwedd dydd byddai Megan yn dileu prydau y dydd oddi ar y slaets ddu fel athrawes o oes yr arth a'r blaidd. Ond ni ellid dileu pobl y Caffi. Deuent yn ôl yn feunyddiol. O bell edrychent yn lluosog ond wrth nesu unigol oedd llawer ohonynt yn cadw eu gwir feddyliau uwch yr unig fwrdd sengl oedd yno – bwrdd yr Ynys alwai Lin hwn.

Roedd rhai unigolion a'u golwg wedi hen berffeithio wrth fwrdd yr Ynys. Glewion unigrwydd yn medru gweld drwyddo am yr hyn ydoedd. Glewion gloyw y byrddau i un.

Pobl ddewr wedi dysgu sefyll ar eu pennau eu hunain – wedi gwneud ymdrech – petai hi ond yr ymdrech ddyddiol o ddod yno i'r Caffi i gymdeithasu, i gysylltu â'r Tir Mawr. Caent fod yn annibynnol a theimlo fod y dyfodol yn eu dwylo hwy yn y dref lle na wyddai pawb eu busnes.

Efallai fod pobl yn tybio mai byd cysurus ddeuai i Gaffi mewn Canolfan Gelfyddydau yng Nghaerfantell, i gaffi agored braf efo ffenestri o'i gorun i'w sawdl. Ond deuai pob math yno – nid i ddarllen llyfrau ond i ddygymod â bywyd. Roedd y dref yn fawr ac amhersonol a llawer tro ar fyd yn digwydd a'r hen fileniwm yn nesáu o bendraw'r twnnel, a dim gobaith am olau yn ei bendraw. Chwalu'r hen a'r traddodiadol i greu y newydd a'r dengar. Roedd traddodiad o Gaffi wedi bod yma ers dechrau'r saithdegau pan agorwyd y Ganolfan fodern. Roedd bendith i'w chael – cornel fach o'r dref – rhyw ganol distaw llonydd oedd yn cyfri ac yn rhoi ystyr i fywyd a'i batrwm brith o gymeriadau. Ceid lle i ddynoliaeth glwydo yma ac i'r gwahanol ac i'r unig blethu yn deulu am ryw hyd.

Caffi i wastatáu oedd o, ac er bod yna arddangosfa gelf newidiol gerllaw a llyfrgell, deuai amrywiaeth iach yma – o'r arti-ffarti i'r rhai na ddarllenai air o lyfr. Y cymeriadau oedd drama'r lle a'u bywydau'n dadorchuddio fesul tipyn olygfa wrth olygfa. Ni wyddai'r mynychwyr lawer am gefndir y naill a'r llall, dim ond eu bod yn cyfarfod yma. Aelwydydd tawel mewn cilfachau o'r dre oedd eu hanes efallai. Rhywsut, petai rhywun yn dod i wybod y cefndir byddai rhywbeth yn cael ei ddifetha – fel dysgu sut mae cyfres, deledu'n cael ei ffilmio ar ôl rhyfeddu at ei hud. Ar y mwyaf, rhif ffôn yn unig oedd gan ynysoedd y Caffi i'w cysylltu yn gyfandir pan fyddai'r nos yn hir.

Byddai y gau yn cilio o'r caffi yn fuan iawn fel euogrwydd o fath – fel cyrraedd y capel yng nghanol oedfa a gorfod eistedd y tu allan yn clustfeinio am yr arferol. Tu ôl i fasgiau y strydoedd roedd 'na bobl y tu allan a'u bywydau'n sitrws mân fel llwch i'w wasgaru i'r pedwar gwynt. Doedd eu hedrychiadau nhw ddim yn mynd ymhellach na bwydo ego, a'u hamrannau yn crafu arwyneb o ddagrau. Eu bywydau fel clychau priodas neu gonffeti yn y glaw. Ond nid criw y caffi, roedd rhyw ruddin gonestach a ddeuai â hwy i'r gymundeb angenrheidiol ac i'r seiat brofiad.

Er bod Glenda yn Rheolwraig effeithiol ar y Caffi, a bod bri ar ei bwyd, oherwydd ei gor-brysurdeb, weithiau, cai'r cyhoedd yr argraff ei bod hi'n anfodlon, er gwaethaf y gwyliau tramor. Ond roedd gan Glenda ddoethineb ac arweiniad sicr drwy'r storm a charedigrwydd annisgwyl ar awr o gyni. Parchai'r staff hi yn fawr, achos prin iawn y newidient.

Croesawyd pawb yn ôl yno – y bobl a longddrylliwyd ar greigiau geirwon bywyd, pawb diffuant yn ddigwestiwn achos roedd o'n glwb cyfeillgarwch diamod mewn cymdeithas oedd ag amodau i bopeth a ffurflen i gofnodi popeth dibwys i gael esgus fod pethau'n datblygu. Roedd y caled, fel y deinosor, yn frîd oedd wedi marw o'r tir yn y Caffi, a deuai'r Gymraeg wedi ei chrafu o lethrau pentrefi'r fro, yn amherffaith, ond o leiaf yno – o Rostyllen a'r Ponciau a Brychdwn – mewn ymadroddion hyd yn oed gan y staff.

Nos Fercher oedd noson y gwersi Dawnsio Gwerin yn y stiwdio i fyny grisiau, ac uchafbwynt wythnos Mrs Cwricwlwm Cenedlaethol, yr athrawes gydwybodol a oedd yn darllen ei chwricwlwm cenedlaethol a bwyta ei selsig a sglodion yr un pryd. Byddai coffi du a *serviette* yn anhepgor iddi, a mynnai sgwrsio efo rhai o'r cynghorwyr tref cyn iddynt symud draw i siambr y Cyngor yn Llwyn Isaf, fel petai ei barn hi am y gyfundrefn o werth tyngedfennol. Roedd Lin wedi clywed amdani yn malu hyder myfyrwyr Ymarfer Dysgu fel hithau. Ceisiai roi'r argraff i bawb ei bod hi wedi cael gradd dosbarth cyntaf, ac fe gwynodd ei rhieni pan ddyfarnwyd 2:1 iddi. Dewines trefnusrwydd ei diddymdra ei hun, er mwyn cuddio rhyw wagle mawr yn ei bywyd, ac roedd y sustem yn swcro'r math hwn o berson drwy roi pŵer iddynt yn eu byd bach. Dychmygai Lin ei bod hi'n crio dagrau crocodeil os na châi hi ei ffordd ei hun efo rhywun mewn awdurdod, ei bod hi'n malu pobl drwy'r dydd, yna'n dod i ddawnsio gwerin cyn mynd adre i fod uwch ei theipiadur yn llosgi'r gannwyll yn hwyr. Roedd hi'n denau ac esgyrnog fel petai'r Cwricwlwm wedi gwasgu pob egni allan ohoni gan adael dim ond sgerbwd. Roedd yna adeg cyn dyfod y Cwricwlwm newydd pan fyddai'n mynd i'r gwyliau dawnsio i gyd – Gŵyl Ifan yn arbennig – a diod ymhob tafarn, cyn i'r drefn ei throi hi yn beiriant trefnus hunan-gyfiawn.

"Fedri di feddwl am gerddoriaeth yr hen gyfres deledu 'na yn dod ymlaen bob tro mae hi'n ymddangos *Wonder Woman* . . ." sibrydodd Lin. Roedd mwy o ddiddordeb yn ddiweddar efo Mrs Cwricwlwm Cenedlaethol gan ei bod hi'n cyfarfod dyn yng nghysgod y garreg orseddol ar gwrt y Caffi. Cysgodai fwrdd neu ddau o olwg y cyhoedd drwy'r gwydrau. Roedd selogion y Caffi yn chwilfrydig – pwy oedd y dyn yn ei bywyd. Cafodd lys-enw gan Lin – Rhish y Pish.

Lleolid y maen orseddol yn y Cwrt Mewnol, ble yr eisteddai pobl allan yn yr haf, ac roedd porth cyfyng o'r Caffi i rai oedd am fentro yno i fod yng ngolwg pawb. Ar dywydd braf byddai drws y Caffi ar agor i adael awelon yr haf i mewn, a heddwch i'w gael tu allan ar y Cwrt. Teimlai Celt fod rhyw bŵer yn y maen orseddol yn deillio yn ôl i'r cynfyd. Ond un maen dros ben pan ddaeth yr Eisteddfod i'r cylch yn y tridegau ydoedd. Roedd rhyw hen warineb yn clwydo ar y Cwrt, rhyw gadoediad i bawb o ryfeloedd byw. Byddai'r amser ar gloc y Caffi ddau funud ar y blaen i'r byd, er mwyn i bawb gyrraedd yn esmwyth mewn pryd, ac er bygythiad newyddoes ar Gaerfantell – yr ymladd a'r ymosodiadau, doedd yna ddim cwestiwn o gau'r gwasanaeth cyn naw o'r gloch y nos. Roedd y Caffi yn wasanaeth mewn oes a anghofiodd ystyr y gair hwnnw. Ni fyddai unrhyw un yn trechu brawdoliaeth y caffi. Efallai nad oedd yr edrychiadau mor gignoeth o'r byrddau ag yng nghaffis eraill y dref achos deuai llawer o'r un pobl yma fel clwb. Ond caech gip ar eu gwir gymeriadau wrth i baneidiau a phrydau y misoedd gael eu treulio. Byddai ambell un yn edrych yn hir a dwfn arnoch chi. Edrych drwy bethau, ac eto dal i weld ceinder, dal i obeithio, cyrraedd rhyw waelod.

Rhoddid nodyn *I'w gadw* ar fwrdd yr Ynys weithiau. Cyffesgell, wedi ei gadw i unigrwydd ei hun ddod i mewn i gynhesu efallai. Ond ar adegau llawn, torfol yn y Caffi medrai rhywun deimlo'n rhan o'r digwydd o fwrdd yr ynys yn fwy na bod ar fyrddau mawr y wal gefn. Hon oedd yr unig wal gan mai ffenestri o'r nenfwd i'r llawr oedd yna y naill ochr a'r llall, gan adael llawer o oleuni i mewn. Roedd rhywbeth greddfol yn galw teulu'r Siop Goffi at ei gilydd. Rhyw warineb, fel colomennod yn dychwelyd o alltudiaeth. Deuai pawb ymhen hir a hwyr mor anorfod ag arholiadau ar drac blwyddyn ysgol. Y Caffi oedd eu cydbwysedd.

"Ni sydd yn rhoi y sbarcl yn dy fywyd di Dai Owen. Rhaid i ti gyfadde," heriai Megan, ei hoff weinyddes.

"Fel ene mae'r byd yn troi," meddai Dai dan chwerthin.

Gŵr preifat oedd Dai Owen hyd yn oed i'w dylwyth ef ei hun, ac eto, ar lawr y Caffi, roedd yn boblogaidd a siaradai â phawb. Hannai o Rosllannerchrugog pan oedd Rhos yn Rhos y glo a Rhos y gwyn sabathau. Gwelodd dro ar fyd ac eto medrai ddal i weld rhywbeth newydd o hyd yn ei saithdegau. Yn gyn-athro, roedd yn gynhaliwr beichiau pobl.

Roedd gwaredigaeth wedi dod i'r byd a'i glwy – roedd o wedi cael gafael ar *Salmau'r Werin*, ac roedd yn cael bodlonrwydd o eistedd wrth y tân fin nos, a'r hapusrwydd cyn marw a chilio o'r hen fyd o fod wedi ail-ddarllen un o lyfrau maboed, un o lyfrau ei dad, y coliar llengar. Roedd gan Dai wastad farn ar faterion llosg y dydd ac fe hoffai droi'r llwy bren.

"Nid mamau a thadau sy'n magu plant heddiw, ond y teledu. Dwi'n cofio nhad yn cael y weirles gynta yn stryt ni, ac roedd pawb yn dod yno i glywed am gêm beldroed Caerdydd yn Wembley uffen. Dad oedd ceidwad y teclyn newydd – doedd dim hawl gennym ni ei gyffwrdd o. Fedra i fynd â ti heno i dy lle fydd plant allan ar y ffordd neu yn y garej am hanner awr wedi saith achos fod *Coronation Street* arni. Faint o deuluoedd sy'n cael bwyd efo'i gilydd heddiw rownd y bwrdd a sôn am helynt y dydd, heb fod *Neighbours* yn y cefndir? Den nhw ddim yn siarad efo'r cymdogion go iawn."

Cofiai Dai Owen pan yn blentyn fel y byddai o yn gollwng cerrig i lawr siafft wrth ei gartref, ac fel yr hoffai glywed sŵn y garreg yn syrthio i'r dŵr yn y gwaelod. Cofiai lais hen athro Gwaith Coed caled yn rhybuddio – **Lawr yr Hafod fyddwch chi os na wyliwch chi** – ac roedd o'n iawn am y mwyafrif. "Gwranda Lin, dwi'n gwybod dy fod ti ar y cwrs Coleg 'ma rŵan, ond barddoniaeth i'r bobl ddeall sy isio. 'Di pobl ddim yn mynd i drwblo efo stwff yr ysgolheigion."

"Dwi'n cytuno, beth ydy'r pwynt os nad ydy o'n cyfathrebu?"

"Gwranda ar hon uffen;

> **Caned eraill am angylion**
> **am y Groes a Chalfari.**
> **Canaf innau gerddi dynion**
> **Mab y werin ydw i.**

Doedd Edgar ein hen weinidog ni ddim yn galw llond yn y tŷ, ond am bregethwr, ac efo'r coliars, efo'r praidd ar flaen yr orymdaith efo'r streic! Dwi'n ei gofio fo'n dweud o'r pulpud ym 1926:
–Roeddwn i'n meddwl fod gwareiddiad wedi dod ymhellach na hyn. Fyse gweinidogion ddim yn dod ar gyfyl protest heddiw.

Fyse plant heddiw yn chwerthin a gwneud hwyl am ben Bob y Hoi – Mwnci Crecy oedd ei enw arall. Mae'r gallu i ryfeddu wedi mynd achos fod y fideos ma'n llenwi'u bryd.
–*There's your tea, now bugger off. Pop down and get a few videos, and bung the kids in front of them* ydy hi heddiw. Roedd Mwnci Crecy yn enw arno fo achos ei fod o'n dod efo placard yn dweud fod na sêl i fod yn Siop Crecy. Ond chymerodd Bob r'un geiniog

mewn ffordd arall, ac roedd yn rhaid iddo fo fyw yn doedd? Roedd pobol yn g'redig wrtho fo.

–**Tisio dipyn o datws Bob?** Heddiw mi fasen ni'n ei anwybyddu o.

Be careful little hands what you do, oedd ei eiriau mawr

There's a Saviour up above

whom I know you'll love,

Be careful little hands what you do.

Ond fysa Bob ddim yn ateb yn ôl heddiw. Doedd dim byd cas ynddo fo, fel sy yno i."

Gwrandawai Lin wedi ei hudo gan hanesion Dai Owen.

"Sut brofiad oedd byw drwy streic 1926?" Fe wyddai hithau fod hwn yn hen faes, ac roedd am ei glywed yn siarad.

"Fyse Streic 1926 byth wedi curo'r glowyr yn Rhos achos fod pawb yn rhannu popeth – yn dibynnu ar ei gilydd yn y gwaith am ddiogelwch, ac yn cyd-fyw a dibynnu ar ei gilydd allan o'r gwaith hefyd. Rŵan does na neb yn hidio am y naill na'r llall, a *Pakistanis* sy'n rheoli Rhos heddiw. Hen Bob y Hoi ar y tir agored y tu ôl i'r *Co-op* dwi'n ei gofio

– *Be careful little hands what you do.* Roedd na fwy o wir yn yr hen Bob na r'un ohonyn nhw. Roedden ni'n sôn am ddechrau'r byd a'i ddiwedd o yn y Stiwt ac wedyn doedd neb ddim dicach.

–**Tsid o 'ne gythrel, be haru ti?** Fyw i ti wneud sŵn yn Stafell Ddarllen y Stiwt. Calon Rhos oedd nene – y Brifysgol.

Dwi'n cofio Edgar yn pregethu pan oedd Tywysog Cymru yn dod i Rhos – Gwae di, wlad, pan fydd gwas yn frenin arnat, a'th dywysogion yn gwledda yn y bore. Yr organydd yn chwarae *God Bless The Prince of Wales* ar ddechrau'r cyfarfod, a'r pregethwr yn newid ei bregeth o'r herwydd. Dene i ti noson yn hanes y Rhos."

2

Byddai caneuon i weddu i selogion yn y Siop Goffi ym meddwl Lin
– Clannad i Celt wrth gwrs, *New York New York* i Iestyn ei gŵr , *You
either have or you haven't got style* i Noel, *Three Little Maids* i Megan, a
Pishyn, Pishyn i lle'r wyt ti'n mynd? i garwr Mrs Cwricwlwm
Cenedlaethol – Rhish y Pish.

"Paid â chymryd y *pish,*" meddai Noel yn ogleisiol. Roedd golwg
fohemaidd ar Noel efo'i wallt hir cyrliog a'i sgarff am ei wddw, ac
fe apeliai at Lin rŵan bod hi'n fyfyrwraig eto. Gêm oedd busnes y
caneuon i ddechrau, ond fe dyfodd yn destun siarad o bwys. Lin yn
digwydd deud:

"Dan ni'n dod yma i'r Caffi mor aml fe ddyle fod 'na gân neu
gerddoriaeth yn seinio bob tro y down ni i mewn."

Pan ddeuai Lin i mewn drwy ddrws y Caffi deuai ffrwd o
naturioldeb ac anwyldeb a chydymdeimlad efo'r dyfnaf yn bod i
mewn. Gallai fod yn ddramatig weithiau hefyd ac oherwydd hyn y
dewiswyd Tina Turner *What you get is what you see* fel cân iddi hi.

Ac yna Jessica'r bardd. Pan ddeuai hi ymlaen, fe allech
ddychmygu *English Country Garden* yn ffrydio'n dyner o wahanol
gorneli y caffi, yn cosi'n dyner o dan y byrddau. Achos yn ôl ei
chyfaddefiad ei hun, fe allai Jessica wirioni ar gael ei thrin fel ledi.
Hawdd y gellid ei dychmygu wrth fwrdd â lliain gwyn ar y Cwrt,
parasol dros ei phen a byddin o weision yn barod i weini, a hithau'n
ysgrifennu ei cherddi. Roedd y gwir ymhell o hyn – fflat cyfyng ar
geiniogau prin y dôl, a hithau wedi treulio oes o fanteisio ar bobl.
Roedd mwy nag un wedi manteisio ar ei eirin wedi stiwio a llaeth

soya ac wedi dysgu sut i redeg y bore wedyn. Bu ambell un yn ddigon parod i fynd o flaen ei gwresogydd nwy un bar, a difaru. Doedd *English Country Garden* ddim yn dweud y stori cyflawn.

Clannad yn canu *Harry's Game* oedd yn cyfleu Celt achos ei fod o'n hoffi mytholeg ac yn gwybod popeth yr hoffech chi wybod am y Celtiaid. Ceisiai esbonio i ni ei fod o wedi cael ei eni yn y ganrif anghywir. Doedd ganddo fyth arian ac roedd rhai o'r farn fod ei syniadau lliwgar yn ffrwyth sgil effeithiau cyffur o ryw fath. Roedd Celt yn ei dridegau diweddar yn chwilio'n aml am ryw ddoe a aeth, ond efallai na fu erioed. Roedd mor ddwfn â phlethiad lleisiau y grŵp o Donegal, ond eto mor hudolus. Gallai guddio'n ddiogel y tu ôl i'r gân hon a'r ddelwedd.

Roc Trwm oedd y cymeriad o Gaerfantell a'i wallt hir, hir, hir seimllyd, a'i daldra, yn llusgo diogi a difaterwch y blynyddoedd i mewn i'r Caffi. Er hyn roedd o wedi cael gwaith rhan amser rhywle i lawr tua hen safle glofa'r Bers, yn gwneud modelau clai. Ond doedd o ddim yn foi cas, ac yn wir roedd ganddo sbarc celfyddydol. Yn y blynyddoedd diwethaf dechreuodd ddod â het enfawr i mewn ar ei ben ac edrychai fel rhywun yn estyn am whisgi mewn ffilm gowboi. Ond oherwydd yr het yn fwy na dim, dim ond un gân a weddai iddo. *Wherever I lay my hat, that's my home.*

Siaradai Celt efo Marty y tynnwr lluniau *tabloid* a jynci cymunedol a arferai gyd-yfed efo fo yn y Foxes. Rhywsut, ni edrychai yntau yn hapus ei fod wedi bod yno, ac fe dynnodd ei sbectol i ddangos y clwyfau dychrynllyd o amgylch ei lygaid lle cafodd ei gamdrin gan un o ddyrnau Caerfantell. Roedd perthynas i ddrwg weithredwr gafodd ei lun yn y *Leader Nos* wedi gadael ei ôl arno. Cuddiai mewn mac dywyll, a bu'n rhaid iddo dreulio'r noson gynt yn yr Uned Argyfwng, ar ôl cael ei gicio a'i ddyrnu ger Camfa'r Cŵn.

"Pwy fasa'n disgwyl? Reit wrth ymyl yr Eglwys."

Dechreuodd Geoff, mab Jessica Fardd, ddod i mewn bob dydd.

Teimlai ei fod yn gweld rhywun cyfarwydd yn y Caffi bob dydd, yn ei gyflwr sgitsoffrenig.

"Dw i wedi gweld Celt heddiw. Dw i di symud tŷ rŵan – newid cyfeiriad a dwi'n teimlo'n llawer gwell. Dwi'n bwyta mwy. Dwi'n rhannu'r hostel yma efo pump arall, a dw i mewn ardal well na phan oeddwn i yn y Dunks."

"Ia, iawn Geoff *mate.*"

"Dw i am aros yma heddiw am ychydig o amser efo Coke i ddechrau siarad eto. Dw i am wneud i'r Coke bara, mae'n well na mynd i'r dafarn. Biti fod fan hyn ddim yn agored tan naw ar nos Sadwrn a ddydd Sul – mi fuasen nhw'n gwneud busnes iawn ar y Sul fyswn i'n meddwl. Cinio dydd Sul iawn. Fyse hynny'n braf.

Dw i di cael lot o bethau i mewn – bara, llefrith, bisgedi siocled. Ond mi fydda i'n cael un pryd allan fel arfer bob dydd. Ar Ddydd Sul mi fydda i'n mynd i Gaffi *Texas Homecare* – mae hwnnw ar agor, ond ddim yn hwyr fel fan hyn. Dwi'n mynd i'r Eglwys deirgwaith ar y Sul – Eglwys y Plwyf yn y bore, capel yn y prynhawn, ac at y Bedyddwyr yn y nos. Tair gwaith ar hyn o bryd. Mae'r tŷ newydd yn handi ar gyfer y parciau i gyd – Parc Acton, ac mi fydda i'n mwynhau mynd i Bellevue hefyd. Dw i di dod allan o Ddinbych yn gynnar er mwyn eu gweld nhw'n dymchwel yr hen Ysbyty Coffa. Fe ddylai hynny fod yn dda."

"Cofia Geoff os wyt ti isio rhywbeth. Paid â gadael i'r *bastards* dy gael di lawr," gwaeddodd Marty.

"*Oh God!* Dw i ddim yn gyfrifol am yr hyn dwi'n ei wneud ar ôl y darn anferthol yna o *Passion Cake,*" sgrechiodd Noel, "Dwi'n dod yn ôl yn nes adre o'r diwedd. Crwydryn fues i erioed. Ar ôl Llundain roedd Wigan yn iawn – y bobl yn gyfeillgar a minnau'n eu hedmygu nhw, ma nhw'n bobl sydd wedi gorfod brwydro. Mae Wigan ar ben allt a bob ffordd yn arwain i fyny."

"Dwi'n falch o glywed y cawn ni weld mwy arnat ti," atebodd Lin yn gadarnhaol.

"Ond sut fedra i ddeud? Mae hi fel tasa'r Cymry yn byw eu bywydau fel ma nhw isio byw, a wedyn y Saeson yn byw eu bywydau fel y dylsen nhw fyw eu bywydau."

"Dwi'n meddwl fod hynny'n wir amdanon ni'r Cymry hefyd."

"Fedra i ddim deud wrthat ti yn union, ond mae na rywbeth am y gwyrddni. Dydy Glannau Dyfrdwy ddim yn hardd, ond mae na rywbeth yn dod drosta i pan ddo i at Saltney, rhywbeth yn fy nhynnu'n ôl a golwg o'r hen fynyddoedd Cymreig lle mae fy ngwreiddiau. Does dim llawer o'r teulu ar ôl rŵan ac mae na fwy o gymdeithas yn *Prisoner Cell Block H* na sydd na yn *Ponkey* i rywun fel fi. Ac eto yr un gwreiddiau sy'n fy mygu i ar ôl wythnos o fod gartref. Dinas Caer ydy'r ateb. Ma Caer yn agored i ddylanwadau, ac eto mi fedra i weld bryniau Cymru oddi yno os dw i isio, ac eto cael rhyddid hefyd. Dwi'n dianc i Gaer yn aml."

"Ma Caer yn braf iawn, gwahanol iawn i Gaerfantell o feddwl mai dim ond deg milltir a ffin sy'n gwahanu'r ddau le," ychwanegodd Lin. Dim ond wrth Lin y medrai siarad yn agored am ei fywyd cudd.

"Dwi'n gwybod fod o'n swnio'n hunanol, ond tra bo pobl eraill yn datrus cyfrinach bywyd o nghwmpas i, dw i di bod yn eu gwylio nhw, a dw i'n gwybod fod o'n swnio'n hunanol, ond dw i isio sortio'n hun allan rŵan. Sori. Ond dwi'n meddwl bod profiad Wigan i fod er mwyn fy ngwneud i, dwi'm isio swnio'n ben mawr, ond er mwyn fy ngwneud i'n well person – yr hyn ydw i rŵan, gobeithio. Dwi'n meddwl fod na rhyw bwrpas i'n diodde ni *in a kinky kind of way*. Mi hoffwn wneud rhyw ffurf o addysg bellach, ond dwi'm yn siŵr beth ar ôl i'r swydd trin ffenest siop yn Llundain fynd yn ffliwt o'r blaen.

Paid â meddwl mod i'n trio gwthio pethau ynglŷn â'r amgylchfyd na dim felly, ond dwi'n llysieuwr rŵan hefyd. Dw i di prynu dipyn o de â blas ffrwythau arno – bagiau te unigol o'r siop iechyd. Wyt ti isio trio un? Dyna un cyrants duon. Mae na sawr rhyddid arno fo. Mae na rai pethau am draddodiad sydd yn gas gen i. Dwi'm yn hoffi Eisteddfodau – rhywun yno sy'n ddeg oed yn adrodd – maen nhw'n edrych mor hen, ac mor farw. Dio'm yn berthnasol. Sori, ond felna mae o'n edrych i mi allan o waith ac yn mynd yn fwy a mwy rhwystredig efo mi fy hun."

Pan oedd yn flin byddai Noel yn ddigyfaddawd ei lid ac er bod tirioni yn dod a'r meddalu anochel, doedd hwn ddim yn ddigon cryf i ddileu'r blas chwerw bob amser.

"Dwi 'di byw mewn lle yn Wigan lle mae'r papur wal yn fyw. Roedd pobl yn elyniaethus achos allen nhw ddim derbyn mod i'n wahanol. Fi ydy fi. Does ganddo ddim byd i'w wneud efo unrhyw un arall. Ond dyna fy hanes i wastad – os oes na fws, mi wna i gerdded. Fe fydda i wastad yn cymryd y lôn hir. Dwi'n hoff iawn o *Army Gear* ar hyn o bryd. Fedra i ddeud wrthot ti."

Ceisiodd Lin ymddangos yn ddidaro.

"Dwi'n siŵr dy fod di wedi dy syfrdanu, ond ma gen i fy anghenion, ac fedri di ddim eu cadw nhw mewn potel. O! drycha pwy sy'n dod – Gwyneth – dw i heb weld y *diva* ers i mi fynd i Wigan. Haia Gwyneth"

"Mi gymra i gacen siocled" meddai llais Gwyneth yn uchel wrth y cowntar, "Dwi'm isio'r gacen lliw gwenwyn na – mae na ddigon o hwnnw o gwmpas Caerfantell."

Deuai Gwyneth wedi ei gwisgo'n ddel i'r Caffi er cwyno am Toi Boi, ei phartner presennol, yn gwrthod rhoi pres iddi. Roedd Sadie y weinyddes yn ddigon cyfeillgar i'w hwyneb, ond ar ôl iddi fynd roedd hi'n cynnig barn: "Ti'n gorfod bod yn dda i fod yn gelwyddog, ond dydy hi ddim. Dan ni'n gorfod mynd i sêl cist car i gael dillad, ond mae hi'n wastad yn cael blows newydd. Mae hi wedi gwerthu ei dodrefn hefyd, a'i Toi Boi hi wedi prynu rhai newydd efo'i arian diswyddiad o'r Gwaith Dur."

"Does ne'm llawer Gwyneth yng Nghaerfantell. *There's not many of them knocking around town, like.* Enw Mam oedd Blodwen. Roedd hi'n *proper Welsh*. Dwi'm yn siŵr o le oedd hi'n dod – rhywle yn y mynyddoedd. Dw i di ymuno a chôr yr Eglwys, Noel. Fydd hi'n *Noel Noel* adeg y Dolig. *Terrible innit?* Fyset ti yn iawn yn y Côr efo enw fel 'ne. Roedd yn rhaid i mi gael prawf gan yr organydd, ac mi ddigwyddodd rhywbeth i'w organ o tra'r oeddwn i yno, ac mi roedd y trydanwr yno ar ei liniau. *Terrible innit?*"

Roedd Noel yn ei ddyblau a dagrau yn powlio i lawr ei wyneb ar nos Iau digon arferol.

"Ma nhw'n sôn am wneud Handel's *Messiah*. Dwi'n falch achos don i ddim yn struck ar y *Requiem*. Pwy di rhain i gyd?"

"Y *Sub Aqua Club*," meddai Lin.

"O druan, y *Backward Club*, wel fedri di ddeud eu bod nhw un frechdan yn fyr o bicnic."

Bu'n rhaid i Noel esgus mynd i'r tŷ bach.

"Mae'n nhw'n mynd i ddeifio yn y Pwll Nofio," esboniodd Lin.

"Bechod. Dan ni ddim yn dallt yn nac ydan? Ti fod i wneud hynny yn y Pwll Deifio. *Poor wretches*." Ni cheisiodd Lin ymhelaethu mwy. "Dw i fatha ti Lin – dw i wrth fy modd yn iste yma yn sylwi. Dwi'n gorfod cael ffroc i'r côr yma ddydd Sul – dwn i'm os ydy o'n mynd dros dy ben di ne be, ac ma nhw'n deud fod raid i ti ganu yn mynd i lawr yr ochrau. *Oh God!*"

"Sut mae pethau efo chi rŵan?" gofynnodd Lin, a thawelodd Gwyneth gryn dipyn.

"Dwi'n byw efo fo – Toi Boi – lawr yn y Dunks, ond bodoli ydw i. Dydy o ddim yn meindio i mi ddod yma. Mae gen i hogan fach bedair oed gwallt golau naturiol a merch pedair ar bymtheg Lucille sy'n byw efo fi weithiau ac efo'i chariad weithiau. Fyswn i wedi licio iddi gyfarfod rhywun efo swydd – ond wnaiff *o* fyth weithio. Ond dyna fo, fedri di ddim dewis drostyn nhw."

"Ers pryd dech chi'n canu ?"

"Hei! Dwi di gwneud lot o ganu ar fy mhen fy hun. Mae gen i lais fel iâr – soprano ia? Fedra i ddim gwneud – alto ti'n ei alw o? Mynd i lawr, beth bynnag. Beth amdanat ti? Wyt ti'n canu mewn côr?"

"Ddim rŵan. Ron i'n arfer gwneud pan oeddwn i'n 'rysgol."

"Dwi'n licio miwsig crefyddol." meddai Gwyneth yn ddefosiynol. "Wel dw i yn grefyddol – nid yn or-grefyddol. Mi wna i siarad efo *Jehovah Witnesses*, ond mae Toi Boi yn dangos y giât iddyn nhw. Wel, fydd raid i mi alw yn Spar Garej Alma ar y ffordd adre i gael ychydig o fananas bach. Dan ni'n byw yn fama Lin! Rhan o'r dodrefn. Wastad yn yfed coffi."

Wedi i Gwyneth gilio fe ddaeth Shaz gweinyddes arall nos Iau draw at Lin i eistedd a chael sigaret.

"Mae hi'n gês y ddynes yna yn tydy?" awgrymodd Lin.

"Mi wnaeth i mi chwerthin am ychydig ddoe, felly dio'm ots gen i amdani hi. Os fedrwn ni wneud i'n gilydd chwerthin am ychydig dyna'r lleiaf y medrwn ni ddisgwyl ei wneud ynte?" Ni ddychwelodd Noel i'r Caffi y noson honno.

3

Daeth Jessica i mewn i'r Siop Goffi yn gelfyddydol. Fe ddeuai yn amlach yn yr haf i weld os oedd yna rywun o gwmpas allai brynu paned o de gwan lemwn iddi. Ond roedd hi ar goll yn ei byd bach ei hun heddiw, ac eisteddodd ar fwrdd yr Ynys i hel meddyliau.

"Mi neidiodd Dirk Bogarde y ciw. Yn fy rhestr llythyrau – achub y blaen ar Aunt Madge a Brenda y bardd o Vancouver. Yno'n bwyta fy muesli oeddwn i pan ddaeth o ar Radio Pedwar yn y bore yn darllen rhan o'i hunangofiant *Taith gerdded fer o Harrods*. Wel, roedd o'n wych – roedd o mor wych mi wnes i roi fy sleisen o dôst bara cyflawn brown efo Flora i lawr, stopio cnoi hefyd achos fe fyddai hynny'n tynnu oddi ar y stori.

Roedd o'n disgrifio'r bobl ffals ma yn y Parti Ciniawa swel ma – rhyw ddynes newydd gael trin ei thrwyn, ac un arall yn chwarae efo'r *mousse* ar ei phlât. Yn amlwg roedd o'n cael ei dderbyn, ond eto roedd o'n gallu gweld drwy'r cyfan.

–Dych chi ddim yn byw yn Knightsbridge? gofynnodd un o'r gwragedd wrtho, ac mae yntau'n disgrifio'r hen fitsen yn deud:

–Wel o leia dech chi'n byw o fewn tafliad carreg i Harrods. Ron i'n neidio yn fy sêt bren fregus erbyn hyn. Roedd o mor afaelgar fel y gwnes i anghofio unrhyw reidrwydd i siopa neu lanhau y fflat – y pethau y bydd Mummy yn poeni amdana i yn eu hesgeuluso o hyd."

Bob tro yr enwai Jessica ei mam, fe welai griw y Caffi lun

yn eu pennau o wreigan mewn bandej gwyn.

"Mi es i'n syth at y teipiadur a rhoi'r papur i mewn a sgwennu llythyr ato fo yn canmol ei stori. Mi wnes i ddefnyddio delwedd dda er mod i'n deud o fy hun – dweud fod ei waith o'n torri fel cyllell i'r byw, ac yn torri person yn dameidiau o gnawd ar y bloc. Wel, roedd o'n swnio'n well yn y llythyr na hynny. Mi ddeudis i y buaswn i'n hoffi cael cyfathrach drwy lythyr efo fo achos ein bod ni'n eneidiau cytûn.

Dwn im os wnaeth y llythyr hyd yn oed ei gyrraedd o, mae'n siŵr ei fod o'n cael cannoedd. Pan ddarllenodd o'r darn am y cig ar y bloc dw i'n siŵr wnaeth o ddechrau meddwl **O helo, pwy sgen i yn fan hyn?** Ond mi glywais i o'n sôn un diwrnod ar Radio 4 ei fod o wedi sgwennu am flynyddoedd at ryw ferch ond ei fod o rioed wedi ei chyfarfod, ond fod yna gariad wedi datblygu rhyngddyn nhw.

Hei, be taswn i'*n* cael ateb? Be tasa fo'n deud ei fod o'n dod i ngweld i, i drafod llenyddiaeth? Fysa gan hen bobl gyhuddgar y *cul-de-sac – Suicide Close* – rywbeth i'w wneud wedyn – rhywbeth gwerth siarad amdano. O mi fasa'r blydi cyrtens yn symud fwy na'r cyffredin tasa Dirk Bogarde yn cerdded i lawr y lôn, efo copi o'i lyfr diweddaraf o dan ei gesail a fynta yn dod i fyny'r grisiau concrid at ddrws fy fflat i. Bysa hynny'n rhoi digon o sgôp i'r tafodau. Mi fasa na benawdau yn y *Leader Nos.* Fysa neb isio ngweld i'n cael fy symud oddi yno wedyn. Fysa cael ateb gan Dirk yn gwneud i mi wneud dipyn o hwfro. Ufflon mi fyswn i'n llnau mewn dim o dro wedyn.

–**Give the flat a spanking** fel y bydd Mummy'n ddeud. Mi fyswn i'n wynebu'r mynydd o waith golchi llestri wedyn fatha'r ddynes na efo'r dwylo meddal yn yr hysbyseb.

Mae'r plant yn dod draw i ngweld i weithiau, ond ddim hanner digon. Mae'n nhw'n meddwl mod i'n wallgo am mod i'n sgwennu. Mae'n nhw'n dod â'u hwyrion hyfryd efo nhw hefyd weithiau. Mi fydda i'n dal bws i Blas Madoc i'w gweld nhw ddydd Gwener fel arfer, er ei bod hi'n brifo mynd i hen diriogaeth y briodas a chofio'r amser pan oedden ni'n deulu cyflawn. Pam y bues i mor ffôl?

Mi aeth y stori ma ar y radio ymlaen – Dirk rŵan – yn mynd rownd yr arch farchnad ma yn meddwl beth gai o i de, ac roedd o'n meddwl yn debyg i mi – wel os ga i gawl madarch fe fydd o'n golygu bowlen a llwy i'w olchi, ac yn y blaen. Ac mae ei droli bwyd o yn mynd chwap i droli dynes fawreddog efo'i gwallt yn ôl mewn bwn, sy'n gwarafun iddo'i le yn y rhes dalu. Ac mae rheolwr y siop yn graff ac yn dweud

–**Would you like to step this way my Lord?** a rhoi hithau yn ei lle. Mae isio rhoi rhai o'r bobl ma yn eu lle.

Dwi'm yn deud wrth neb am y llythyr ma at Dirk Bogarde, rhag ofn i bobl ddeud **Am fits fach wirion!** Ar ddechrau'r llythyr medde fi fel hyn wrth Dirk: **Rhaid i mi hepgor hen arfer sydd gen i o fynd ymlaen ac ymlaen mewn llythyrau.** Iawn dweud hynny, ond mi wnes i ymhelaethu ar ddeg darn anferth o bapur, yn sgwennu'r ddwy ochr, ac yn dweud ar y diwedd – **Wel, mae'n ymddangos na lwyddais i i gadw f'addewid.**

Os daw ateb fe fydd y rhan honno ohona i sy'n Ledi yn fodlon iawn i ymateb – gwahoddiad i gael te ysgafn yn y *Savoy* efo fo – fasa hynny'n hyfryd. Mae na Ledi o dan y croen yma wyddoch chi, er gwaethaf yr egwyddorion sosialaidd. Mae'n rhaid i Dirk benderfynu drosto'i hun yn does?

Mi adewais i nodyn digon clir ar y cefn, **Os na chaiff ei ddosbarthu, gyrrwch o'n ôl ata i.** Dio'm 'di dod, felly mae'n rhaid fod y llythyr yn rhywle. Hei, ar ôl iddo fo gael y llythyr yna, dw i'n siŵr ei fod o'n hel ei bac am America – yn poeni'n ddirfawr am yr effaith y mae'n ei gael ar yr ysgaredig rhwystredig, canol oed yn eu fflatiau unig. Falle ei fod o wedi dianc, rhag ofn i mi fynnu fy mhwys o gnawd ganddo fo, falle fod o'n meddwl fy mod i fatha Glenn Close yn *Fatal Attraction.* Diolch fyth mai cawod sydd yn y fflat a ddim bath.

Dwi'n naïf deud y gwir. Rôn i'n disgwyl i'r BBC ei ffonio fo a deud – **Hei, Dirk, mae na lythyr da i ti'n fama,** a bod rhywun yn trosglwyddo fy epig i iddo fo. Y tro dwytha i mi ysgrifennu at rywun enwog oedd at y cowboi na yn *Waggons Away* ers talwm pan oeddwn i'n dair ar ddeg oed. Ches i ddim ateb ganddo fo chwaith. Mae'n ymddangos fod yr un hen beth wedi digwydd – colli fy mhen yn hawdd. Wna i fyth newid. Roedd hi'n adduned blwyddyn newydd i stopio gwneud. Ond yna, chydig funudau yn hwyrach yn y parti Blwyddyn Newydd, roeddwn i'n datgelu fy enaid i rywun arall. Datgelu i bwrpas wrth gwrs."

Atseiniai chwerthin Jessica o fwrdd yr Ynys drwy'r Caffi yn gymysg â rhyw hen siom gyfarwydd yng nghonglau'r llygaid.

Byddai Rhish y Pish yn ymweld unwaith bob tymor ers talwm ond deuai i mewn i drafod materion cwricwlaidd gyda Mrs Cwricwlwm Cenedlaethol. Edrychai'n lluddiedig yn siarad â hi weithiau, ond yn amlwg roedd blas ar drafod y lefelau. Roedd rhyw fodlonrwydd ar ei hwyneb hi heddiw a gwrid. Roedd hi mor falch o'i chyfraniad i fyd addysg – roedd hi wedi gwneud i ddisgybl grio o'i blaen, doedd dim teimlad gwell na darostwng disgyblion, yn enwedig rhai â mwy o greadigrwydd i'w gynnig na hi. Hefyd roedd wedi gorchuddio cymaint o waliau yn yr ysgol â'i phosteri heb ofyn i neb yn enw polisi neu gilydd, ond beth ydoedd mewn gwirionedd oedd un gair bach; PŴER.

"Mi ddeudodd un yn y coridor pellaf wrtha i am sticio'r posteri i fyny 'nhin." Ni chwarddodd Rhish, er ei bod yn pisho chwerthin y tu mewn –

"Wna i ddelio efo *hi*." Doedd o heb ddwedud wrthi eto ei fod o'n edrych am yr *exit* agosaf oddi wrth ei chrafangau hi, oddi wrth yr ysgol, oddi wrth y cyfan. Yn yr ysgol, ac i berthnasau, roedd Rhisiart Morgan yn llwyddiant yn ei act. Roedd fel petai neb yn cael dod yn agos ato, ac o ganlyniad, câi neb ei adnabod. Ond roedd o wedi dangos ei ansicrwydd iddi hi unwaith ac fe ddaeth hi yn gyfrwng i wneud ei amheuon yn gadarn eto, fel yr hen Ddirprwy y cysgodd o â hi ryw dro. Roedd Rhish yn gwybod sut i chwarae'r gêm, sut i gael ffafr byrhoedlog. Ond fe lynnai yn hir yng nghof rhai.

Trefnai'r ddau i danseilio pobl yn bwrpasol, ond yn y bôn, ni allai Rhish ddisgwyl i gael trawswisgo yng Nghlwb *La Cage Aux Folles* ym Manceinion eto – yr unig olau ar ei orwel. Doedd ganddo ddim yr hyder i ymuno â Chymdeithas Trawswisgwyr Caerfantell rhag ofn fod un o'r rhieni neu lywodraethwyr yn aelodau. Edrychai'n wahanol ar ddechrau tymor newydd, ond bu'n paratoi yn ystod y gwyliau pan nad oedd unrhyw un o gwmpas. Roedd sgwrs fewnol yn ei ben dros ddistawrwydd clinigol y bwrdd lle'r oedd y te bach wedi oeri.

"Fe es i mewn at Heulwen y ferch sy 'di torri ngwallt i ers blynyddoedd a deud **Trawsnewidia fi** *luv*. **Rho re-vamp llwyr i mi cyn i mi orfod mynd yn ôl at yr** *inmates* **– a dim ond yr athrawon di rheiny!**

Rhois ryddid iddi wneud unrhyw beth. Doedd hi

ddim yn gwybod yn iawn sut i ymateb achos dw i fel
arfer yn deud

–Yr arferol plîs a'i gadael hi ar hynny. Ar ôl sidro am sbel
mi ddeudodd hi

**–Yr hyn fysa'n dy newid di go iawn fysa i'r gwallt fynd
i fyny mewn pigau.**

A dyna pam mae o fel draenog a bod pobl yn gweld y
fath weddnewidiad. Dwn i ddim beth mae'r top yn yr
ysgol yn ei feddwl – iawn i un o'r disgyblion golli'i ben
ond i un o'r athrawon! Wel, *tough shit*, mae o'n dipyn o
laugh yn tydi? Does na neb yn gweld yr ochr yma i mi yn
yr ysgol. Mae'r ymateb yn amrywio ond y mwyafrif yn
ffafriol – ti'n gweld dw i di eillio'r barf, prynu lensys
llygaid a speicio'r gwallt. Roedd hi'n bryd i mi gael
newid ac mae pawb yn deud mod i'n edrych yn iau, sy'n
braf. Mae 'na reswm am y newid, waeth i mi roi'r cardia
ar y bwrdd. Dw i'n hoff o gyfieithu llythrennol.

Gwraidd y cyfan ydy hon o mlaen i; Wonder Woman
Cwricwlwm. Mi ddeudodd hi wrtha i – **Dw i ddim yn
mynd i adael i ti fynd heb frwydr.** Ac mae ei blydi
brwydrau hi fel y Rhyfel Cartre fel dan ni gyd yn
gwybod yn yr ysgol ond neb yn deud. Wel, mi es i yn
syth i'w ffieiddio hi – rôn i'n teimlo fatha rhywbeth o
Woolies y gallwch chi ei brynu, a'i feddiannu, bod yn
berchen arno.

**–Wel, paid â meddwl am briodas, achos dydw i ddim
isio dy briodi di.** Cas, ond y teimlad yma ym mhant fy
mol, yn enwedig os oedd hi yn bygwth gadael ei gŵr.
Mae na lot o bobl sydd ddim yn onest efo nhw eu
hunain. Allwn i ddim byw felly efo celwydd.

Fyswn i ddim wedi meindio tasa hi wedi llyncu mul a
mynd ar ei hunion o'r ffordd gan addo peidio dod yn ôl,

ond wnaeth hi ddim – dim ond derbyn yr amodau, roedd hi'n meddwl mwy ohona i nag oeddwn i ohoni hi. Roeddwn i wedi gobeithio pellhau dros y gwyliau, tynnu'n ôl o'r berthynas. Ond mae hi'n dal i ffonio, yn dal i alw. Rhan o'r dianc oddi wrthi hi ydy'r newid hwn, y gweddnewidiad, achos dydw i ddim yn flas y mis fel y gallwch chi ddisgwyl.

Mae Kev di bod yn aros – dw i ar yr un donfedd â fo – yn cael hwyl, siarad, mae o'n llawn bywyd. Mi fydda i yn mynd i'w weld o tua hanner ffordd rhywdro y penwythnos nesa – falle aros noson yn rhywle. Mae o'n dweud fod y gweddnewidiad er y gorau, a fo sy'n cyfri yn fwy na neb. Ond dydw i ddim ar yr un donfedd â Wonder Woman Gwricwlwm bob munud yn sôn am lefelau er mod i'n smalio bod ar hyn o bryd. *I couldn't give a toss* am lefelau y cwricwlwm dim ond bod yn rhaid i mi ymddangos fel petawn i'n gwybod popeth yn yr Academi.

Diolch byth, bydd Kev yn ffonio heno – fo fydd yn ffonio'n hwyr. Un o'r chydig sy'n gwybod y rhif. Mae hi'n dal i ffonio hefyd, dal i garcharu, dal i feddiannu. Bits. Mae *hi'n* bygwth dweud pethau os wnawn ni ddim dal ati. Mae'n haws dal ymlaen â phethau, felly. Er mod i wedi gweddnewid yn ddiweddar mi fedra i chwarae rhan y mab traddodiadol yn ôl y galw. Mae fy nheulu i'n ffrindiau mawr i mi, oherwydd dan ni'n byw yn nhai ein gilydd, ac mae'n anodd cadw cyfrinach wedyn. Dan ni'n wastad yn mynd am wythnos i Hen Golwyn hefyd. Dw i di bod yno ganwaith – cyfle i bawb fwynhau byw ar y gorffennol, a minnau'n crwydro heolydd y Bae yn chwilio am rywbeth newydd. Mi fydda i'n eistedd yng nghanol yr hen bobl ma ar y ffrynt yn dyheu am waredigaeth i glybiau nos Manceinion. O wel, cadw'r ddesgil yn wastad. Dyna fy stori i erioed. Dydy cael delwedd newydd ddim yn newid y person hanfodol, gwaelodol yma, mi fydd hwnnw'n dal run fath, a dydy hwnnw yn sicr ddim isio Wonder Woman Cwricwlwm rownd ei wddw."

Wythnos o'r tymor wedi bod ac roedd Mrs Cwricwlwm wedi rhagweld graddau TGAU pawb, ac eithrio graddau bach ei henaid hi ei hun. Roedd hi wedi cymryd y termau i gyd fel ffordd o fyw heb diwnio i anghenion bod yn ddynol. Wedi'r cyfan roedd hi ei hun yn y bôn yn meddwl fod y cyfan yn *crap* hefyd, meddai hi. Roedd hi'n drasig – wedi agregu, mentora a rhaeadru cymaint ac rŵan roedd hi'n *knackered* cyn dechrau'r flwyddyn addysgol. Ond nid felly roedd pethau'n ymddangos. Roedd Rhish y Pish wedi ei garcharu yn ei chynlluniau hi er mwyn cael ei ddefnyddio, ond mewn gwirionedd roedd o isio bod efo Kev, a chael mwy o hwyl yng Ngŵyl Trawswisgwyr Blackpool.

Roedd Trwynog ond Swynol yn ongli sgon a chyrains i mewn i'w cheg fel ladi ac yna yn siarad yn uchel dros y Caffi â'i cheg yn llawn.

"Y ddynes ma ar draws y ffordd i ni – yn ein *cul-de-sac* tawel ni – mae hi yn dod o'r ardd gefn yn ei *bikini*, ac yn agor drws y ffrynt i bob Twm, Dic a Harri ac mae pethau'n dechrau digwydd. Ofnadwy. Dw i di gweld plismon yn mynd ene . . ."

Deuai i mewn ar adegau i gyfarfod ei brawd tawel. Gwraig gwallt gwyn, agored allai ddelio'n barchus efo clecs, bron fel un o'r colofnau gofidiau yn y papurau newydd.

4

Roedd goleuadau'r Nadolig yn cael eu lleoli yng ngoleuni llachar Hydref, a chynghorwyr Caerfantell yn cwyno ei bod hi braidd yn gynnar. Stori arall i'r *Leader Nos* beth bynnag, a llun arall i Marty Tabloid. Canai Alma gân heddiw y tu ôl i'r til yn y Garej Esso gerllaw y Caffi.

Canai er bod ciw eiddgar o'i blaen, ac ni hidiai fod pobl yn cael gweld ei dolur, heddiw.

Byddai Carwen uchel ei chloch yn y Caffi yn chwilio am sawdl Achilles pawb ac yn ei daro bob tro, ac yna wedi cael ei phwdin gyntaf ac yna ei chinio, yn mynd adre i wrando ar ei Thâp Pwysedd C 90 a'i roi o ymlaen yn ddistaw o dan ei chlustog yn y gwely. Drannoeth fe fyddai'n ôl yn tramgwyddo ac yn galed fel haearn. Roedd yn anodd gweld pa wefr a gâi o ymddygiad o'r fath.

"Rŵan mod i'n weinidog, falle y gwnaiff Mam newid ei meddwl. Mi all hi ddweud – **Dyma fy merch sy'n weinidog.** Gweinidog efo Tystion Jehofa dw i, ac falle y galla i argyhoeddi mam mod i'n berson iawn. Dwi'n gweld perthnasau, ac mae hi'n eu gweld nhw hefyd ond mae hi'n deud wrthyn nhw ei bod hi'n siarad efo fi, ond tydy hi ddim. Dydy hi heb siarad efo fi ers yr adroddiad yn y papur newydd yn sôn mod i wedi trio lladd fy hun.

Fues i mewn stiwdio radio – Radio Merswy – efo Debi Jones. Wyt ti'n nabod Debi, Roc Trwm?"

"Nadw, di'm yn chwara math ni o fiwsig."

"Mae hi'n *lovely*. Wel mi es i yno unwaith, fi a mam i'r stiwdio ac wrth ddefnyddio dawn dweud – ti'n gorfod ei ddefnyddio fo – mi ddangosodd rhywun ni o gwmpas, ac mi welais i Debi ac mi welodd hi fi, ac mi liciodd hi rywbeth amdana i achos mi welais i hi'n siarad efo rhyw foi yn y stiwdio. Ac roedd hi ar fin mynd ar yr awyr am awr yn sôn am ysmygu, ac mi ofynnodd i mi faswn i'n siarad ar yr awyr, ac unwaith eto mi ddefnyddiais i fy nawn dweud."

Daeth Roc Trwm i ymyrryd ar hanes bywyd Carwen. Parhaodd i sgwrsio bymtheg y dwsin. Un o halen y ddaear oedd Roc Trwm hirwalltog, yn sôn am drefnu sesh arall ar y cyrion yn arbennig ar gyfer Eisteddfod Llangollen y flwyddyn nesaf ar ôl llwyddiant un eleni. Roedd Carwen yn wastad yn dotio at Roc Trwm yn ei grys T *Appetite for Destruction : Guns N Roses.*

Tueddai Roc Trwm i chwerthin pan glywai am Weiran Gaws yn chwarae mewn grŵp roc. Ar gowt ei fod o mor denau y cafodd Weiran Gaws y fath enw, ond roedd breuddwydion y ddau am anfarwoldeb ym myd roc yn taro benben â'i gilydd ambell dro. Roedd Weiran Gaws yn sicr yn lliwgar ac roedd ei ymddangosiad yn amrywio bob tro yr oedd yn ymddangos. Daeth i mewn i'r Caffi yn dynn wrth sodlau Roc Trwm.

"Dw i isio gwneud y *demo,* ond sgen i ddim digon o bres. Mi wnaeth fy nghariad i o Froncysyllte dorri efo fi achos ei bod hi'n dechrau gweithio shifftiau mewn tŷ bwyta yn Llan, a'i bod hi'n anodd dim ond 'ngweld i unwaith yr wythnos. Ond mi glywais i ei bod hi wedi gweld ei chyn-gariad eto ar Bont Ddŵr Pontcysyllte, a'u bod nhw wedi mynd i'r dafarn gyfagos am ddiod neu dri. Mae hynny wedi fy mrifo i'r byw."

"Froncysyllte ydy'r fersiwn Cymraeg am *bra,*" chwarddodd Carwen yn gwbl ansensitif, ac afreolus. Parhaodd Weiran Gaws gan edrych drwyddi.

"Ron i'n meddwl gyrru cerdyn *Missing You* ati, ond eto wedyn, rôn i'n meddwl ei bod hi'n well peidio dangos, fel bod hi ddim yn cael cymryd mantais. Ond roeddwn i'n gobeithio y codai hi'r ffôn.

Roedd ei thŷ hi yn llawn o bethau yn digwydd – pobl ymhobman, a rŵan mae fy nhŷ i yn unig mewn cymhariaeth – Mam yn cael ei hiselder, andros o gyfnodau gwael, a Dad yn gweithio, a'r dydd yn hynod o ddiflas a hir. Mi wariais i'r *Giro* i gyd mewn tridiau ar ddiod oherwydd mod i'n ei cholli hi, a bod gen i neb i siarad efo nhw fin nos. Liciwn i taswn i'n gallu caledu tipyn – creu rhyw gragen galed o'm hamgylch, ond falle na fuaswn i'n fi wedyn. Dan ni'r artistiaid i gyd 'run fath. Hei, dw i di sgwennu'r gân ma i eiriau mae na ferch ifanc sy'n gweithio efo'r anabl wedi ei roi i mi, ac mae'n nhw'n dda."

"Paid â phoeni, dwi ddim yn hoffi dy weld di yn drist," cysurodd Carwen yn arwynebol.

"Fysat ti wedi bod wrth dy fodd ddydd Sul. Aeth criw ohonom ni i Dalacre at y môr – ambell fotel o win, a fuon ni'n canu caneuon yn fanne. Finnau efo'r gitar yn canu *I gave it up for music and a Free Electric Band*. Wedyn fe fuon ni am fwyd i'r bar gwin yng Nghaer ac wedyn ar lan yr afon yn gweld y goleuadau'n disgleirio ar y dŵr. Roedd o'n wych."

Ni swniai Carwen yn blês iawn fod rhywun arall wedi dwyn y sbotleit , a rhywun mor farddonol hefyd.

"Hei ti'n swnio fel Zanzibar y consuriwr na sy'n dod i mewn yma rŵan. Mae'n rhyfedd sut mae hud yn darfod. Roedd na un o'r athrawon pan oeddwn i yn yr ysgol oedd yn eilun i bawb – gyda gwallt cyrliog, yn hir yn y cefn, ac roedd o'n denau. Ond mae o wedi llithro erbyn hyn. Mae ei ddyddiau fel arwr wedi mynd heibio."

Weithiau byddai synnwyr digrifwch Carwen yn mynd dros ben llestri. Gallai dramgwyddo'r tir brau hwnnw rhwng atgo melys a cholled garw. Gallai ddweud y pethau mwyaf ofnadwy wrth bobl, ond ni allai ei dderbyn yn ôl. Rhoddai gyngor annoeth i bobl.

"Ddylet ti ofyn i dy nain am bres Roc Trwm."

"Mae nain wedi marw erbyn hyn."

"Wel, felly fedri di ddim ei galw hi'n ôl am *Action replay* yn na fedri ?"

Roedd Sophie, Mystic Meg y Siop Goffi o Langollen, eisiau dechrau dosbarth nos ond ni wyddai ym mha bwnc. Byddai'n dod i mewn yn bur rheolaidd i sgwrsio efo Lin. Roedd ganddi wallt du gweddol hir a llinell amlwg o ddu o amgylch ei llygaid yn union fel ei gwallt. Bu'n ceisio arddangos ei gwybodaeth a'i dawn serydda efo rhai o selogion y Siop Goffi, ond ceid ymateb cymysg i'w hymdrechion i syllu i bêl crisial y dyfodol.

"Hi oedd yr un a ddywedodd fy mod i'n mynd ar drip, ond es i ddim," meddai Noel. "Roeddwn i'n *gutted*. Fysa hi ddim yn gallu gwneud cysylltiad efo'r lamp ar ochr ei gwely heb sôn am unrhywbeth arall. Mi wnes i ymateb mor chwyrn iddi un noson ar ôl iddi ddwed fy mod i'n mynd i faglu ar fy stepan drws ffrynt. *I was all of a quiver in Ponkey.*

–Paid â deud wrtha i bethau felly. Dw i ddim yn coelio ynddo fo. Dwi'n credu mewn Duw. Rhoddodd hynny ddiwedd arni hi."

Rhywsut, roedd Sophie'n annwyl ac nid oedd yn ceisio tramgwyddo pobl yn fwriadol. Ceisiai argyhoeddi Lin o'i sgiliau seicic.

"Oes gen ti Fodryb Mary ?"

"Mari, oes " meddai Lin yn wyliadwrus.

"Wel, rhaid i ti fynd i'w gweld hi. Sgen dy ŵr di dei glas?"

"Wel, mae ganddo fo un gwyrdd mae'n ei wisgo drwy'r amser."

"Dweda wrtho fo am beidio â'i wisgo fo ddydd Mawrth."

"O, druan o Iestyn."

"Hei! dwi'n mynd i gyfarfod y Chwiorydd heno, ond yn anffodus mae'n nhw i gyd yn wragedd! Mae yna rai yn Llan sydd wedi fy ngalw'n *wrach,* ac mae hynny wedi fy siomi, ond dwi'n dal i wylio Cliff Richard ar y fideo. Mae'r teimlad ar ôl gwahanu fel gloynnod byw yn dy stumog am ddwy flynedd, ond yna mae o'n diflannu. Mae'n anodd ar eich pen eich hun, mae'n anodd wedi priodi.

Mae'n siŵr dy fod di'n meddwl fy mod i'n rhyfedd – wel, mi rydw i a deud y gwir. Wrth fynd i'r capel dw i fod i daflu'r holl bethau seicic y tu ôl i mi. Ond dwi'n rhy sensitif, bydd raid i mi galedu. Dwi'n hoffi un o'r Efengylwyr 'ma, ond does na ddim byd yn debygol o ddigwydd ar hyn o bryd gan ei fod o'n America. Dw i wedi cadw fy nghariad drosto yn ddirgelwch am flwyddyn. Pan es i yn ôl i Dwrci i weld fy nheulu mi ysgrifennais i ato fo ddwywaith.

–Dyma fi ar y feranda yn meddwl amdanat ti . . .

Mi wnes i goginio bwyd i chwech o Efengylwyr ac roedd o'n hyfryd. Dydy'r hadau bach o amheuaeth ddim yn tyfu rŵan fod gen i Iesu. Dwi'n coelio bod *reincarnation* yn bod. Mi gollodd fy ffrind Shirley chwaer-efaill pan oedd hi'n un oed, a dwi'n meddwl mai fi ydy hi. Mae Shirley mor feddiannol – hi sy'n fy mwlio i i fynd i'r Eglwys 'ma."

Roedd meddyliau Jessica yn dal mewn trobwll celfyddydol ar fwrdd yr ynys. Doedd hi ddim am estyn allan at neb heddiw. Wrth gwrs, disgwyliai bob amser i bobl wneud hynny iddi hi. Byddai'n codi cywilydd arnynt yn gyhoeddus os na wnaent. Roedd ei gwallt hir yn llipa fel Morticia yn yr *Addams Family* heddiw, a'i minlliw coch llachar yn gylch blêr wrth iddi yfed ei choffi *decaff* efo llaeth sgim.

"Dw i'n byw cymaint y tu mewn i mhen i fy hun, ac eto mae na ran o'r ymennydd yn gwybod fod yn rhaid i mi fynd allan drwy ddrws y ffrynt hefyd er mwyn i mi gael estyn allan.

Wna i fyth ddeall yn iawn pam na ches i neges pan fuo Dadi farw. Roeddwn i wedi eu cael nhw bob tro arall – bob tro pwysig arall. Mi ges i un neithiwr ynglŷn â Paul, ac fe atgyfnerthwyd hwnnw y bore ma efo dyfodiad ei epistol o Brighton yn dweud ei fod o'n mynd i feddwl yn nhermau dynes iau ond ei fod o'n cydnabod cymaint yr ydw i wedi'i wneud drosto fo. Mewn geiriau eraill, mae o'n hoffi i mi fod fel bagl iddo fo. Ond dw i ddim am wneud fy hun yn agored eto. Mae o'n beth rhyfedd ond roeddwn i yn fy ngwely a doeddwn i heb gael unrhyw *caffeine* i wneud i mi beidio â chysgu'n arferol ond roedd rhywbeth ar fy meddwl, ac yn y troi a throsi, mi gefais i syniad eglur iawn o anffyddlondeb a brad Paul. Er y milltiroedd rhwng Brighton a Chaerfantell roeddwn i'n gwybod, a'r bore ma fe ddaeth ei lythyr yn cadarnhau.

Dw i'n cofio achlysuron efo Simon hefyd – roedd hyn cyn yr ysgariad, ond roedd y briodas yn mynd trwy ddyddiau anodd. Roeddwn i'n byw o'r llaw i'r genau ac yn ceisio cadw cartref iddo fo ac roedd o newydd gael ei ethol fel darpar ymgeisydd y blaid lafur ar y stad dai anodd. Dyna pryd ddaeth o i gyswllt efo Sula, ac er eu bod nhw'n deud na chysgon nhw erioed efo'i gilydd mi roeddwn i'n gwybod yn ei edrychiadau o ei fod o'n meddwl amdani hi, pan oedd o efo mi. Ac ar y pryd roedd ei hamodau byw hi mor wahanol i fy rai i. Roedd hi yn byw ar stad foethus gyfagos – roedd na ryw eironi creulon i'r cyfan. Roedd gan Sula dŷ mawr a phob math o gyfoeth – y pethau roeddwn i wedi eu cael fel plentyn cyn i Dadi anghytuno efo Simon – a dyma lle'r oedd o'n dotio ati ! Doedd y ffaith ei bod hi'n roegaidd, yn dywyll ac yn hynod o atyniadol ddim yn gwneud pethau yn haws o gwbl, ac roedd hi'n fodlon canfasio dros y Blaid Lafur o bob plaid. Beth bynnag, un diwrnod dyma fi'n cael rhyw synnwyr arall i fynd ar fy union i'w chyfeiriad hi, a disgwyl rhyw ychydig er mwyn gweld a oedd fy ofnau yn wir. Mi fues i'n disgwyl ar ochr Pont Adam, ac wir i chi, dyna lle'r oedd o yn dod allan o'i thŷ hi. A dwywaith neu dair wedyn yn y prynhawn mi ges i'r un teimlad, ac yna, ychydig wedi i mi gyrraedd y gornel fe welwn i hi yn dod efo fo.

Pam na ddigwyddodd neges efo Dadi? Pam, pan oeddwn i eisiau gwybod yn fwy na dim byd arall yn y byd, na wnaeth y synnwyr arall ddim gweithio? Mi gefais i brofiad anhygoel ychydig cyn i Dadi farw. Mi roeddwn i ar fy ffordd i'w weld o yn y ward yn y Maelor, ac wrth i mi agosáu roedd hi fel petai y dangoswr lluniau wedi rhewi'r llun, amser wedi ymestyn, ac fe gefais i y weledigaeth anhygoel ma o 'nhad. Roedd o'n ifanc eto, fel yr oedd o pan oedd o yn y fyddin yng Nghanada, a mor hynod o hardd. Doedd fy llwybr i efo Dadi heb fod yn un hawdd, ond yn y blynyddoedd diwethaf, roedd pethau wedi gwella, ac roedd salwch meddwl fy mab wedi sementio rhywbeth gwell yno. Ond yn edrych yn ôl arna i o'r wyneb ifanc yma oedd llygaid oedd yn llosgi efo Cariad – fel yr oeddwn i wedi gobeithio i nhad fod ar hyd fy mywyd, ac mi aeth hwn drwy fy ymwybod at fy enaid yn llwyr. Roedd o'n fwy nag edrychaid. Yna, mi gododd rhywun ei law oddi ar y peiriant rhewi amser, ac fe ddaeth amser creulon yn ôl, ac mi wnes i agosáu at y gŵr oedrannus oedd yn dioddef cryn dipyn o anesmwythyd wedi ei driniaeth. Ac mi ddeudais i "Helo Dadi, sut ydach chi heddiw?" Ond mi ddigwyddodd hyn, a dw i di bod yn meddwl yn aml mod i yn annheilwng i gael profiad felly. Ond er mod i wedi cael y profiad hwnnw, ches i ddim teimlad arbennig ar y noson pan fuo fo farw. Doedd y peth ddim ar fy meddwl a deud y gwir achos mi roeddwn i wedi bod yn siarad efo Mami yn gynharach a hithau'n dweud ei fod o'n gwella ac yn taflu ei fwgwd ocsigen i ffwrdd, a herio'r nyrsus. Roedd pawb dan yr argraff ei fod o'n gwella. Ond galwad ffôn gefais i i lawr y ffordd yn nhŷ fy ffrind gan nad oes gen i ffôn yn y fflat yn Suicide Close, yn dweud wrtha i am ddod ar fy union i'r ysbyty – roeddwn i'n amau. Mi es i at y ddesg a deud pwy oeddwn i, a'r munud y dywedodd y nyrs wrtha i – **Dowch ffordd hyn at eich teulu** doedd dim rhaid iddi hi ddweud wrtha i, roeddwn i'n gwybod. Mi es i i mewn ac roedd Mummy'n crio, yn methu deall.

Fedra i ddim deall pam na ches i neges ynglŷn â hynny. Roedd fy nhad a finne wedi dechrau agosáu, wedi dechrau dod i ddeall ein gilydd yn y blynyddoedd olaf, ac roedd o'n cydymdeimlo'n fawr efo salwch Geoff, ac mi fuo fo yn hynod o gefnogol, yn dod efo fi a Mummy i ymweld yn Ysbyty Dinbych. Fedra i ddim dweud pa mor hapus oedd y dyddiau hynny pan aem ni i Ddinbych i weld Geoff. Mi fyddai Mummy yn dod â brechdanau allan o dun – brechdanau ffres neis oedd hi wedi eu darparu a'u gosod nhw ar y bwrdd mawr gwyn yma, ac fe fyddai Dadi yno, ac mi roedd Geoff, ac un arall ar yr un ward o'r enw Olwen oedd yn hynod o famol tuag ato fo yn ymuno efo ni ar ein te bach. Mi roedd hi'n mynd i'r cefn i wneud y te 'ma ac roedd y te yn dal i lifo gydol yr amser. Dyddiau rwy'n eu trysori, rhai o oriau gorau fy mywyd – dim ofnau a phawb efo'i gilydd, fel yr oedden ni i gyd i fod."

Diflannodd Jessica i fyny'r grisiau yn y Ganolfan Gelfyddydau i geisio'r canol llonydd i'w helbul i gyd yn y dosbarth Yoga wythnosol.

Roedd ysgafnder Noel yn ei nodweddu er gwaethaf trymder baich wyneb Jessica, ac roedd yn trio ei orau glas i osgoi Sophie a'i phroffwydoliaethau. Deuai Noel i mewn fel Noel Coward fel petai am lafarganu un o'r monologau rheiny. Roedd ei wallt yn hir a thonnog, ac roedd sgarff o amgylch ei wddw. Byddai Lin yn wastad yn falch o'i weld gan y deuai â rhyw ffresni i mewn i'r Caffi. Roedd o'n sôn am helbul ei fore ar ôl trin ei wallt.

"Mi edrychais i yn y drych, a dyna lle'r oeddwn i, Purdey o'r *New Avengers* – Joanna Lumley. Felly mae Heulwen wedi gwneud rhywbeth iddo fo i geisio ei achub o . . ."

Ac ar yr un gwynt doedd y difrifol ddim ymhell i ffwrdd; "Mi ddeudis i wrth mam unwaith, fedrwch chi feddwl eich bod chi'n nabod rhywun, ond mewn gwirionedd yr unig un fedrwch chi nabod yn iawn ydy chi eich hunan. Neb arall."

5

Byddai Lin wrth ei bodd yn sgwrsio efo rhai o ffrindiau ei thad o Gôr y Dur gan eu bod nhw'n bobl mor groesawgar a chynnes. Bu eu thad a'i thaid cyn hynny yn rhan o ffabric y côr.

"Mae'n fwy na chôr, dyma eu bywyd." Roedd gan hogia'r Dur fwy o amser i'w dreulio rŵan fod y gwaith wedi cau, ac roedd cadw'r côr i fynd rhywsut yn cynnal yr hen frawdoliaeth a chyfeillgarwch yn un o'r pentrefi i'r gorllewin o Gaerfantell. Gyda'r Hydref, dychwelai nosweithiau'r corau yn Neuadd William Aston – y cyngherddau gwych rheiny y gallai Caerfantell yn unig a'i phentrefi cyfagos eu llwyfannu.

"Hei cofia den nhw ddim byd tebyg i Fois y Rhos a'u *Morte Christe* yn gyrru ias i lawr dy gefn di, uffen," ychwanegodd Dai Owen. Edmygai Lin gantorion y Rhos hefyd am benderfynu'n ddoethach na mynnu hen daeogrwydd cloi cyngerdd efo *God Save Our Gracious Queen* a gadael hi ar *Hen Wlad fy Nhadau* yn unig. Beth roddodd ei mawrhydi erioed i hen hil gynnes, agos, falch y talcen glo?

Roedd gan Jack un o henwyr Côr y Dur fwy o amser i fynd i gyngherddau ers iddo ymddeol ac ers i'r Dur ddod i ben mor swta yn ei anterth. Deuai i mewn am baned ar ddiwedd pnawn a byddai wrth ei fodd yn herio Lin.

"Ti wedi fy nal i rŵan yn do? Sut mae dy dad a dy frawd?"

"Iawn, dwi'n meddwl eu bod nhw wedi methu ymarfer nos Sul diwethaf."

"Ti'n gwybod lle dwi'n mynd rŵan?" gofynnodd Jack. "Dw i'n mynd ymlaen i Glwb yr Eglwys Gatholig dim ond am ryw hanner awr ar nos Wener achos mod i'n hoffi'r organydd sydd ganddyn nhw'n chwarae yno. Dim ond awr i helpu'r min nos yn ei blaen."

"Wel, mae'n braf cael mynd allan a chyfarfod pobl yn tydy ?" ychwanegodd Lin.

"Paid â sôn hogan, dw i di bod yn cael trafferth efo 'nghlustie." Hoffai Lin fel yr arferai Jack ei galw'n hogan bob amser.

"Do'n i ddim yn gallu clywed dim byd, ac roedd gen i ofn mynd allan rhag ofn i mi wneud ffŵl ohonof fi fy hun. Ta waeth, mi es i at y doctor a dyma nhw'n fy ngyrru i at arbenigwr, ac mi ddeudon nhw fod gen i gŵyr yn fy nghlustie a bod rhaid ei gael o allan. Mi ges i *olive oil* i dywallt i mewn iddyn nhw, a – Dewch yn ôl mewn wythnos. Do'n i ddim yn licio sôn am y côr yr adeg hynny achos newydd ddechrau mynd yn ôl ar ôl colli Ena yr oeddwn i. Falle bod dy Dad di wedi deud y stori yma wrthot ti?

. . . Wel, mae nhw'n sôn am fynd i'r Neuadd Albert eto eleni efo'r Mil o Leisiau, ond dw i ddim am fynd eleni – rhoi dipyn o gyfle i'r pethe ifinc ma. Mae o'n golygu diwrnod hir o waith – yno i ymarfer yn y bore, cinio, wedyn ymarfer eto, ac ar ôl te mae'r cyngerdd ei hun yn para cymaint o amser. Nid dweud yr ydw i mod i ddim yn mwynhau mynd, ond dwi di bod o'r blaen – mi fuasai'n rhy flinedig rŵan. Mae'r hen hogie yn y côr am ddal ati er fod y Gwaith Dur wedi cau. Yden wir.

Beth bynnag i ti hogan, ymlaen â'r stori. Dyma nhw'n cael y cwyr ma allan o'r glust dde, a dyma nhw'n trio gwneud yr un peth i'r glust chwith, ond doedd y cwyr ddim am symud. Roedd ganddyn nhw ofn gwneud niwed i'r drwm. Rôn nhw wedi rhybuddio falle bysa'r cydbwysedd allan ohoni am ychydig, ond be gefais i oedd mwy o *olive oil* a'r cyngor i ddod yn ôl mewn

wythnos. Wel paid â son, mae'r Côr yn mynd i fyny i'r
Alban yr wythos nesaf, ac felly roeddwn i'n awyddus i
gael y glust wedi'i setlo erbyn hynny. Ac medde finnau
–Gobeithio bod chi'm yn meindio i fi ddeud, ond dw
i'n canu efo Côr Meibion y Dur ac mae'n rhaid i mi
fynd efo nhw i'r Alban yr wythnos nesa – nos Wener.
Pryd oeddech chi'n meddwl i mi ddod i mewn?
–Côr meibion? medde'r Doctor ifanc. Mae'n syndod
eich bod chi'n gallu clywed eich hun ddigon i fod
mewn côr meibion efo'r cwyr ma yn eich clustie. Roedd
o'n ifanc ond roeddwn i'n licio fo'n iawn, a chwerthin yn
ôl wnes i, achos mae hi wedi bod yn anodd clywed y côr,
er mai dim ond i dri ymarfer dw i di bod ers yr
ailddechrau.

–Peidiwch â phoeni medde fo mi fyddwn ni wedi hen
setlo eich clust chi erbyn hynny. Dowch i mewn ddydd
Gwener, a dyna lle dwi'n mynd yfory, ac yna am yr
Alban ddydd Sul.

Mi fydd hi'n anodd cofia, achos yr Alban fydd y tro
cyntaf heb Ena. Roedden ni'n arfer mynd i bobman efo'n
gilydd, drwy'r wlad i gyd, ac efo'r côr dros y dŵr.
Roedden ni wedi trefnu i fynd ar daith y côr i Fflorida,
ond fe fu farw Ena yn annisgwyl, ac mi roedd hynny'n
ergyd drom i mi. Mi fuodd yr arweinydd yn trio fy
swcro i i ddod ar fy mhen fy hun, ond mi roedd o'n rhy
fuan.

–Tyrd medde fo, dan ni angen bois fatha chdi yn y côr.
Ti di bod efo ni ers dipyn. Yn teithio o'r Dref Wen draw
i bob ymarfer.

–Do. Naw mlynedd ar hugain meddwn i, a chwarae teg
i'r arweinydd mae o'n foi diffuant, yn gwybod be di colli
gwraig ei hun

–Mae angen pobl fel ti sy'n hen gyfarwydd â'r *repertoire*. Yn gwybod y caneuon tu chwith allan. Nid fel rhai o'r aelodau ifanc newydd ma sy'n ymuno achos fod o'n wyliau rhad. Tyrd efo ni. Ond allwn i ddim gwneud hynny, ond mi fydda i'n mynd i'r Alban y penwythnos nesa i ganu iddo fo, yn ei ail res. Yn barod amdani!

Ac mae o'n foi da – Gwilym yr arweinydd – mae o wedi cynnig mynd â fi i'r Dref Wen i weld bedd Ena. Mae o'n bell ti'n gweld rŵan mod i'n ôl yn fy nghynefin, ac achos fod fy mhlant i yn gweithio yn yr ysbyty, allan nhw ddim cael amser rhydd. Fydda i ddim yn cael mynd yna'n rhy aml achos dydw i ddim yn gyrru, ond mae Gwilym wedi rhedeg â mi yno o'r blaen. Mae o'n deall rhywsut, a fysa ddim raid iddo fo ddeall yn na fuasai? Mi roedd rhaid i mi wneud llawer iawn o ben-derfyniadau yn y mis yn dilyn marwolaeth Ena a dw i ddim yn difaru un ohonyn nhw. Mi roedd gennym ni dŷ mawr yno a phethau, ond er fod gen i ffrindiau yno, doedd gen i ddim gwreiddiau na theulu agos, ac fel wyt ti'n gwybod, mae rheiny mor bwysig. Roedd yn rhaid i mi benderfynu dod yn ôl, a dyna wnes i – yn ôl i Frynteg. Mae fy nau fab yn agos a dw i di cael symud i mewn i fyngalo roedd fy ŵyr wedi'i brynu fel buddsoddiad. Hogyn call. A chredwn i rioed y baswn i'n hoffi dod yn ôl i gysgod goleuadau Caerfantell, ar ôl yr holl amser yn y Dref Wen.

Wrth gwrs roedd y côr yn fy nghlymu i at y cynefin efo dau ymarfer yr wythnos, ond pan gaeodd y Gwaith Dur mi gollon ni ein lle ymarfer. 'Runig gwilydd sgen i rŵan ydy fod yr ymarferiadau yn Neuadd Bentre Brynteg heb lwyddo – rhyw hogie heb waith yn ffidlan efo ceir y côr y tu allan yn ystod yr ymarfer, sugno petrol ohonyn nhw, bocha efo'r teiars a dwyn radio o ambell un. Biti am hynny – yn ôl yn fy hen bentre, mi'r oedden ni'n arfer gadael y drysau heb eu cloi. Ond ta waeth i ti 'merch i – 'da ni'n ymarfer yng nghapel y Brake, a does na neb yn dod i amharu yn fanne."

Daeth Mrs Cwricwlwm Cenedlaethol i mewn i guddio y tu ôl i'r maen orsedd yn y cwrt – y tu ôl i *Rock Hudson* chwedl Noel. Roedd ei hwyneb yn fflamgoch a'i hagwedd yn sychach na sych. Yn amlwg roedd hi wedi mwynhau diwrnod arall o ddysgu plant. Ond gwir asgwrn y gynnen heddiw oedd ei bod hi wedi derbyn Cerdyn Sant Ffolant, a'i agor o'n eiddgar. Y tu mewn wedi ei ysgrifennu mewn ysgrifen mawr coch oedd y geiriau enfawr *PISS OFF*.

Bu Glenda, rheolwraig y Caffi, yn athrawes am ddwy flynedd a hanner – a chasau bob munud. Ychydig o eiliadau cofiadwy a gafodd hi o fewn y gyfundrefn honno.

"Rhaid i ni roi rhai o'r cacennau bach allan. Ma nhw'n edrych yn dlws." Ysgubodd y cof am ei dyddiau ysgol o'r meddwl yn syth. Y tu ôl i'r wyneb busnes roedd yna galon oedd yn sleifio'n dawel i gynhebrwng rai o selogion y caffi, neu i gnocio drws claf. Ar waethaf ei dull uniongyrchol roedd yna ymgais at geinder ymhob ffordd. Roedd hi'n cynghori bobl ifanc yn ei hamser sbar ar Gilgwri. Bu ar ei gwyliau, ac yn ôl yn gweld ei theulu yn yr Ynys Werdd.

"Ma hyd yn oed y caethweision yn gorfod cael gwyliau," meddai dan chwerthin, ond roedd ymhell o fod yn gaethwas i unrhyw un, a llanwai ei gwyliau â gorchwylion.

Fe gymerid y dewis helaeth o fwyd cartref yn y Caffi yn ganiataol – y quiche llysieuol a'r un cig moch, a'r un cnau os oeddech chi'n gynnar, y tartenni, a'r cacennau bach a gymerai gymaint o fryd yr ymwelwyr wrth iddynt deithio heibio'r cas gwydr tuag at y til a ffynhonnell y coffi neu'r baned de wedi'r oriau blin. Cacennau bach wedi eu haddurno â llaw y bore hwnnw, pob un yn wahanol mewn rhyw ffordd, yn cael eu harddangos y tu ôl i wydr fel hen grefft a elwid Gwarineb.

Sadie oedd y tu ôl i'r cowntar heddiw ac fe hoffai hi weld cyflwyno jiwc bocs yn y caffi – neu feic Kareoke a llif oleuadau. Hi oedd yr ieuengaf yno ar wahân i'r ferch ysgol, Pippa.

"Mi fuaswn i'n codi llaw ar fy ffans i ac yn cael ffenestri wnaiff ddim gadael bwledi drwyddyn nhw, a *Sadie's Singalong*, fatha Max Bygraves. Ti'n gwybod beth ddywedodd rhywun wrtha i yn Dre, Lin?
**–You look like one of the romans with your hair like that.
–Cheeky git. I happen to like my hair style like this. Anyway didn't you used to work in Denbigh when it was open?** ac mi gaeodd y cythraul ei geg wedyn."

Ond roedd Sadie yn wych efo pobl dan anfantais neu anabledd a ddeuai i mewn i'r Caffi. Gallai ddangos cymaint o gariad a'u cofleidio'n gynnes. Roedd fel petai rhyw lafn o'r Duwdod yn dod i ganol plant y llawr bryd hynny, ac unrhyw eiriau cras ganddi yn cael eu tirioni.

"Ar y cyfan dwi'n da i ddim," meddai Sadie wrth Lin,
"Fel arfer dwi'n anghofio am atebion clyfar i bobl sy'n rhoi hasl i fi. Ron i'n arfer mynd i'r ysgol i gael hwyl. Dwi'n cofio cael un allan o gant yn yr arholiad Ffrangeg, a hynny am sgwennu fy enw. Ti'n gwybod y Nadolig pan oedd y Milky Ways yn dod o amgylch yn yr ysgol gynradd, wel doeddwn i byth yn cael un. Doedden nhw ddim yn dod rownd ata i. Dw i'n cofio'r athrawes Gwyddor Tŷ yn arfer deud wrtha i yn yr Ysgol Uwchradd
–Well i ti gael gwared ar y clustdlyse ne, a'r mwclis ne rŵan. Mae hi'n dod i mewn i'r Caffi rŵan – i fan hyn, ac mae hi'n iawn chwarae teg. Ond ron i'n uffernol – yn taflu rwberi at yr athrawon, ac roedden nhw yn arfer

taflu pethau ata i. Roedd yr athrawes Gymraeg yn mynd mor rhwystredig erbyn y diwedd mi wnaeth hi daflu planhigyn ata i, a phan fyddai hi'n ei ddyfrio fo fe fyddai hi'n gneud yn siŵr fod y dŵr yn dod drosodd ata i.

Hei dw i'n cofio unwaith roedden ni i gyd i fod i chwarae allan ar y cae – roedd hi bron â bod yn amser Mabolgampau, a dyna fi a fy ffrind yn penderfynu – ewcs does dim rhaid i ni wneud o – ac mi aethon ni i'r gampfa yn lle mynd i'r stafell arall lle'r oedd y plant efo'u nodiadau esgus i gyd yn cael eu cadw. A dyma ni yn cael yr offer i gyd allan a dechrau hongian oddi ar raffau a siglo ar y siglen. Dyma'r dyn Ymarfer Corff yn dod o hyd i ni ac erbyn hyn roeddwn i i fyny ar y nenfwd yn rhywle yn siglo yn ôl ac ymlaen fel Tarzan.

–Be wyt ti'n ei neud i fyny fanne?

A medde fi wrtho fo – **You Tarzan, me Jane.**

Fe aeth o'n hollol wyllt ac fe aeth o â fi i gornel y gampfa a hitio fy mhen ôl i am funudau efo'r bat criced oddi ar y cae. Wna i byth anghofio fo. *You'd get done for it now like.*

Na dw i'm yn alluog – o dw i'n gallu gwneud un peth – gwneud babis yn llwyddiannus. Fydda i'n meddwl am yr athrawon druan rŵan – roedden ni'n rhoi y fath *drafferth* iddyn nhw. Er mi roedden ni'n cael *stick* ganddyn nhw hefyd am pwy oedden ni a lle oedden ni'n byw. 'Di dyn yn methu dewis ei deulu, ac mae'n biti fod enw teulu yn dod ar y blaen i rywun.

Dw i'n cofio unwaith amser cinio yn yr ysgol rôn i yno yn fy Parker ac roeddwn i di mynd i gael ffag – mae'n rhaid fod rhywun wedi deud eu bod nhw di gweld ni yn mynd i lawr Park Avenue, achos rôn i yn y parc yno'n cael drag efo fy ffrind pan ddaeth y *flamin Dep Ed* o mlaen i a'n cyhuddo ni o smocio. Yn y cyfamser rôn i di rhoid y ffag ym mhoced côt y Parker ac mi roedd na fwg yn dod allan o'r gôt. Roedd y parker ar dân , ac mi roedd o'n reit doniol deud y gwir yn gweld yr athro'n gweiddi **–Take it off. Stamp on it, stamp on it,** ac yn cynhyrfu'n fwy na fi !

O, dyddiau ysgol, dyddiau na ddaw'n ôl. Wel, well i mi fynd yn ôl at y golchi llestri neu y munud y stedda i dyna fo. Dw i di malu dwn i'm faint o lestri heno."

Daeth Stormin Norman y darlithydd i mewn yn wyllt o feddwl ei bod hi'n ddechrau tymor. Rhyfedd nad ydy o'n nabod Mrs Cwricwlwm Cenedlaethol i gael trafod efo hi minws neu plws ei bywyd trist.

"Di'r bygars ddim yn gwybod be ddiawl ma nhw'n ei wneud. Mi dw i di mynd i mewn y bore ma i'r Coleg lle'r oeddwn i'n gwneud y dosbarthiadau TGAU Hanes a Gwleidyddiaeth, ac mae'n nhw wedi eu diddymu nhw. Jyst felna. Dyna i chi sut gymrodyr sydd gen i yno. Mae na adran o un coleg arall yn symud i'r llawr lle'r oeddwn i, ac mae'n nhw'n diddymu ni – nid fi'n unig, ond pob cwrs TGAU. Ma isio sbio ar eu pennau nhw wir!

Wedyn mi ddeudon nhw wrthan ni am aros o gwmpas i gael gwybod beth fyddai angen i ni wneud yn lle hyn, ac mi roeddwn i yna tan dri yn cyfarfod myfyrwyr Cwrs Cyffredinol, er bod na 20 isio gwneud Hanes. Rhyw blydi cwrs Mickey Mouse efo fideos – dan nhw ddim yn gwybod be maen nhw isio, a mwy na hynny, dydy hanner y darlithwyr ar y cyrsiau pen agored ma ddim yn gwybod be ddiawl ma nhw i fod i ddysgu. Mi fues i a tri arall i mewn yn cyfarfod llond oriel ddarlithio o stiwdants, yn sgwrsio a'u torri nhw i mewn yn araf.

Erbyn i mi gyrraedd adref am chwech neithiwr, mi ges

i alwad ffôn yn deud eu bod nhw wedi newid eu meddyliau eto, a rŵan fod y cwrs hwnnw ddim yn bod. Dw i wedi bod mewn colegau eraill – wedi lledu fy esgyll dipyn yn ystod y blynyddoedd diwethaf – i Benbedw ac o gwmpas – ac wedyn i weld coleg yn gweinyddu pethau fel hyn. Dôn i ddim yn gallu credu. Ond mae o i gyd i'w wneud efo trefn y Toriaid, anelu popeth at gyfalafiaeth at wneud pres – Astudiaethau Busnes, Cyfrifiaduron, tydy'u hanner nhw ddim yn gwybod be maen nhw'n ei wneud. Petai o ddim mor chwerthinllyd mi fuaswn i'n sgwennu at y papurau yn ei gylch. Ac i feddwl cymaint wnes i aberthu efo'r criw di-ddeud yna oedd ddim isio gwybod dim am Hanes y llynedd, cymaint yr aberthais i, fedra i ddim coelio."

Gwrandawai Lin yn eiddgar ar y sgwrs am ei maes newydd hithau – y byd addysg – y maes y disgwyliai gael swydd ynddo ar ddiwedd ei chwrs coleg ym Mhrifysgol Caerfantell.

"Dwi'n siŵr y bydd pethau'n well nag ydych yn ei feddwl."

"Ia ond y broblem ydy pan dach chi'n teimlo'n isel mae pob math o bethau yn ymosod yn hawdd arnoch chi – un o'r pethau hynny yw fy mhenglin i – mi ges i wayw efo fo dros yr haf i gyd ac i feddwl ma'r lle yna a adawodd i mi ei gael o. Mi wna i waith cyflenwol os fedra i gael peth a gwneud defnydd o fedru dysgu rhywbeth drwy'r Gymraeg. Dan ni'n cael ein trin mor ddiseremoni gan y sustem addysg rŵan gan fod honno wedi mynd i gyfri'r ceiniogau, a rhif ydy pawb yn y bôn – os hynny. Doedden nhw ddim yn medru dod o hyd i'n enw i ar y cyfrifiadur yn y swyddfa addysg newydd swel na."

Roedd Lin ynghanol ei hymarfer dysgu a theimlai reidrwydd i gyfrannu at y sgwrs:

"Efo plant bach yr ardal yma, dwi'n cael hi'n anodd iawn peidio â chwerthin wrth ddweud y drefn wrthyn nhw achos eu bod nhw mor ddiriedus a gwreiddiol. *Rum lads*. Ond mae'r holl ddull o'u dysgu nhw i fyny fama yn fwy agored na'r profiad Ymarfer Dysgu ges i yn yr ysgol aml-hil ym Manceinion y llynedd." Roedd Lin yn un o'r cyfnodau arbennig hynny pan oedd hi'n gallu gweld goruwch unrhyw ofidiau. Roedd hi'n edrych o'r galeri – oducha'r gerddorfa ac yn chwerthin yn braf.

"Mae'n emosiynau i fel cerddorfa – mae gen i'r ffidil llyfn a hefyd y drwm yn dwrdio'i ddu, a'r symbalau'n gwrthdaro. Mae Mam yn deud wrtha i mod i'n gwisgo nghalon ar fy llawes, ac y dylwn i wisgo het fawr efo Dumbo wedi ei ysgrifennu arni, achos mod i'n achub cam bob un sydd wedi syrthio ar fin y ffordd." Siaradai Lin ei barddoniaeth yn gyson er na ysgrifennai o i lawr yn aml. Byddai ei pherson yn atgoffa rhywun o naws y fro, o genhedloedd yn cyfarfod bob Gorffennaf yn Llangollen, o fiwsig a dawns a gwên.

Gwelai Lin ei hun fel darn o roc yn y ffair, ac o'i hollti i lawr y canol byddai yna gylch mawr Celtaidd – cylch mawr o ffrindiau, a chylch mawr o'r Celfyddydau.

"Pam na all pawb fod yn Gelfyddydol? Mae'r Caffi yn ein cadw ni'n gall drwy adael i ni fod yn hurt!"

Cofiai hir flynyddoedd cymdeithas y Caffi, a hi oedd ei enaid. Cofiai i hyd yn oed y mwyaf oriog fod wedi cael cyfnod da yma yn hir yn ôl, wedi gwneud ymddangosiad. Dyna oedd ei chysur oedd yn cyfiawnhau ei byw bod rhyw warineb wedi bod hyd yn oed os oedd o'n cael ei guddio.

"Mae'r Caffi fel rhoddi *medicinal compound* i bobl yng nghân Lily the Pink, fod pawb sy'n aros yn cael eu newid. Mae'r Caffi fel Egdon Heath i Clym Yeobright, dio'm yn gallu gwahanu ei hun oddi wrtho. Fel yna ydw i." Ni edrychai Stormin Norman wedi ei galonogi o gwbl gan ei geiriau gobeithiol y prynhawn hwnnw.

6

Daeth Celt i mewn efo Enya yn chwarae *Shepherd Moons* ar ei ffyn gwrando.

"Dw i di clywed am waith aiff â fi o'r twll ma – oddi ar y dôl ac yn rhywbeth i wneud i mi ddechrau talu dyledion. Gwaith mewn gwesty ar ynys yn ymyl Portsmouth – gwaith gaeaf yn gweini ar bobl ddaw i aros yno. Mae'r gwesty yn un hen ffasiwn ac fe fuo Agatha Christie yn aros yno, mae'r gwesty wedi ymddangos yn un o'i llyfrau medden nhw. Sut gefais i'r cyfle oedd fod ffrind newydd fod yn gweithio yno, ac wedi dod yn ôl efo'r neges eu bod nhw'n chwilio am staff gaeaf. Dydy'r gwaith ddim mor anodd â hynny ac mae na gymdeithas dda ymhlith y gweithwyr.

Hefyd mi fuaswn i'n gallu mynd i lawr yno i ysgrifennu dipyn ar fy llyfr Mytholeg Celtaidd – ar ynys mewn awyrgylch hamddenol, mi allwn i rannu fy amser sbâr rhwng y sgwennu a mynd i'r dafarn ar yr ynys. Wel, drychwch yr effaith gafodd o ar Agatha Christie. Os dw i'n mynd, dwi'n gorfod mynd erbyn dydd Mercher nesaf. Does na'm gwadu na fydda i'n colli'r Siop Goffi ond mae gwaith yn rhy werthfawr i'w wrthod. O leia mi aiff â fi o Gaerfantell."

Doedd gweddill grŵp y Siop Goffi ddim yn awyddus i or-ymateb gan eu bod wedi clywed cynlluniau tebyg gan Celt sawl tro. Roedd Weiran Gaws yn ymuno yn y band efo Roc Trwm a rhyw eiddigedd rhyfedd rhyngddynt, a'r ddau fel *Little and Large* wrth ochrau ei gilydd. Ond y prif reswm roedd Weiran yn dod i mewn yn gyson y dyddiau hyn oedd ei fod o'n ffansïo Pippa ifanc y tu ôl i'r cowntar – gweinyddes am ychydig oriau bob min nos rhwng astudiaethau Lefel A.

"Mi roedd y dyn oedd yn tacluso'r tir wrth ymyl ein tai ni ym Mharc Acton yn deud ei fod o wedi clywed fy enw i ar Radio One. Cais i *Wyran Gauze* o Gymru ar sioe John Peel gan Gayle. Ac yna fe chwaraeodd o Manic Street Preachers. Wel dw i di bod yn trio meddwl am Gayle a fedra i yn fy myw â meddwl pwy ydy hi. Rôn i yn 'nabod llawer ar y cwrs Celfyddydau Mynegiannol yn y Tec, ond er na wnes i ddal at hwnnw, dw i di cadw cysylltiad efo Gayle o Ffrith. Dw i'm yn meddwl y basa hi'n sgwennu at John Peel. Yr unig Gayle arall fedra i feddwl amdani oedd rhywun oedd efo Jessica Fardd yn y *Poems and Pints* na tua tair mlynedd yn ôl yn y Turf. Hi ddeudodd fod fy nghanu i efo gitâr yn ei hatgoffa hi o Bob Dylan."

Syllai Pippa o du hwnt i'r cownter a'r cacennau at Weiran Gaws. Yn amlwg, roedd hi â'i golygon arno fo hefyd, ac ni wyddai lle i edrych pan ddeuai i ofyn am baned. Gobeithiai y byddai amser yn treiglo'n gyflymach er mwyn iddi gael gorffen gwaith. Bu'n rhannu ei chyfrinach efo Lin pan gafodd egwyl a phaned.

"Dw i wedi ei ffansïo fo ers tro a deud y gwir, ac mae o am fynd â fi allan ar Ddall Fachiad – *Blind Date! Surprise surprise chuck!* Mae o'n iawn – dipyn o bendolciwr, ond pwy sy'n poeni'n ddwy ar bymtheg oed, yn y Coleg Celf ac isio dipyn bach o bres poced?

Ma'n rhaid i chi ddioddef walis yn dod i'r lle yma. Dyna i chi'r dyn Croeseiriau 'na sy'n wastad yn gofyn os ydy Ruth Madoc wedi bod i mewn."

"Ruth Madoc? Fedra i ddim meddwl pwy. Falle mai fi mae o'n feddwl!" chwarddodd Lin.

"Wel, mae 'na ryw ddynes yng Nghapel y Graig sydd yr un ffunud â Ruth Madoc, ond sut ydw i fod i wybod y pethau 'ma? Mi benderfynais i y diwrnod cyntaf y dois i yma nad oeddwn i ddim am gymryd dim jip gan unrhyw un, felly os ydy Glenda yn gofyn i mi wneud gormod y tu ôl i'r cowntar fin nos mi fydda i'n deud wrthi hi hefyd. Plicio'r llysiau dwi'n wneud fwyaf fin nos neu symud stwff o'r hen rewgell anferth na yn y cefn. O leiaf mae hynny'n well na dadrewi un o'r bygars!

Ma Llidiart Ceidwad yr Oriel a'r Porthor ar y drws yn deud ei bod hi'n dawel heno achos mod i y tu ôl i'r cowntar ac y bydd Glenda yn cael gwaraed arna i achos mod i'n peri i gwsmeriaid gadw draw. Ond dydw i ddim!"

"Tynnu dy goes di mae Llidiart. Mae o'n gwneud hynny efo pawb," cysurodd Lin, a gafodd ei brifo ei hun ambell dro gan ei ddull uniongyrchol o ddelio â chi.

Ni chlywodd Lin yr ateb – roedd dan swyngyfaredd.

"Ma Weiran Gaws a'i fêt yn dal i fod yma yn smalio bod â diddordeb yn yr Arddangosfa i ddisgwyl i hebrwng fi adre ar y bws – yr holl ffordd i Rosymedre. *It must be love.* Mae o fatha golygfa o hen ffilm Judy Garland – *Meet Me in St Louis* neu *Under the Clock* y ffilmiau 'na mae bob un ohonom yn dotio atyn nhw cyn sylweddoli fod bywyd yn wahanol mewn gwirionedd."

Dyddiau hir oedd i Geoff yn ceisio dod i delerau â'i salwch sgitsoffrenia, yn cael dyddiau da a dyddiau gwael. Byddai'n tollti'r dyddiau i fewn i'w soser de. Daliodd sylw Croeseiriau a edrychodd i fyny o'i ddydd cryptic i edrych ar yr "oddballs" oedd wedi ymgynnull yn y Siop Goffi.

"Mae'r twr wedi dod i lawr ar yr hen Ysbyty Coffa. Roedd o'n grêt i'w wylio. Dw i'n dod i mewn i'r Caffi i gael un pryd poeth o fwyd y diwrnod. Mi fydda i'n gwneud brechdanau yn y cartref fin nos. Mi fydda i'n hoffi cael y cig eidion efo grefi, tatws, moron a phys, ac yna'n hoffi ei orchuddio fo'n gyfangwbl efo sôs coch. Wedyn darn o gacen goffi."

"O! wel, dyn traddodiadol iawn ydw i. Dim sôs coch i mi" meddai Croeseiriau.

"Mi fydda i'n hoffi mynd i'r llyfrgell i weld y llyfrau. Mae nhw'n cadw un o dan y cowntar i mi bob diwrnod ac mi fydda i'n mwynhau mynd i ddarllen hwnnw. Llyfr am deulu brenhinol

Lloegr. Dwi di bod yn Ninbych unwaith neu ddwy ond dydy hynny'n ddim byd i fod â chywilydd ohono, ac fedra i ddim helpu'r sgitsoffrenia. Rhai dyddiau mae o'n waeth nag eraill.

Dw i'n hoffi arlunio – mi fydda i'n gwneud hynny yn y Ganolfan, mae hynny rhywsut yn fy rhyddhau i, fyddwn i'n licio gwneud fy T.G.A.U. mewn Arlunio. A dw i'n licio trenau hefyd; mi fydda i'n mynd i weld rheiny weithiau ar ôl i mi gael fy nghinio. Ond mae bob bore yn dechrau efo taith o'r cartref i Gaffi Tesco achos fod na ferch dw i'n ei ffansïo yno, wedyn yn syth at y dymchwel yn yr Ysbyty Coffa. Wedyn i'r Llyfrgell i weld fy ffrindiau, ac i ddarllen y llyfrau.

Dw i'n gorfod byw yn y cartref achos wnaiff fy mam ddim fy nghael i gartref rŵan. Mae hi'n cadw cysylltiad ac yn dod i ngweld i. Well i mi fynd achos dw i di gadael ffenestri y tŷ i gyd ar agor."

Diflannodd Croeseiriau yn ôl i fyd oedd mor cryptig â'i fywyd o, gan ei fod o'n gweld Trwynog ond Swynol yn dod, ac ni allai ddioddef mân siarad â honno!

"Helo nghariad i sut wyt ti? Dwi heb dy weld di ers hir." Daeth Trwynog ond Swynol i mewn yn sgwrsio efo Lin. "Yndi mae o'n annwyl yn tydi. 'Dw i'n gwybod fod o'n beth ofnadwy i ddeud ond weithia mi fydda i yn meddwl beth ydy'r pwynt o fyw fel yna, ond wedyn mi fydda i'n cywilyddio ac yn sylweddoli fod Duw yn trio dysgu rhywbeth i ni drwy bobl fel Geoff – achos mae o'n gariad i gyd. Fysa fo ddim yn gwneud niwed i unrhyw un. Mae pobl fel Geoff wedi eu gyrru i feddalu rhai sydd wedi caledu fel ni, achos ein bod ni wedi mynd i feddwl ein bod ni'n fwy nag yden ni. Ond does na ddim dichell, dim brad, dim ond bod yn agored. Be di'r ots os ydy o'n rhoi sôs coch ar hyd ei fwyd o ac yn gwneud sŵn wrth yfed? Mae o yn gariad i gyd."

Gofynnai Trwynog ond Swynol am deulu Lin o hyd gan y magwyd hi yn yr un ardal heb fod yn bell o'r Ffrwd a chapel Salem Newydd. "Fyswn i'n rhoi unrhyw beth am y dyddiau hynny'n ôl yn y pentref pan oedd pawb yn ffrindiau, heblaw am y diffyg arian. Ond mae'r bobl i gyd wedi newid heblaw am ambell un. O leia mae f'atgofion yn cadw fi'n gynnes yn Nghaerfantell. Pentref fuasai'r gorau wrth gwrs. Ydy Queenie yn dal yn fyw? A'r ferch ryfedd yna. Doedd hi ddim help i'w mam. *She used to work her fingers to the bone old Queenie did. Alright love?"*

Nodiodd gydnabyddiaeth geidwadol ddi-eiriau i Roc Trwm. Daeth yntau i mewn i eistedd efo Celt a Weiran Gaws, a bwrw ei fol.

"Dw i'm di bod o gwmpas llawer yn ddiweddar achos dydy'r llywodraeth ddim yn rhoi dôl i chi dros fisoedd yr haf rŵan. Ma nhw'n disgwyl i chi gael swydd a does na ddim swyddi yn unlle. Felly dyma fi'n codi mhac a mynd i Groeg – i Rhodes er mwyn gweld beth oedd yno. Mi oeddwn i di gneud yr un peth o'r blaen pan es i i Sbaen. Ond a deud y gwir, roedd o fel gweithio am ddim. Tua punt yr awr oedd o, neu pum punt y dydd am weithio tu ôl i'r bar yno.

Roeddwn i 'di disgwyl cael gwneud dipyn o waith arlunio tra'r oeddwn i allan yno, ond weithiau roedd y cyfnodau yn naw awr, a dim amser i wneud dim byd. Mi wnes i gwpl o arwyddion tra'r oeddwn i allan ar gyfer archfarchnadoedd ac un neu ddau o arwyddion ar gyfer y bar. Dyna'r cwbl – dim tynnu llun y machlud dros y môr.

Bydd rhaid i mi fynd yn ôl i'r *Theatr Fach* i helpu efo peintio'r setiau hefyd – mae o'n beth da i mi wneud, ond dydw i heb ei wneud o ers dipyn rŵan – dwi heb gysylltu efo nhw – nid 'mod i'n gwrthod, ond dw i ddim wedi dweud dim byd. Mae'r cwrs yn y Coleg Celf wedi bod yn dair blynedd o undonedd a deud y gwir – rhyw gwrs sylfaen, ond ar ôl y Nadolig mi fydda i'n cael arbenigo felly fe fydd hynny'n well. Liciwn i gael gwneud gyrfa o bethau. Ond yn stryt ni mae pawb yn meddwl mod i'n *weirdo*, felly fydda i ddim yn cymdeithasu llawer efo neb."

Bu Celt yn mynd i'r Clwb Swyddi ers misoedd, ac fe gafodd

gyfweliad yn un o ffatrïoedd Siapaneaidd y dref. "Roedd pob un ohonynt yn edrych r'un fath ac wedi gwisgo r'un fath. Yr unig beth nad yden nhw'n ei gael yr un fath ydy pres. Mi ges i'r cyfweliad gan ryw foi mewn dillad gwaith. Rôn i wedi paratoi fy hun amdano yn y Clwb Swyddi."

Ond yr hyn yr hoffai Celt ei wneud yn wirioneddol fyddai mynd am wyliau i wlad Blodeuwedd cyn heuldro'r flwyddyn nesaf, a bu'n ddyfal chwilio am olion yr hen Geltiaid yn y tir o amgylch Adwy'r Clawdd a Llidiart Fanny. "Mi ddyliwn i astudio Hanes Celtaidd eto a'i basio fo'n uwch y tro 'ma." A rhywsut, roedd pawb yn gwybod na wnâi o hynny, heblaw ef ei hun. Wrth sôn am agor y drws at Aberhenfelen fe roddodd y sylw, *There's always one silly gink isn't there?"*

Pan gerddai Sebastian i mewn i'r Caffi deuai â blas o gaffis strydoedd enwog Ffrainc i mewn gydag o. Roedd yn artist a bardd ac yn treulio blwyddyn yng Nghaerfantell fel *assistant* Ffrangeg yng Ngholeg Iâl. Hiraethai am Ffrainc ar adegau ac fe âi i'r Clwb Gloywi Ffrangeg ar fore Gwener gan fod siaradwyr Ffrangeg rhugl yno. Roedd ei bresenoldeb wedi creu dipyn o gynnwrf a diddordeb yn y Caffi. Credai Lin ei fod o ychydig yn "falch" ond bron nad oedd yr ychydig hwnnw yn ychwanegu at y diddordeb ynddo.

Cylch o bobl oedd yn cyfarfod i ymarfer siarad a gwrando'r iaith efo rhai oedd â Ffrangeg yn iaith gyntaf iddyn nhw oedd yn byw yn yr ardal oedd mynychwyr y *Cercle Française*. Roedd yn rhyw fath o gysylltiad i Sebastian yn y wlad ddiarth ac roedd yn digwydd bod â bore Gwener yn rhydd o ofynion y coleg. Dylai fod yn gweithio ar ei draethawd hir ar drefn gymdeithasol Prydain, ond roedd cyfarfod pobl yn llawer iawn mwy diddorol, a mynd draw i'r Caffi i gael cinio wedyn efallai, ac i weld pwy oedd yno. Roedd bywyd y Caffi yn ei atgoffa o oriau hamddenol caffis y Brifysgol yn ôl yn Grenoble.

Daeth Rhish y Pish i mewn yn gyntaf ac eistedd wrth y bwrdd fel petai'n disgwyl am rywun. Doedd dim golwg o Mrs Cwricwlwm Cenedlaethol ac felly roedd ganddo ryddid i'w feddyliau grwydro'n rhydd a chreadigol am rai munudau, yn enwedig ar ôl iddi ei ddal o ar y coridor yn yr ysgol i drafod polisi Anghenion Arbennig am hanner awr y pnawn hwnnw. Roedd wedi penderfynu mynd i'r *Clwb Digymar* bob wythnos – y Clwb Sengl er mwyn cadw wyneb, er mwyn i bobl beidio ag amau unrhyw beth.

"Dw i wedi dysgu i beidio â threfnu i gyfarfod neb yn *Digymar*, os ydech chi'n rhoi amser penodol dach chi'n gofyn am drwbwl. Dwi'n mynd i ddawnsio ar nos Iau. Mae ngherdyn i yn fy waled – *Digymar* – Dim Cysylltiadau? Mae ymddangosiadau mor bwysig. Mae'r Disgo nos Iau yng Nghlwb y Mwynwyr. Mae'n gyfle i gyfarfod gwragedd heb ddim yn eu clymu nhw – boneddigesau – er fy mod i'n hael efo'r term yna wrth gyfeirio atyn nhw. Gwyneth sy'n dod i fan hyn, er enghraifft. Roedd Gwyneth wrthi'n llygadu rhyw foi ifanc mewn trowsus tynn pan es i i'r noson agored. Mae na rai ohonyn nhw yn tynnu eu modrwyau priodas, a'u rhoi nhw yn eu pocedi am awr neu ddwy. Mae'r Gwyneth 'na sy'n dod yma yn un ohonyn nhw! Falle y buasai'n well tasen ni'n mynd i Glwb Nos *Ffantasi*. Maen nhw'n cael paffio hanner ffordd yn fanno hefyd – am ddim".

7

Ar draws y ffordd o'r Caffi roedd Alma, merch y garej Esso, yn gwisgo pabi coch yr un lliw â'i hewinedd miniog. Chwarddai ar Marcus, y boi nos yn y Garej, ac yntau'n gwirioni bod merched ifanc yn ei ffonio yn y garej heb yn wybod i'w wraig. Cymerai eu rhifau ffôn a deud efallai y gwnâi o eu ffonio yn ôl. Rhoi eu rhif ar bapur oesol ei dwyll. Alma yn twt-twtio efo gwên ar ei hwyneb.

"Fi . . . Dwi'n licio clirio problemau, peidio cael pethau yn hongian drostoch chi." Ar hynny, daeth gŵr gwallt golau clust-dlysog i mewn i'w gweld a mynd i guddio yn y cefn;

"Who's rattled your cage?" gwaeddodd Deg Peint arni. "If you don't cheer up I'll fly through this hatch and deck you one."

Roedd nerfau Alma yn rhacs. Roedd ganddi rai swnllyd yn rhannu'r tŷ efo hi i helpu dalu'r morgais. Ond roedd yn ystyried mynd adre at ei mam yn barhaol os oedd y sŵn yn parhau.

"Yes I'm lucky you're as straight as a dye you are," meddai Deg Peint drachefn. Cofiai Alma adeg pan oedd hi fel Marcus yn taflu punnoedd i lawr y ffôn i sgwrsio efo Deg Peint heb i'w wraig wybod. Rŵan ei fod o'n dod i'r Garej yn ddyddiol roedd rhyw hud yn darfod.

Fe edmygai Lin Noel am wisgo ei faner Wythnos Ym-wybyddiaeth AIDS ar ei frest gydol y flwyddyn. Ni wyddai digon am ei arwyddocâd llachar ar ei frest, ond roedd criw y Caffi yn ceisio deall o leiaf.

"Dydy pob hoyw ddim fel anifail yn y toiledau agosaf," meddai Noel. "Mae'n debyg na fyddwn yn deall erchylltra AIDS yn llawn tan y daw'r clefyd i mewn i gylch ein cydnabod bach ni. Mi ddylai pobl wisgo hwn bob dydd. Ond mae gen i jôc i ti Lin, a phaid â chochi – Be wyt ti'n galw deinosor hoyw? *Megasoreass!*"

Roedd Shaz, ffrind a chyd-weithiwr Sadie, y tu ôl i'r cownter yn sgwrsio yn ystod ei hegwyl wedi clirio'r byrddau cinio. Merch denau â gwallt hir du, wedi ei geni a'i magu yng Nghaerfantell. Merch dlws oedd eisiau gwneud mwy â'i bywyd nag aros yn ei chynefin.

"Dwi'n gwneud cwrs ben bore achos dydw i ddim isio bod yma am weddill fy mywyd. Pan mae Dewi wedi tyfu i fyny dydw i ddim isio bod yn glanhau byrddau ac yn golchi llestri. Nid y fi gwirioneddol ydy hynny.

Doedd fy mam a nhad ddim yn academaidd a ddaru nhw fyth fy ngwthio i, ond dwi'n mynd i wthio fy mab bach pan mae'n tyfu er mwyn iddo beidio â gorfod cael hyn. Mae'n oes y cymwysterau yn tydy? Ma raid i chi eu cael nhw mewn gwirionedd yn does?

Mae ngŵr i, Derwyn, yn dda – dydy o ddim yn deall y petha ma – ond mae'n trio fy helpu i. Os oes ganddo fo ddigon o bres ar ddiwedd y flwyddyn, mae o am brynu cyfrifiadur i mi. Dwi'n difaru i mi beidio â gweithio yn yr ysgol. Roedd o llawer iawn i wneud efo'r giang, ofn bod yn wahanol. Roedd hi'n anodd bod yn unigolyn yn yr ysgol. Dwi'n cael profion bach Saesneg rŵan, a dwi'n gweld os ydw i'n iawn. Dwi'n cael trafferth efo'r atalnodi – rhaid i mi wella ar hwnnw. Pan fydd Dewi bach wedi tyfu dydw i ddim eisiau bod yma o hyd. Swn i'n lecio bod yn glerc neu'n ysgrifenyddes, achos eich bod chi'n fwy o'ch person eich hun wedyn. Dydy fan hyn ddim yn fi o gwbl. Dw i'n wastad wedi isio bod yn ysgrifenyddes, ond mi fydd ysgrifennu traethawd yn eithaf caled rŵan."

Boreau yn cochi i'w newydd-deb a nosweithiau rhewllyd yn troi'n law a phob golau yn finiog lachar drwy wydrau'r Caffi eto, fin nosau.

Llidiart, o Lidiart Fanny yn ofni fod ei swydd Porthor am droi yn rhan amser fel gwarchodwr i'r ganolfan gelf. Daeth yma i edrych ar y waliau yn y nos a'r uchafbwynt oedd cyfri pres y Caffi achos doedd o ddim yn gymysgwr mawr. Pan ddeuai criw y Clwb Plymio i lenwi'r Caffi ar nos Iau byddai ef yn cilio o'r ffordd. Roedd Llidiart yn ei dridegau cynnar ac efo olion lliwio golau yn y gwallt a roddwyd yno i glybio yng nghlwb *Ffantasi*. Bu'n un o'r gweithwyr dur ifanc a gollodd ystyr ar ôl cau'r gwaith hwnnw oedd yn ymddangos ar ei ffyniant cyn i wŷr Stoke ddwyn eu harchebion tua'r Brymbo. Wedyn, fe weithiodd am bum mis mewn ffatri napis, ac un noson fe ddaeth rhywun yno efo rhestr A, B ac C. Rhestr C oedd y rhai oedd yn gorfod mynd – y swyddi oedd yn rhaid cael gwared arnynt. A dyna fo ar y clwt yn llythrennol. Wedyn fe aeth i drin tir yr ysgolion i'r Cyngor. Roedd yn amheus a oedd eisiau treulio'i ddyddiau yn syllu ar waliau y Neuadd Arddangos achos roedd o'n ystyried fod naw deg y cant o'r arddangosfeydd yn "*total load of crap, like.* Buaswn i yn gallu gwneud yn well fy hun." Rhyw siapiau tramor oedden nhw, ac iddo fo, roedden nhw'n edrych fel petaent heb gael eu gorffen yn iawn, neu heb eu hongian y ffordd iawn ar y wal.

Roedd Llidiart yn awyddus i ddechrau busnes, ond wedyn roedd yn rhaid cael syniad iawn ar yr adeg iawn yn y lle iawn, a pha mor aml fyddai hynny'n digwydd? Hoffai deithio'r byd mewn *caravanette*, a physgota Lochs Iwerddon cyn i fywyd fynd heibio. Bu mewn gwasanaeth angladd yn yr amlosgfa leol yn ddiweddar, cydnabod yr un oed ag o, ac roedd y diflannu terfynol fel Paul Daniels yn gwneud tric – tynnu'r llen – a doedd yr arch ddim yno mwyach. Siawns fod mwy i fywyd na diflannu felly. Rhyw agwedd goncrit, galed oedd ganddo i fodolaeth ar y llawr, a beth bynnag, roedd yn amser mynd i gyfri'r til i'r merched. Dim amser i ddatgelu gormod. Bydd rhaid cael sgwrs efo Zanzibar, y Dyn Hud, am y consurio. Roedd Lin yn cofio Llidiart yn ystod ei dyddiau hi o fynd o amgylch y clybiau yn y Dre – hen hogyn iawn, oedd yn dal heb fod yn rhy hen i roi *highlights* yn ei wallt. Cofiai ddawnsio efo fo rai blynyddoedd yn ôl.

Roedd Noel yn ceisio cadw'r gaeaf draw bob amser, ond yr hyn oedd yn ddyrys, oedd fod gaeaf yn ei gymeriad ef ei hun, ac ni allai ddianc rhag hwnnw. Er gwaethaf ysgafnder ei frawddegau *"Is that a banana cake in your pocket or are you just pleased to see me?"* roedd yr iselder yn amlwg. Breuddwydiai am fod yn ei het fanana melyn yn canu caneuon Carmen Miranda neu nofio dawnsfeydd Esther Williams.

"Fyswn i'n aelod anrhydeddus o'r Clwb Plymio Backward Club wedyn Lin! Dwi'n cael dyddiau fel heddiw – yr unig ffordd fedra i ddisgrifio nhw ydy bod y cof wedi cael ei sgubo o'r cyfrifiadur. Mae na olau yn y tŷ ond neb adre. Mi rydw i'n gallu datgysylltu fy hun oddi wrth pobl dwi'n wirioneddol hoffi. Dw i'm yn gwybod beth ydy o. Pan dw i ar y stryd yn Nghaerfantell, mi fydda i'n rhoi fy wyneb Llundain ymlaen ac yn mynd o amgylch fy ngorchwylion fel y Road Runner. Felly paid â chymryd anwybyddu yn bersonol Lin. Roedd rhaid i mi ei wneud o'n Llundain – osgoi cysylltiad llygaid, neu roeddwn i'n rhoi pres i bawb."

Er mor hwyliog a dramatig, roedd cadno y tu ôl i'r oen ambell dro. "Dwi'n gorfod cyfarfod rhywun yn Stryd y Brenin yn y munud." Roedd ei yrfa greadigol wedi mynd yn ffliwt yn ffenestri siopau mawr Llundain oherwydd pwysau gwaith, a *breakdown*. Roedd y ffenestri mor drawiadol, ond neb wedi dweud wrtho ei fod o'n gorweithio. Roedd mor drist nad oedd y ffynnon fywiol oddi mewn iddo wedi cael ei drachtio ohoni wedyn yn Wigan cyn y dychwelyd i'w gynefin.

"Paid â gwneud be wnes i, a bod ofn mynd i weld y meddyg a deffro yn ganol y nos i gymryd parasetamols. Dydy pobl y pentre ddim yn fy helpu i Lin – mae nhw mor gul eu meddyliau – mae

nhw'n meddwl eich bod chi'n bod yn hoyw wrth sefyll nesa at
rywun. Dwi'n casau *poofdas* hefyd – fedra i fod yn hoyw heb fynd o
gwmpas y lle efo 'mraich ar fy ochr bob munud.

Roeddwn i'n eistedd ar y bws y diwrnod o'r blaen yn meddwl
mai'r unig beth sydd yna ar ôl ydy Gobaith. Dwi'n swnio fel
Croeseiriau rŵan – fel taswn i'n mynd i ddechrau dyfynnu
Alexander Pope -- ond mae o'n iawn. Dyna'r unig beth gwerth
meddwl amdano. Weithiau, dwi'n gadael i'r sioe fawreddog 'ma
ddisgyn hefyd, a chofio o le dw i wedi dod, a fedra i ddim gwadu
hwnnw chwaith. Ac eto, pan oeddwn i yng nghylchoedd gwahanol
De Lloegr, roedd yn rhaid ymddangos yn fwy soffistigedig ac yn
fwy rhywbeth – fan hyn dydy o ddim ots. Y gwahaniaeth ydy mai
haenau fel wnionyn oedd gan bobl De Lloegr, ond yma, mae
ganddyn nhw ganol hefyd fel corun afal, er cymaint weithiau yr
ydw i'n dyheu am yr haenau mwy arwynebol.

Er bod mam a nhad wedi'u claddu, fe fydda i'n meddwl ambell
dro am fab ofnadwy gawson nhw yno i."

"Paid â deud pethau felly" cysurodd Lin.

"Ond o leia dydw i heb ladd unrhyw un. Mi ges i benblwydd go
wahanol eleni – mi es i i weld y beddau, ac o'r fan honno fe allwch
chi weld lle y ces i fy magu a phopeth, ac roedd o i gyd yn hynod o
deimladol. Ac mi ges i swigen ar ganol fy llaw ar ôl bod yn trin y
beddau. Doedd hwnnw ddim yn ddiwrnod da.

Mi es i yn ôl y prynhawn hwnnw a siarad efo fy mrawd a chael
gwell perthynas efo fo na'r ydw i'n cofio erioed o'r blaen. Roedd o
dipyn bach fel rhywbeth ar sioe Cilla –

*You haven't seen him for years – he's been dead for so long chuck
– well surprise surprise we've dug him up for you today. Come in
your long lost brother.* Ond fedra i gyfrif yr adegau ar un llaw y buo
ni'n gyfeillgar ers pan oedden ni'n blant. Fel arfer, byddai cwmni'n
gilydd fel swn sialc yn crafu ysgrifennu ar fwrdd du. Pam na all

bywyd fod mor syml â RocTrwm a'i gariad newydd Ziggy Spread'em yn cerdded i'r machlud fel rhywbeth o ffilm gan Truffaut?"

A dacw Gwyneth yn dod i mewn yn fawr ei thrwst i rannu ei phroblemau ynglŷn â Toi Boi efo'r Caffi. Ymatebodd Noel yn frwd i'r *diva* gan frifo Lin ychydig ar ôl iddi dreulio amser yn gwrando ar ei gŵyn.

"Hello Gwendolyn," gwaeddodd Noel fel tasa Shirley Bassey newydd gerdded i mewn i'r Caffi.

"Hey don't call me Gwendolyn. I like me proper name. I like Gwyneth. There's a load of us Gwyneths knocking around Caerfantell. Gwendolyn makes me sound like an old country bumkin from them hills."

Heno roedd hi'n cwyno fod Toi Boi (sydd byth yn rhoi dim iddi) yn mynd â'r fechan i'r N.E.C yn Birmingham i weld y reslo sydd ar *Sky*. Bu bron iddi gael gornest o *Gladiators* yng nghyntedd ei thŷ gan ei fod *o* yn ei rhwystro hi rhag dod allan.

"Fysa fo ddim yn meddwl mynd â fi allan i weld Johnny Mathis neu rywun felly". Ond yn ddistaw, roedd amryw o ferched y lle yn dotio at ddillad newydd drud ac aml Gwyneth, ac yn synnu sut roedd hi'n medru llwyddo i gael gafael arnynt ar geiniogau prin y dôl.

Yn ystod yr Haf, dechreuodd Gwyneth fynd i'r Clwb Sengl *Digymar*, er nad oedd hi'n ddigymar o bell ffordd.

"Dw i'm yn poeni am ddim byd. Dim ond cael *laugh* a bwyta yn y Caffi. Dwi'n meddwl mod i'n fwytwr wrth reddf – fedra i ddim mynd heibio i'r teisennau 'na." Roedd Côr yr Eglwys yn dal i ymarfer drwy'r gaeaf ar nos Fercher.

"Mae'r salmau braidd yn undonnog. Dw i'n licio rhywbeth efo dipyn o swing, fel cân Julie Rogers *The Wedding*."

Ymunodd Noel yn y canu. Hei mae dy lais di'n dda Noel. Ddylet ti ymuno â'r Côr. Mae'n nhw'n edrych am denors.

Dwi'n cofio canu yn y Clwb Railway pan o'n i'n *pissed. Terrible innit?* Mi wnes i gyfarfod y dyn ma yn *Digymar,* ac mi brynodd o ddiod i mi drwy'r nos, ac roedd o'n dawnsio'n fel Patrick Swayze yn *Dirty Dancing.* Ac mi adawon ni o ar hynny! Mi wnes i wisgo'r sgidie du efo'r sawdl hir, sydd ddim yn iawn ar gyfer dre. Ma' Lucille, y ferch, wedi dod yn gyfeillgar efo'r dyn oedd yn arfer mynd â mi i *Digymar,* a dw i ddim yn lecio hi'n aros yno. Mae hi di cael un erthyliad yn barod. *Silly Cow.* Ond mae nhw'n trio 'nghael i dderbyn y peth. Mae o'n bygwth taflu darn chwe phunt o gig oen i'r ci os dwi ddim yn mynd yno am frechdanau heno ac yn siarad. *Puts you off lamb dunnit?*

Rhaid i mi gael copi o'r *Common Prayer Book.* Mae'n enw od yn tydy? Ydy o wedi ei sgwennu yn *dead common* neu rywbeth? Be mae nhw'n trio'i ddeud wrtha i – yn deud wrtha i am ei brynu o? *Eh?*

Lle ga i o? Smiths neu'r siop na i lawr yr Arcêd? Mi ddeudodd un o'r côr y buasai'r llyfr yn cadw fi'n *buoyant.* Mi wnes i gytuno, ond be mae hi'n feddwl?" Chwarddodd Noel a Lin yn iach.

"Cadw chi'n hapus Gwyneth fach"

"Wel, os gwnaiff o wneud hynny, rhaid i mi gael copi."

Roedd Gwyneth yn gorfod diflannu i ymarfer y Côr cyn hir. Ymarfer ychwanegol ar gyfer bod ar y teli efo Syr Harry – *Songs of Praise.*

Ar ôl straffîg o fynd i'r tŷ bach lle'r oedd hi'n diodde Cloroffobia roedd Gwyneth yn bwyta hufen iâ Sparkle i oeri ei llais.

"Fydd rhaid i chi ddod i'r rihyrsals, ac wedyn fe gewch chi fod ar y teli efo Harry. *If I ruled the world . . .* fyse fo'n lle gwahanol iawn! Ond dwi'm yn meddwl y bydd Harry yno. *They've resuscitated some old tape and they're beaming him in from Skegness.*

Cyn i mi fynd rhaid mi ddeud wrthoch chi mod i'n poeni am fy mrawd – Nigel – mae o'n edrych fatha mini Hitler bach. Yn Acton mae o'n byw ac mae ganddo fo luniau o Hitler ar wal yr ystafell sbar, a dau jiwc bocs yn yr ystafell fyw. Mae'r tŷ yna'n fwy fel amgueddfa. Dwi'n meddwl fod ganddo chwilen yn ei ben efo Hitler – dwi bron â gwneud y *goose step* pan dwi'n mynd i'w gweld nhw. *Terrible innit?* " Diflannodd Gwyneth o ganol ei chwynion i ganu *Ave Maria* efo Harry Secombe, yn ei breuddwydion o leiaf.

8

Roedd Adonis, y model a dynnai ei ddillad ar gyfer *Dylunio Byw*,
wedi dod i lawr o'r Oriel i ofyn am dablet at gur pen yn y tywydd
oer. Doedd o ddim isio rhewi ei grydensials. Ambell noson aeafol
ceid lansio llyfr arbennig yn yr Oriel – un o'r nosweithiau hyfryd
pan oedd popeth yn ymestyniad o'r Siop Goffi, ac awyrgylch y lle
yn ymestyn drwy'r adeilad i gyd, y goleuadau yn llachar. Byddai
criw yno ar gyfer lansiad llyfr diweddaraf awdur lleol. Ac roedd
rhyw hud ar y nosweithiau hynny cyn eu tewi, a chyn y düwch
wedi'r wledd. Deuai llanw llon o'r tu allan i foddi'r lle, rhai a
fyddai'n sôn dros wydriad o win y buasen nhw efallai wedi mynd
ar y llwyfan petaen nhw heb fynd i'w priod feysydd.

Byddai agosáu Rhagfyr yn esgor ar drafod oriau cau y Dolig tu ôl
i'r cowntar Caffi a'r llyfr archebion bara brith, quiche a minspei yn
llenwi. Sgleiniai'r glaw ar fyrddau'r Cwrt yn yr oerfel, ac roedd yr
addurniadau wedi tyfu dros nos. Daliai'r Cwrt ei wynt yn
wyliadwrus drwy'r gaeaf fel cyfrinachau dyfnaf y galon. Deuai
Glenda i drin y potiau blodau i gyd ac i blannu addewid Gwanwyn
ynddynt, er mwyn mynnu lliw drwy'r flwyddyn.

Soniai Celt ei fod wedi cael gwahoddiad cynnar i barti gwisg
ffansi mawreddog ar gyfer nos Calan,

"Dw i'm isio mynd i barti gwisg ffansi ar noson ola'r flwyddyn.
Dw i isio mynd fel fi fy hun." Yna, rhygnai ymlaen am annhegwch
ei deulu a'u diffyg cydymdeimlad. Pwysai a mesurai pob
symudiad, pob gweithred ac roedd yn dal wedi'i argyhoeddi am
eirwiredd ei Flodeuwedd o gariad gynt, ac mai Daioni wedi ei
ymgorffori oedd hi pan symudon nhw yn ôl i Gaerfantell ar ôl

cyfarfod ar y cwrs Mabinog yn Llundain. Efallai mai hi oedd y darn o ddiniweidrwydd glân a ddaeth i'w fywyd am ennyd, i'w golli drachefn. Dyfynnai gân Steve Eaves – hi oedd y "Canol distaw llonydd" iddo fo. Doedd o ddim am gyfaddef fod ganddi hi unrhyw wendid – ei deulu oedd ar fai, ei deulu cul, ac nid y hi a'i gadawodd mewn modd cwbl ddiseremoni un dydd. Roedd hi'n rhyfedd fel yr oedd pobl yn cyfiawnhau y gweithrediadau mwyaf hunanol yn enw cariad. Ac roedd y fflam ynghyn er ei bod hithau wedi priodi'n sydyn â rhyw wag mwyaf annisgwyl – ond yn ôl ffrind iddo roedd hi wedi dweud cyn priodi ei bod hi'n dal i hoffi Celt ac felly roedd popeth yn iawn – y fflam yn dal i gyniwair yn ei galon ef. Yfai ei baneidiau coffi o ddyddiau yn disgwyl iddi ddod yn ôl, heb weld na ddeuai hi fyth. Doedd dim cynhesrwydd ail gynnig ynglŷn â hi. Cyn hir byddai'n diflannu i Portsmouth heb feddwl eilwaith am Gaerfantell na Celt.

Roedd yn anarferol gweld Charlie yn y Caffi, un o aelodau ieuengaf Côr y Dur draw, ond roedd o wedi bod yn chwilio am un neu ddau o bresantau Nadolig yn gynnar eleni. Doedd Lin heb ei weld o ers blynyddoedd, ers dyddiau annwyl clybiau nos *Poppers* a'r *Ferryman*. Heddiw, roedd ei feddwl yn bell. Eisteddodd ar fwrdd yr Ynys ac ni ellid treiddio at ei fyfyrion.

"Roedd yn rhaid i mi afael yn y tarw gerfydd ei gyrn fel maen nhw'n deud. A dyna dw i 'di neud. Ma isio dipyn o fôn braich i wneud hynny, yn enwedig i agor *Cyhyrau* – lle codi pwysau a champfa. Roeddwn i wedi gobeithio agor rhywbeth i'r bobl ifanc gan fod y les ar Neuadd Bentre Brymbo i'w thrafod, ond fe wrthodwyd fy nghais. Felly dyma agor y Gampfa ar y stad ddiwydiannol fach newydd ma yn y pentre.

Mi wnes i weithio mor galed yn cael y lle yn barod, mi hedfanodd yr amser a chyn i mi sylweddoli roedd yr offer i gyd yn ei le, a'r cyfan ar agor. Duw, dw i'n mwynhau bod yn fos arnaf i fy hun, dim mwy o weithio sifftiau a gweithio nos. Pan rôn i'n Brymbo, dim ond y gwaith dur oedd yn bod. Dw i wedi sylweddoli fod na fyd mawr y tu allan i'r gwaith dur ac mae o'n grêt. Fues i yno ers i mi adael Ysgol Bryn Alyn, a byth yn gweld dim pellach. Pan gaeodd y lle i lawr mi roedd o'n fendith neu'n felltith. Ond pan glywais i am arian diswyddo mi fachais ar y cyfle.

Roedden nhw'n sôn am ryw gyrsiau crand am ryw flwyddyn i'ch adleoli chi mewn gwaith, ond doedd gen i ddim 'mynedd cael cwrs a wedyn dim gwaith eto yn y pen draw, felly dyma fi! Ma na rai yn ei lordio hi ar y cyrsiau ma rŵan fel rhyw Ha Bach Mihangel. A dyma fi yn gwrando ar Olivia Newton John yn canu *Let's Get Physical* bob dydd.

Mi fentrais i. Dim ond diddordeb oedd codi pwysau i mi cyn hyn – mi rôn i wedi ei wneud o'n naturiol, ac mae pawb sy'n dod i'r Clwb yn ei wneud o'n naturiol. Fedra i ddim eu stopio nhw gymryd cyffuriau adre, ond yn y Gampfa fe allan' nhw brynu diodydd protin a *Liquid Liver* a phethau felly i gryfhau eu hunain.

Mae na bob math o bobl yn dod yma – dechreuwyr pur, rhai yn dod i godi'r pwysau trwm, trwm – trymach na fi; merched yn tylino'u cyrff, a dynion sy'n gweithio fwyaf ar y cyhyrau. Gan fod raid i chi dalu i ymaelodi does na ddim rhai yma sy'n chwarae o gwmpas, a dw i di cael dillad efo enw'r clwb arnyn nhw ac mae'r rheina'n gwerthu'n reit dda. Mae pawb isio gwybod be ydy'r *Cyhyrau* ma. Roedd angen cyhyrau i agor y lle ma. Dw i'n synnu o le mae'r cwsmeriaid yn fodlon dod – nid hogiau lleol yn gymaint – mae nhw'n rhy brysur ar y cyrsiau Ha Bach ma. Ond mae na bump yn dod o Fwcle, rhai yn dod o Dre achos fod y prisiau'n reit rhesymol. Mae na deimlad o berthyn yma gobeithio, achos mae o'n beth sy'n datblygu rŵan efo cadw'n iach, a 'dan ni'n gymdeithas er gwaethaf cau y Dur.

Dw i newydd osod drych arall – rôn i'n gallu gweld y cyfan yn fy mhen, ond roedd yn rhaid i mi ddisgwyl i bres lifo i mewn i fedru ei brynu o, ond mi rois i'r toiledau a'r cawodydd i gyd yn eu lle fy hun. Mi ges i drafferth efo'r to ac mi roedd na dipyn o regi yn yr awyr dros Tan Y Fron y noson honno mi allwch chi fentro. Ma hi'n ddiwrnod gwaith eitha hir ond mae'r oriau'n hedfan o unarddeg tan naw y nos. Mae'r lle yn mynd yn brysur iawn ar ôl chwech, pan mae pobl wedi dod o'u gwaith, os oes peth i'w gael. Mae hi'n orlawn weithiau.

Mae Selwyn, fy hen gydweithiwr yn y Ffowndri, yn dod bob bore. Mi roedd o'n llawer hŷn na fi, a chau y Gwaith Dur mor greulon iddo fo. Felly mae dod yma bob bore am ryw ddwy awr yn beth da iddo fo yn ei bumdegau hwyr. Mae o'n edrych yn dda, ac wedyn mi fyddwn ni'n cael coffi a sgwrs.

Dw i di bod yn cysgu llawer iawn mwy yn ddiweddar, dw i'n meddwl ar ôl holl adrenalin sefydlu'r lle, neu efallai mod i'n dal y ffliw! Erbyn i mi dacluso a llnau ar y diwedd mae hi'n hanner awr wedi naw, chwarter i ddeg arna i yn cyrraedd adre. Dw i'n ôl efo Eleri rŵan, er dan ni ddim wedi priodi am yr eildro. Mi fydda i'n tynnu coes fy nghyn frawd yng nghyfraith wrth i mi hyfforddi efo fo. Mae Eleri yn dod i gadw'n heini efo fy chwaer i. Mae *Cyhyrau* wedi dod â ni at ein gilydd yn gadarn yn ôl. Y Gwaith Dur oedd i'w feio yn fwy na dim am bopeth – bywydau mewn rhigolau ac roedd rhaid i mi fod yn annibynnol. Yn eironig, y Gwaith Dur roddodd y cyfle i mi ddianc hefyd. Y cwbl sydd ar ôl rŵan ydy ysbrydion y gweithwyr yn dal i weithio yn yr hen Ffowndri – medda nhw. Eu sŵn nhw i'w glywed yn y nos.

Dw i wedi deall erbyn hyn nad dianc oddi wrth fy ngwraig oeddwn i ei angen, ond eisiau dianc o'r rhigol. Ac wedi cau'r Gwaith mi ddois i o hyd i'r dur yn fy ngwaed, a sylweddoli cynhesrwydd y cyfarwydd, ac edifarhau am fynd i fyw efo'r ferch ifanc oedd yn trin fy ngwallt i. Mae Selwyn yn wastad yn canu hen gân werin.

Ond cariad pur sydd fel y dur
Yn para tra bo dau.

A dw i wedi dod o hyd i'r dur hwnnw, y tu mewn i mi rŵan."

Cyfnod o ymddangosiadau gan unigolion annisgwyl yn y Siop Goffi oedd y Nadolig, a chyfnod o fyfyrio tawel ymsonol. Roedd yr addurniadau ar waliau'r Caffi yn llenwi'r bylchau yn y sgwrs gan eu bod mor lliwgar. Ceid sgwrs Nadolig adfywiol efo Danny o'r wlad sy'n gweld bywyd yn nhermau sawl curyll coch sy'n nythu yn y Dyffryn eleni, a bod yno lwynogod, yn hytrach na faint o bres y mae rhywun am ennill. Roedd o'n gwaredu'r dydd y byddai'r llinell werdd yn cael ei hildio gan nad oeddynt yn byw ymhell iawn o'r dref yn y Ffrwd. Pryd fyddai'n rhaid ildio'r ffin a phobl yr ochr arall i'r bryn yn bygwth adeiladu lle'r oedd natur eto'n teyrnasu, wedi brathiad diwydiant y ganrif ddiwethaf.

"Mae gen i fwy o ddiddordeb yn yr hyn y gall bobl fod yn hytrach na'r hyn ydynt. I ba raddau yden ni yma i ddeall ein gilydd beth bynnag?"

Gwaeddodd Sadie rif y pryd ar hyd y Caffi *"Sixty nine.* Dwi'n casáu gweiddi'r rhif yna bob tro mae o'n dod," a chochodd.

"Unrhyw amser cariad. *Not"* gwaeddodd Noel yn ôl â'i ddiriedi yn disgleirio.

Byddai Jan yn wastad yn barod i gael sgwrs, a deuai i gael paned ar ôl bod yn glanhau y stiwdio Fideo Cymunedol drws nesa i Garej Alma, o ganol byd y recordiau, tapiau a fideos. Roedd hi'n gyrru ymlaen yn dda efo Noel. Fe'i cusanodd, ac yna fe aethant i sgwrsio'n gyfrinachol.

"Ti'n hogle'n neis heno," meddai, "ac os wyt ti'm yn meindio Noel dw i am eistedd ar fy mhen fy hun – dw i am gael pryd, a dwi'm yn hoffi bwyta o flaen pawb." Eisteddodd Jan ar fwrdd yr Ynys, a pharhau wnaeth ei sgwrsio mewnol.

"Dwi'n deud wrthyn nhw yn y Stiwdio Fideo – Peidiwch ag ymddiheuro am y llanast a'r llwch. Mae o'n casglu ynghanol recordiau a hen ffilmiau, ac mae na gymaint ohonyn nhw. Tase ne ddim baw fase ne ddim gwaith i mi. Ond mae ne faw, a baw hefyd yn does?

Dw i'n dechre sefyll i fyny drosta fi fy hun rŵan – rŵan mod i'n bedwar deg a phedair oed a 'mhenglin yn dechrau brifo. Dwi'n bustachu o gwmpas y lle fel Long John Silver. Weithiau, fydda i ddim yn gwybod prun di'r gore – sicrwydd neu annibyniaeth. Ar hyn o bryd, dwi'n licio annibyniaeth fymryn bach mwy. Pan fydda i adre yn cael bath neis ac yna'n gynnes glyd yn fy ngwely, mi fydda i'n meddwl;

–Ŵ dwi'n hoffi hyn. Dro arall, fydda i'n meddwl fod yna rywbeth ar goll, rhywbeth dw i di arfer efo fo.

Wnaeth y gŵr ddim fy ngadael i fynd at ddynes arall. Wedyn y daeth hi – a doedd hi ddim byd tebyg iddo fo – wedi priodi tair gwaith ac yn dipyn o hwren, a finna'n ddiniwed heb wneud dim byd. A'r peth gwirion ydy, 'dan ni'n dau yn caru ein gilydd. Ond sut oeddwn i yn medru maddau ar ôl iddo fo fynd i ffwrdd efo rhywun arall? Roeddwn i yn teimlo wedi fy niraddio, wedi fy nefnyddio. Cael y swydd rhan-amser yn Garej Alma ar y pryd a achubodd fi. Mi ddylset ti nghlywed i'n fanne efo rhai o hogiau'r loriau sy'n plygu rownd y corneli;

–Pryd dan ni'n dau yn mynd i redeg i ffwrdd efo'n gilydd?

Y swydd yna oedd fy ffrind gora i am ddwy flynedd.

Roedd hi'n anodd ti'n gweld achos roedd *o* yn byw rownd y gornel ac roedden nhw'n mynd heibio yn y car newydd, a brynwyd yn wreiddiol i ni'n dau. Roedd hynny'n ail godi bob dydd, fel tasa fy mreuddwydion i'n mynd heibio, nôl ac ymlaen, hyd nes iddyn nhw ddechrau peidio â bod yn freuddwydion. Ond do'n i ddim yn dangos fel tasa fo'n f'effeithio i o gwbl ar yr wyneb.

Mi addunedais i na fuaswn i byth yn caru eto, fe es i fel rhew, ond rŵan falle mod i'n dechrau meirioli rhyw ychydig. Ond fe fuasai'n rhaid iddo fo fod yn rhywun sy'n fy ngharu i – ar ôl saith mlynedd ar hugain o briodas, mi roedd hi'n anodd. Colli'r sicrwydd. Dim ond rŵan dwi'n ffendio nghoesau'n hun – er fod gen i boen yn fy mhenglin! Dwy flynedd wedi'r digwyddiad. Dw i'n gwybod fod o'n swnio'n ofnadwy o beth i'w ddweud, ond mi ffendis i fy nghoesau. Wnaeth o ddim. Dwi'm isio dyn yn fy mywyd i – **Arhosa'n sengl** fydda i'n deud wrth Noel, ac fe fydd o'n cochi – **Llai o drafferth o lawer cariad.**

Leciwn i taswn i'n gallu siarad Cymraeg – o dwi'n gallu deud ambell air fel *cwpwrdd, bachgen* a *geneth* a *Bore da* a *Nos da* – dwi'n cofio hynny pan ron i'n yr ysgol – ac mae rhywun wedi fy nysgu sut i ddweud

–*Dwi'n dy garu di* – *I love you,* yn de? Y tri gair pwysicaf yn y byd, er mod i ddim yn gwybod eu hystyr nhw'n iawn.

–Wnei di wneud tâp i mi? ofynnais i yn y gwaith – Dim ond yn Gymraeg. Ti'n gwybod sut gerddoriaeth dwi'n lecio, fatha mae'r hogie yn rhoi ymlaen i mi wrth lanhau'r llyfrgell recordiau. Dwi'm isio swnio'n *ddu* ond dwi'n licio *The Old Rugged Cross* ac *Abide With Me.*

–Côr Llanelli? medde fo

–*Oh ay.* Ew dw i wrth fy modd efo'r ffordd ti'n deud yr enwau Cymraeg ma Llan – elli. Ar wahan i'r rheiny, dw i'm yn meindio dipyn o pop. Dim ond Cymraeg. Dim Saesneg. *Banned* – fel hanes fy mywyd i, darlin.

Mae na rywbeth am y Gymraeg – dwi'n clywed dwy yn siarad yn Dre weithiau a meddwl mae'n rhaid eu bod nhw'n bobl *The Rhos.* Mae na ddwy yn dod i mewn i'r Garej, ac mae clywed nhw wrthi yn bersonol ac yn breifat yn gwneud i mi fod isio dysgu. Mae pobl yn ei drio fo efo fi. Mae'n rhaid fod gen i wyneb Cymreig fel Myfanwy neu rywbeth. Drycha, mi fydda i'n rhy hen cyn mod i 'di dysgu sut i'w siarad. Fy iaith fy hun yn fy ngwlad fy hun. Mae'n gwilydd, ond fel na mae. Cael amser efo'r holl waith ma dw i'n ei wneud ydy'r peth pwysig. Fyswn i'n well taswn i'n cael person i ddysgu i mi gam wrth gam efo llyfr – a deud wrtha i beth i'w wneud. Mi fasa'n fwy 'personol'.

Mi glywais i'r gair *Tatws* ddoe. *Potatoes That's really cob innit!* Tatws. O! Mi roedden ni yn y King's Arms ym Mwlchgwyn y noson o'r blaen ac mi gododd y tenor ma ac mi ganodd o yn Gymraeg. *I couldn't get over it.* Liciwn i taswn i'n gwybod am beth oedd o'n ganu. Fyset ti di gallu clywed pin yn taro'r llawr. Ew mae'r gân *The Wind of Change* ne yn un dda yn tydi? Bee Gees. Ac roedd boi Cymraeg yn y gwaith yn rhoi Tecwyn Ifan ymlaen.

–*Does he play down the Legion?* meddwn i.

–**Cân am ryddid** medde fo.

–**Wel! Mae'n braf cael cân sydd am ryddid yn lle sôn am ddau mewn cariad o hyd.**

Mae na un boi dwi'n ei hoffi yn fwy nag arbennig ar hyn o bryd – mae o'n mynd i lawr y *Legion* yn Llai am ddiod nos Wener, ond mae o ar y *rebound* o'i ysgariad, a dwi'n meddwl ei bod hi'n rhy gynnar, a dwi'm isio pobl yn deud;

–**Drycha arni hi.** O mi roedden nhw i gyd yn dod i mewn i Garej Alma ar y dechrau – y ffrindiau i gyd, bron fel tasen nhw'n chwerthin am fy mhen i. Ond fi oedd yn chwerthin yn y diwedd. Fydde mam yn wastad yn deud y bydde'r gwir yn ennill y dydd yn y diwedd. Ac mae o. Mae'n rhyfedd, mae gen i'r breuddwydion a'r ffantasïau bach ma i gyd, ac efallai rhyw ddydd y ca i un ohonyn nhw. Dwi'n cael mwy am llnau'r Lle Fideo – tair punt yr awr yn fama. *Two seventy five* yn y dafarn. Felly dw i'm isio colli'r Lle Fideo. Ond Garej Alma oedd fy ffrind gorau i am gymaint o amser, ac felly mae'n rhaid i mi fod yn driw i'm swydd i yn y prynhawniau – er mod i'n gweithio am gnau mwnci, deud y gwir.

Dod i'r lle Fideo fel ffafr i'r Rheolwr wnes i achos mod i wedi ei nabod o ers blynyddoedd – ers roedden ni'n fach. Mi gawson ni'n dau ein magu yn dlawd mewn teuluoedd mawr. Dyna i ti ei ysgrifenyddes o – pan ddois i yno gynta ron i'n meddwl ei bod hi'n mynd o gwmpas y lle efo'i thrwyn yn yr awyr. Ond mi roedd hi'n chwilio am rywun i llnau iddi adre achos ei bod hi yn hwyr yn yr offis, a bod yn rhaid i'w gŵr hi gael crys gwyn glân bob dydd a hithau'n methu gwneud bob dim. Dyna pryd weles i ochr arall iddi hi – pan ddeudodd hi ei bod hi isio rhywun i llnau, rhywun y medrai ymddiried ynddo. Wel don i ddim yn gallu'i wneud o ar ben pethe eraill, ond mi ofynnais i i'm merch. Beth oedd wedi mhlesio i oedd ei bod hi wedi ymddiried. Roedd hi wedi gofyn i mi. A dw i'n trio gwneud pethau i blesio "fi" rŵan. Mae hi'n anodd, ond dwi'n dechrau adnabod "fi", ac mae o'n brofiad pleserus.

Mae gen i dal ei lun o yn y tŷ. Y noson o'r blaen, mi roeddwn i wrthi'n gweu – dwi'n gwneud ordors i bobl – a daeth *Saved by the Bell* Bee Gees ymlaen ar y tâp, ac roedd yn rhaid i mi frwsio'r dagrau o'm llygaid a dweud – **Dal ati**.

Dwi'r person gwannaf sy'n bod – dw i di caru gormod os oes na'r fath beth, ac eto mae fy ffrindiau i yn meddwl mod i wedi bod yn gryf erbyn hyn, a'r merched – y pedair ohonyn nhw. Ac mewn un ffordd, mae'n siŵr fy mod i wedi bod yn gryf. Mi fuo farw 'mrawd i hefyd ac roedden ni mor agos – roedd o'n berson hyfryd – yn llawn hiwmor ac yn gwneud i mi chwerthin o hyd. Mi gyd-ddigwyddodd hyn efo'r tro cyntaf i'r gŵr fy ngadael i, ac fe wyddwn i fod yn rhaid i mi gladdu fy nheimladau'n ddwfn y tu mewn i mi i ddygymod â'r sefyllfa. Dim ond un o fy mrawd a wnaeth Duw, ac yna mi daflodd o'r mowld. Doeddwn i rioed wedi cael tad go iawn, felly ron i'n caru mrawd – mi fydde fo'n deud straeon wrtha i a chanu caneuon. Ron i'n ddeuddeg a fynta'n bump oed. Gwasgarwyd ei lwch ar hyd y *Kop* yn Old Trafford. Mi ddylse bod ni i gyd wedi bod ar *Surprise Surprise* efo Cilla.

Pan fydda i'n gweld fy nghyn-ŵr yn Dre, mae'n rhaid i mi edrych y ffordd arall, achos dan ni yn dal i garu ein gilydd, a tasa fo'n fy nghyffwrdd i, dw i'n gwybod dyna fysa ei diwedd hi. Ond mae o'n gwybod ei fod o wedi bod yn hen ffŵl. Mae o'n hanner cant rŵan ac mae o isio teulu – rhywbeth nad oedd o ei angen o'r blaen, a'r peth trist ydy, mae ei deulu o i gyd wedi mynd rŵan. Mae'n ofnadwy – ar ôl saith mlynedd ar hugain o fod fel un, yn sydyn mae eich braich chi wedi ei thorri. Mae'n union felly – mae na ran ohonoch chi wedi mynd am byth. Dydw i ddim isio fo'n ôl, ond eto fedra i ddim dychmygu byd hebddo fo ynddo fo yn rhywle. Er ei fod o wedi bod yn gas efo fi, mi wnaeth o 'mwrw i, dw i'n gwybod hefyd ei fod o'n dal i 'ngharu i.

Ond pan dech chi i lawr ar waelod y gasgen – ar ôl saith mlynedd ar hugain, roeddwn i isio marw. Mi weddïais i ar Dduw ac fe helpodd rhywbeth i mi ddechrau eto. O'r blaen yn y tŷ roedd popeth wedi'i osod yn y ffordd roedd o isio – ei gelfi fo oedden nhw. Rŵan, dw i di ail wneud o i gyd, a fi sydd piau fo. Dw i'n gwybod ei fod o'n arfer bod yn dda yn yr ardd, ond dw i di dechrau arbrofi rŵan. Dw i di bod yn *Woolies* bore ma yn prynu hadau newydd i gyd, ac yn edrych am y blodau perta'n bod. Fo oedd yn arfer gwneud hynny i gyd – basgedi crog bendigedig – ond roeddwn i ar fin tynnu rheiny i lawr achos roedden nhw'n fy mygu i fel hen atgofion, yn crogi y tu allan i'r drws bob tro yr awn i allan. Dw i di cadw'r blychau pren yn y ffenest ar gyfer y blode, achos fo wnaeth y rheiny ac roedd o'n saer coed da. Ac yn y diwedd, mi benderfynais i fod yna dal beth pridd da yn y basgedi crog er eu bod nhw wedi bod yn segur am ddwy flynedd. Ac mi feddyliais i – mae'n rhaid fy mod i'n teimlo'n well achos dwi'n mynd i blannu hadau newydd fydd yn blodeuo yn y gwanwyn. Mae Glenda wedi plannu yn barod!

Ond y peth pwysicaf sydd gen i rŵan ydy tawelwch meddwl. Dw i ddim yn poeni os ydy o efo rhywun arall neu beidio, a gall neb gymryd y tawelwch hwnnw oddi arna i. Dwi'm yn hoffi i bobl fy nghymryd i'n ganiataol rŵan achos dyna mae pobl wedi ei wneud ar hyd y blynyddoedd. Y bore o'r blaen mi roedd na gachu dynol ar lawr toiledau'r Dafarn lle dwi'n llnau ddwywaith yr wythnos peth cynta'n y bore. Don i ddim yn gallu credu, a doedd na ddim rheswm pam y dylwn i glirio fo i fyny. *I was heavin'*. Ond ei glirio fo i fyny wnes i. Clirio budreddi dynion, nid plant. Mi benderfynais i nad oeddwn i yma i glirio *shit*. Dw i di gorfod delio efo digon o hwnnw yn fy mywyd i. Fysa'r diawled ddim yn ei wneud o adref. Mae gen i well pethau i wneud na chlirio cachu. Ddim dyna'n *job* i. *Hey that's a good pun. Job. Get it?*

Mi aeth y tafarnwr, sy'n hen ffrind arall, yn gandryll a sgwennu nodyn:

Would the dirty slovenly bastard who shits all over the floor care to clean up after him? P.S In case you have difficulty reading his note, below is a translation into your mother tongue. Grunt, grunt, grunt, grunt grunt!

Dwi'n amau mai fo'i hun oedd o, yr hen gythrel. Ond dw i angen y pres. Roedd gweld y calendr Spice Girls ar wal y stiwdio wrth godi llwch yn f'atgoffa i mod i wedi bod yn dipyn o hogan ddrwg. Dw i di prynu calendr gan Alma yn y Garej – calendr y Chippendales – a Mr Ebrill ydy'r gora o bell ffordd! Fyswn i ddim yn meindio o gwbl tasa *fo* yn galw i mewn i Garej Alma rhywdro ar ei ffordd adre o baradwys! Wyt ti di gweld y goeden Nadolig na sydd ganddyn nhw yno? Dw i'm isio brolio am yr un sydd gen i gartref, ond mae gen i goeden hyfryd artiffisial, ac mi fydda i yn rhoi clymau bach sidan arni a blychau bach. Dw i'n mynd ar ben cadair ac yn gosod rhwymyn o aur o'r top i'r gwaelod. Aur. Nid rhyw goch rhad. Mae'n bryd i mi roi fy rhwymyn o aur i fyny eto i'm hatgoffa i. Di'r rhai yn y Garej ddim efo'r syniad lleiaf ynglŷn â sut i addurno coeden. Mae'n rhaid cael rhwymyn trwchus o aur. Pan fo rhywun wedi byw bywyd mor hir â dw i wedi byw bywyd, ychydig o bobl sy'n aur. Efallai bod y mwyafrif yn edrych felly pan fônt yn ifanc. Ond chydig o aur sydd efo ti, o dy gwmpas di. Ond mae na rwymyn aur yn ail ymddangos drwy dy brofiadau, diolch am hynny. Wel, well i mi fynd i sortio'r Alma 'ma yn y Garej. Gwaith yn galw."

9

Daeth Trwynog ond Swynol i mewn am baned wedi iddi fod yn siopa'n hwyr at y Nadolig a throdd at Lin.

"O helo cariad. Ma nhrwyn i'n fwy ffri na mhoced i heno. Mae'r wraig hurt ene yn y Post sy'n bloeddio *Rhif Pump os gwelwch yn dda* wedi bod ar y brandi. Faint o sgons wyt ti'n mynd i'w hordro ar gyfer y Nadolig?" Gyda'i chwpanaid o de cryf siaradai wrth y cownter a sylwodd fod Risotto Llysiau ar y fwydlen am y tro cyntaf.

"Ŵ, yr unig adeg fydda i'n cael *risotto* ydy un o'r petha Vesta na, efallai ar nos Sadwrn gwlyb."

Gwaeddodd draw at hen ffrind iddi o'r Ffrwd:

"*Hello luv.*" Am eiliad credai Mrs Cwricwlwm ei bod hi'n cael ei chyfarch.

"Does ne'm pwynt cadw nhw os yden nhw'n boen i ti Maisie . . . dy ddannedd di. *How's fat old Nain Jones? Keeping her pecker up eh?*"

Eisteddai Mrs Cwricwlwm Cenedlaethol yn y gornel yn edrych fel sbwng wedi ei wasgu a'i adael ar draeth. Roedd wedi bod yn negydu ac yn monitro ei thîn ei hun nes oedd hi'n *knackered*, ac yn ystyried sut i allgyfeirio. Hoffai fod yn Arolygwraig, ond ni fyddai byth yn datgelu hyn ar goedd. Nid hyd yn oed i Rhish y Pish. – **Lle'r oedd o?** meddyliodd – roedd o'n hwyr ar gyfer ei gracyr Nadolig – sef hi. Chwarddodd yn rhewllyd, ac ni sylweddolodd unrhyw un o selogion y Caffi fod ei hwyneb hi wedi cracio. Gwraig heb wyneb oedd hi rywsut. Roedd y Gymdeithas Ddawns yn dal i ddawnsio Cadi Ha yng nghanol gaeaf fel glöyn byw ei chariad cudd at Rhish yn ei chalon – yno'n cael ei gynnal yn ddiffuant, neu i helpu iddi godi yn y byd.

Yn y Gaeaf, ei hatgof am Rhish a'i cadwai i fynd ac a gynhesai ychydig ar iâ ei chnawd. Doedden nhw ddim yn gallu cyfarfod yn ormodol yn yr ysgol neu fyddai pobl yn siarad. Ond roedd dod yma i gysgod y maen orseddol yn rhywle na fyddai unrhyw un yn meddwl chwilio amdanynt. Ond ni fyddent byth yn mentro i'r Cwrt Mewnol ei hun lle caent eu gweld. Ar ei thaith gartref ar ôl dawnsio, roedd hi'n perffeithio y camau nesaf yn ei hymgyrch i ddinistrio ei chydweithwyr. Sut y gallai fod yn fwy o ddraenen fyth yn ystlys y rhai twp islaw iddi yn y gwaith? Sut allai fod yn fwy o seico? Ond yn y Siop Goffi roedd angen trafod i le yn union roedd Pres y Consortiwm yn mynd, ac am faint oedd y plantos yn mynd i gael y fraint o'i gwersi ychwanegol.

Ar hynny, daeth Gwyneth i mewn i'r Caffi. "Dech chi di clywed am y llofruddiaeth? *Oh God it's terrible innit.*"

Bwletin radio bro:

"Penawdau Newyddion Sain Offa. Mae hi'n chwech o'r gloch. Cyhuddwyd hogyn yn ei arddegau heddiw o lofruddio y bownsar Derwyn Owen y tu allan i Glwb Nos *Ffantasi* yng nghanol Caerfantell am hanner nos neithiwr. Doedd Derwyn Owen ddim yn gweithio ar y pryd, ond roedd wedi dod i'r Clwb i hamddena. Daethpwyd o hyd iddo wedi ei drywanu y tu allan i fynedfa'r Clwb gan ei wraig, Sharon Owen, sy'n gweithio mewn Caffi yng Nghaerfantell. Roedd Sharon Owen mewn parti yng nghanol y dref ar y pryd. Yn ôl tystiolaeth cyfeillion roedd y ddau yn gariadon ers dyddiau ysgol, a'i chariad cyntaf ydoedd, a thad ei mab bychan Dewi. Mae tafarnau canol y dref yn sefydlu cronfa i helpu teulu Derwyn Owen, a bwriedir cynnal disgo yn y Clwb Pêl-droed yn y dyfodol agos. Tystiodd cymdogion o ardal y Caeau yn y dref i

garedigrwydd a chymwynasgarwch y gŵr ifanc a drywanwyd, ac mae negeseuon o gydymdeimlad wedi bod yn cyrraedd y teulu o bob cwr.

. . . Ac at ein prif stori heno – Trywaniad y tu allan i Glwb Nos *Ffantasi* yng Nghaerfantell, a chymharu safonau diogelwch ar strydoedd y dref fin nos i Chicago yn y tridegau. Mi fu ein gohebydd yn hel argraffiadau nifer o bobl sy'n rhan o'r stori. Cydweithiwr i Sharon Owen yn y Siop Goffi i ddechrau – Sadie Daniels.

Ti'n teimlo mor ddiymadferth yn arwyddo cerdyn cydymdeimlad gan Sadie a'r teulu. Sgiwsiwch yr iaith ond mi allwn i ladd y bas****(blîp). Ei grogi o. Dw i'n dod o ymyl ardal y Caeau, ond i wneud hynny i rywun – does na neb yn haeddu hynny. Roedd Shaz ni 'di mynd ar noson genod rownd dre, a hi ddaeth o hyd i Derwyn y tu allan i *Ffantasi* yn gorwedd ar lawr a'i lygaid o'n troi yn ôl y sôn, ac roedd hi'n gwaeddi.

–Derwyn, fi sy 'ma, fi sy ma. Fuo fo farw yn yr ysbyty – roedden nhw'n trio gwneud rhywbeth i rydweli. Am wastraff o fywyd ifanc – dim ond wyth ar hugain oed, a'r un a'i trywanodd o yn ddim ond deunaw oed. Wedi bod yn yfed oedd yr un ifanc, ac roedd yna ryw anghytuno a rŵan mae 'na rhyw ddiawl wedi gadael Dewi bach sy'n dair oed heb dad. *String the bugger up, I would.* Roedd o newydd ddeud yr ai o'n ôl i'r Fyddin achos fod y pres yn dda, er mwyn iddo fo fedru prynu mwy o bethau i'r teulu. Dw i'n gwybod fod Shaz a fo wedi cael eu hanawsterau, ond roedden nhw newydd ddod i delerau da eto. Wedi dod i nabod eu hunain yn well. Ma nhw'n rhoi cyffuriau i Shaz ar hyn o bryd er mwyn iddi ddygymod. Dim ond efo'i mam a'i thad mae hi'n siarad. Mae hi'n grêt, Shaz – yr unig un dw i wedi clicio'n wirioneddol efo hi yn y Caffi fama. Mae Shaz angen ein cefnogaeth ni'n fwy na neb rŵan a 'dan ni'n mynd i'w roid o iddi.

Derek Owen, Bownsar yng Nghlwb Nos Ffantasi:
Pam ddaru o ddim chwarae'i ran fel unrhyw fownsar arall – derbyn ei rôl, a chwarae'r gêm? Gweithio ar y drws am ryw ychydig cyn llithro'n araf deg i mewn wedyn i berfeddion y clwb o'r golwg – gweithio tu ôl i'r bar, bod yn was bach yn y bwyty, neu goginio hyd yn oed, rhywbeth i ddianc o berygl bod ar y drws. Ond nid Derwyn. Na roedd o'n berffaith fodlon yn taflu ei bwysau o gwmpas. Mi glywais i cyn i mi ddechrau yma ei fod o wedi mynd ar ôl rhai oedd yn boen iddo fo yn y car efo rhai o'r bownsers eraill. Mi roedd y stori yn y papur ac mi fysach chi'n meddwl y basai hynny'n ddigon o reswm i wneud iddyn' nhw beidio. Fe gafodd rhai y sac ar ôl hynny, a rhai ohonyn nhw rybudd difrifol. Tasa fo wedi bodloni fuasai o wedi gwella'i fyd. Wedi'r cyfan dyna sut y daeth y bos ei hun yma – y rheolwr – gŵr ifanc ydy o, dechrau ar y drysau a gweithio'i ffordd i fyny.

Ma nhw'n ddynion mawr y bownsars ma, iawn fel pobl i sgwrsio am ddim byd yn arbennig efo nhw, a'u prif ddiddordeb – merched ac yfed. Fel prif ddiddordeb y mwyafrif o ferched a ddaw yma – dynion ac yfed. Bydd bownsars yn diweddu'r noson efo merch wahanol weithiau. Dw i'n meddwl ei bod hi'n dipyn o ras i weld pwy all gael y mwyaf. Naill ai mynd â nhw adref, neu fynd â'r merched i'r maes parcio yn y cefn, cyn iddyn nhw fynd adref at eu gwragedd. Tasa Derwyn ond wedi derbyn hynny yn lle trio profi mai fo oedd y dyn cleta yn y dref – Rambo Caerfantell. Ond doedd Derwyn Owen ddim yn arferol. Roedd ganddo fo elynion.

Troellwr Clwb Ffantasi, Rockin Ray.

Sobor ydy'r newydd. Ma nhw'n iawn yn deud fod Caerfantell yn mynd yn waeth. Dw i'n gorffen yma cyn hir, mae gen i ddigon o waith ar hyn o bryd heb orfod dod i'r domen dail yma bob penwythnos i fynd drwy'r hen linellau. Ma nhw'n sôn am gael gwared o bob un ohonom ni a chael *karaoke* yn ein lle ar benwythnosau. Ond yn fan hyn dan nhw ddim yn fy nabod i'n iawn – dw i'n gweithio'n galad efo'r gerddoriaeth a'r *tunes* a ballu, ond dwi'n cau pawb allan hefyd; yn anwybyddu llawer o'r bobl feddw yma achos dydw i ddim isio bod yn gysylltiedig â'u byd nhw. Dw i'n gwybod fod yna lawer iawn o'r bobl yn wybodus, diwylliedig hyd yn oed, yn y lle yma – yn dibynnu ar ba noson – ond dydy'r mwyafrif ddim yn ymddwyn felly hyd yn oed ar noson o gerddoriaeth y chwedegau.

Dw i di bod yn sgwrsio dipyn efo'r staff achlysurol – myfyriwr aeddfed yng Ngholeg Plas Coch a chwara teg iddo fo, mae ei sgwrs o'n werth gwrando arni. Mae o wedi bod yn gwneud y cyfan am chydig fwy o geiniogau i gefnogi ei deulu ar y grant. Ond y cradur – mae o'n cael ei orweithio yn y gegin yna – yn gorfod coginio a gweini – i arbed pres rŵan fod y syniad am le Sieiniaidd wedi mynd drwy'r to. Syniadau crand y rheolwr.

Pwy fysa'n meddwl am Derwyn ar y drws yn cael ei drywanu? Doeddwn i byth yn dweud llawer wrtho fo ar y drws, er mod i'n gwybod fod o'n siarad Cymraeg. Dim ond cnoc gynnar, esbonio mai fi oedd y D.J. o Sain Offa, a heibio iddyn nhw at fy nhiriogaeth i. Dw i ddigon call i gadw pellter. Ond dwi'n teimlo dros y boi achos dim ond gweud ei waith yr oedd o fel pawb arall ohonom ni yma. Isio gorffen er mwyn iddo fo gael mynd adra yr oedd o – at ei deulu, isio gorffen cyn gynted ag y medrai o. Fel fi bob tro dw i'n dod drwy'r bali drws.

Mike Prydderch, gyrrwr tacsi:
Roedd y newydd am farw Derwyn yn syfrdanol i mi. Mi weles i y peth yn digwydd o bell a'r llanc yn rhedeg i ffwrdd. Y trywaniad. Mi redais i'n syth draw at du allan y clwb. Roedd hi'n digwydd bod yn dawel am funud, felly roeddwn i wedi parcio gerllaw. Dim ond toriad bach oedd ganddo fo yn ei stumog i bob golwg i ddechrau, a wnes i ddim cynhyrfu gormod. Yn wir mi roeddwn i yn siarad efo fo ac mi es i mlaen efo fy ngwaith, a rhedeg pobl i Gefndre a Bryn Hyfryd, ac wedyn i fyny at Adwy'r Clawdd.

Wedyn y clywais i ei fod o wedi gwaedu'n sydyn ac annisgwyl. Mae na wahanol bobl yn sôn mai cyllell saith fodfedd oedd hi ond dw i ddim yn siŵr am hynny. Roedd o'n ffrind i mi, Derwyn – roedden ni yn yr un ysgol ac roedden ni wedi chwarae o gwmpas yn yr un gwersi ac wedi peidio â gwrando ar yr un adegau. Ond roedd na ddigon yn ei ben o – mwy nag yn f'un i, ond doedd o ddim am weithio. Fi fyddai yn ei gymryd o i'w waith bron bob penwythnos achos dim ond rhan amser oedd o'n ei weithio yn *Ffantasi*. Fyddwn i ddim yn codi tâl llawn arno fo achos roedd mynd â fo fel rhyw hen deyrngarwch, a'n clymodd ni gynt yn ysgol Gymraeg y dref. Er, Saesneg fydden ni'n siarad efo'n gilydd hefyd ar wahan i ambell ymadrodd neu os oedd na rywun arall yn y cab. Ma'n handi wedyn cael Cymraeg.

Fi aeth â'i wraig a fo i lawr y noson honno. Roedd Sharon wedi gorffen ei gwaith yn gynnar ac roedd hi ar ei ffordd i'r *hen night* ar yr un adeg â Derwyn. Ac ychydig wedyn roedd y cyfan ar ben.

Dai Owen – Un o hen wŷr y fro ac a âi i'r Siop Goffi.
Mae na dafarn yn dre yn codi pres iddyn nhw – tafarn wir – capeli oedd yn gwneud hynny yn fy nyddiau i. Criw y Talbot a'r Llewod a'r Plu. Wel, chwarae teg iddyn nhw uffen, ond y capel oedd yn gefn i bethau mawr yn y gorffennol – Streic 1926 yn Rhos. Ddaru neb lwgu.

Dw i'm yn deall pam fod y *Leader Nos* yn rhoi llun o Sharon a Derwyn fel gŵr a gwraig cytûn – hen lun o dair mlynedd yn ôl oedd nene. Glywais i fod y llanc wedi dweud rhywbeth am deulu'r bownsar. Uffen, geiriau na wydden ni beth oedden nhw erstalwm. Efo twrnai da ar ran y llanc dynladdiad fydd hi, yn enwedig os mai dyma ei drosedd gyntaf. Hen waith ofnadwy ydy bod yn bownsar 'ddyliwn. Fel plismon mae na wastad y posibilrwydd o adwaith.

Pan fo broblem yn rhy fawr, fe ddylen ni ei rhoi hi i Dduw. Fel 'ne y ces i fy nysgu yng Nghapel Rhagluniaeth flynddoedd yn ôl. A dwi'n falch o hynny. Ar ddiwedd fy oes, fedra i ddal i ddweud fy mod i'n falch. Ond does na neb yn gwrando na hidio heddiw. Ma nhw'n meddwl dy fod ti'n hurt. Fel y deudodd Elfed;
Dyn yw dyn ar bum cyfandir,
Dyn yw dyn, o oes i oes:
Dyn – yn esgyn i'r ucheldir;
Dyn – yn fud ar lwybrau loes.

–Nice soundbite, live back to studio:

Ar noson drist yn hanes Caerfantell – adwaith i'n prif stori heno ar Sain Offa. Llofruddiaeth o flaen Clwb Ffantasi cyn y Nadolig."

10

Doedd Jenks wrth geg y maes Parcio tu allan i'r Caffi byth yn methu hen selogion ar eu ffordd i mewn, ond yn enw cynnydd byddai'n cael ei ddisodli yn y flwyddyn newydd gan beiriant sy'n chwydu tocynnau atoch, yn lle cydymdeimlad a llaw gynnes. Hyd yn oed yn Rhagfyr roedd Glenda, rheolwraig y Caffi, wedi sicrhau fod basgedi crog yn blodeuo y tu allan ar y cwrt, ac roeddent yno'n hongian fel atgof haf ynghanol nos y byd. Edrychent yn ddi-duedd yn wyneb newidiadau'r oes.

Daeth eira mawr, ac am ddiwrnod, dim ond un siop oedd ar agor yng nghanol y dref. Crwydrai Croeseiriau o amgylch Siop Solo ac roedd o eisiau i'r oerfel gilio. Ni wyddai a allai dreulio gaeaf arall ar ei ben ei hun yn y fflat ger yr Eglwys.

"O leiaf mae'r pibelli i gyd wedi eu lagio rŵan, a ddim yn debygol o dorri tan y bydd hi'n ddeg gradd o dan y rhewbwynt. Cyn belled â bod y towel ddim yn rhewi yn y bathrwm, dwi'n iawn." Roedd yr eira mawr yn ei atgoffa o 1947 ar y fferm ger Llanwddyn a'i dad yn gorfod torri ei ffordd drwy'r eira i fynd â chorff merch fechan pedair oed i'w gladdu. Doedd Croeseiriau ddim isio dim penodol yn *Solo*, gwyddai sut i droi'r giât fynedfa yn giât allanfa hefyd. Roedd yn hen law ar grwydro i weld rhywun y gallai fwrw ei fol wrtho, a rhywun a allai ei helpu i lenwi ambell air yng nghroesair ei ddydd, ar ei delerau ef.

Roedd Jessica yn ei fflat yn Suicide Close yn difaru ei henaid. Roedd hi wedi bwyta'r reis efo'r stoc ysgewyll oedd wedi bod ar waelod sosban ganddi ers yr wythnos cynt. Edrychai yn nrych yr ystafell folchi rhag ofn ei bod hi'n troi'n wyrdd. Anaml iawn y byddai'n gadael ei bwyd ac roedd hi wedi bwriadu ysgrifennu ei chardiau Nadolig.

"Mae'n syndod na gerddodd y reis na allan o'r oergell efo'r sprout basili. Dyna biti fod neb wedi galw neu fe allwn fod wedi eu gwenwyno nhw hefyd. Mi allse dau fod wedi mynd trwy gytundeb ac ysgwyd dipyn ar Suicide Close. O wel, gwneud y Coffi *decaff* efo llaeth soya i mi fy hun fydd fy *swansong* fel Norma Desmond. Mae'n ras yn erbyn y cloc rŵan i gael y caead ar y tegell i ffwrdd. Hwn fydd fy *pièce de la resistance*.

Ron i'n edrych drwy'r hen luniau yn y drôr, ac mae na lwch lle mae pren y drôr yn crafu ar hyd fy hen ddarlun ysgol o'r *Prep School*, a llun fy hen ffrind Hilary. Roedden ni'n dwy wedi cael llond ceg am fod yn hwyr ar gyfer y llun ysgol gan un o'r lleianod, a dyna pam mae Hilary ar ben y rhes, a minnau'r ail i mewn yn gwenu'n ddireidus. Roedd diwedd Hilary mor drasig. Mi aeth hi'n alcoholig ac mi fu hi farw ar ei chŵd ei hun. Ei gwallt golau hyfryd." Cyffyrddodd Jessica arwyneb du a gwyn y llun yn dyner. Fe aeth i'r gegin i gyflawni'r orchwyl hir o wneud paned o goffi.

"Mae basili ysgewyll i fod i luosogi – meddylia cael chwech ohona i yn y Clwb Sgwennu. Fysa chwech ohona i yn ormod i unrhyw *poor bugger*."

Roedd Alma Garej Esso yn edrych mlaen at ddydd Llun – ei diwrnod rhydd am iddi weithio'r penwythnos. Roedd yna ŵr arall efo hi y tu ôl i'r cownter yn brolio Lenny Henry. Nod o gadarnhâd gan Alma yn ei phrysurdeb – nod fel petai hi'n derbyn fod rhywbeth yn stori'r Nadolig ar ôl trafod. Hogia'r clybiau hwyr yn cerdded adre am ugain munud i ddau y bore heibio Bradley Road yn eu crysau gwyn, tenau. Y rhew yn brathu a hwythau'n glynu at eu cariadon yn eu sgertiau mini lledr. Y rhew yn mynnu gadael llen drwchus hyd sgrîn y ceir mud.

"Mi garwn i tasa'r dyn efo'r barf mawr gwyn yn yr awyr yn

ymyrryd mwy yn ein byd ni, yn wyneb yr holl anobaith" gwgodd Noel. Roedd Noel wrthi yn syllu ar y Ddau a oedd yn gymaint o destun sgwrs yn trafod y Cwricwlwm yng nghysgod maen gorsedd y Cwrt. Roedd yn grediniol eu bod yn dal i gael perthynas, er ei bod hi'n trafod polisi asesu ffurfiannol, ac wedi llunio nifer o bwyntiau bwled.

"Mae o'n swnio braidd yn boenus i mi. OOooh Matron . . . *You better watch your asesu ffurfiannol or it could spread.* Cyfarfod mewn lle cyhoeddus eto – mae'n nhw'n dal i gael perthynas. Fedri di wastad ddeud, pan mae nhw'n trio'n rhy galed i edrych fel tasen nhw ddim yn cael un. Ron i'n meddwl eu bod nhw wedi rhoi'r gorau i hynny. Beth mae Rhish y Pish yn ei weld ynddi hi?"

Eisteddai Mrs Cwricwlwm Cenedlaethol yn stiff fel procer, a'i hedrychiad mor oer â'r gwynt o'r Mwynglodd. Roedd y Cwricwlwm ar y bwrdd o'i blaen yn arf yn ei dwylo i ddrysu pobl drachefn. Yn y bôn roedd hi mor ansicr ohoni hi ei hun, ac yn ei gwagedd, yn ei hunigedd fe blotiai gwymp ei 'hanwyliaid', a rhan nesaf Gorchfygiad Byd Addysg gan yr anghreadigol. Llethu'r profiadol efo ffurflenni diangenraid a thicio bocsys a manion yn lle adnabod plant – a'r cyfan yn enw codi safonau. Roedd hi wedi perffeithio y Cynllun Meistr, ac yn hynny o beth, roedd hi'n glyfar. Ond ddim digon clyfar. Roedd yn rhaid iddi gael sêl bendith mai codi safonau oedd hi o waelod ei chalon rew, ac wele Rhish y Pish gyferbyn â hi ar y bwrdd yn cael ei ddefnyddio. Trysoriai hithau'r adegau a gaent wrth y bwrdd, er gwaethaf y staeniau coffi a adawyd yno gan ryw feidrolyn. Ond roedd ei feddyliau o yn dal i gofio'r penwythnos pan oedd o'n *Fifi La Folle* yng nghlwb *La Cage* ym Manceinion.

"Mae nhw mewn lle cyhoeddus," meddai Noel wrth Lin, "ond allan o lygaid y cyhoedd, yn cuddio y tu ôl i 'Rock' Hudson. Felly os oes rhywun yn eu gweld nhw mae esbonio *Roedden ni yn y Llyfrgell yn trafod targedau cyrhaeddiad* yn swnio cystal â dim byd – fe allen nhw fod yno yn ddigon hawdd yn ymchwilio i lefelau'r Cwricwlwm Cenedlaethol. A Rambo 'di Nain . . . Dw i ddim yn cymeradwyo'r sefyllfa yna . . . y ffordd yna . . . y llwybr hwnnw achos dw i wedi bod arno fy hun." Cronodd deigryn o golled sydyn annisgwyl fel llafn hiraeth yng nghornel llygaid Noel am ddyddiau Llundain.

"Nhw a'u hedrychiadau pell a'u ffarwelio hir yn y maes parcio, gan syllu bob hyn a hyn rhag ofn bod rhywun yn sylwi arnynt. Clymau yn eu llygaid. Hithau'n breuddwydio ei bod hi'n swsian. *Been there, seen it, done it, bought the T shirt love.*"

Pan roedd y ddau yn cynllunio, gallech dybio bod y sarff y tu allan ar y Cwrt yn hisian o amgylch y graig, ac yn bygwth y canol llonydd yno. Roedd pobl dda yn gorfod bwrw cythreuliaid ar ôl bod mewn cysylltiad â'u llysnafedd lefelog, ac yn raddol ailadeiladu'r gred ynddyn nhw eu hunain. Pan fyddai Mrs Cwricwlwm â chyllell yng nghnawd cydweithiwr, byddai'n mwynhau troi'r gyllell, a hoffi gweld y sawl yn brifo. Cai gryfder gwyrdroedig o hynny. Mynnai chwalu pobl gan fod ganddyn nhw rhyw ddaioni roedd hi'n dyheu am ei gael yn lle'r galon goncrit drom honno, a'r wyneb blin fel chwip dîn.

Wedi misoedd o ddisgwyl ac arswydo fe gafodd y Caffi bresant Nadolig annisgwyl – cael cyfarfod Toi Boi Gwyneth oedd mor gas wrthi. Roedd disgwyl mawr am Sylvester Stallone ar ôl yr holl storïau treisgar.

"Oes na rywun 'di gweld Gwyneth?" meddai llais diniwed, tyner.

"Dim ond yn fy mreuddwydion" gwaeddodd Noel.

"Dw i ddim yn breuddwydio mêt ar hyn o bryd, dwi'n rhy brysur yn cysgu. Dw i newydd golli ngwaith yn y Gwaith Dur felly paid â sôn wrtha i am freuddwydion. A'r cwbl mae'r Gwyneth ma'n ei wneud ydy gwario mhres i a chwyno. Fi sy'n edrych ar ôl y fechan iddi er mwyn iddi hi fynd allan o hyd. Mae rhywun yn colli'i limpyn efo hi bob hyn a hyn." Efallai nad oedd Gwyneth yn gymaint o *diva* wedi'r cyfan, meddyliodd Noel. Parhaodd Toi Boi â hanes ei fywyd.

"Fues i yn y Llynges cyn y Gwaith Dur ond roeddwn i'n sâl fel ci, felly ches i ddim aros yno. Mi roedd hi'n iawn ar y llongau – cyfle i gymysgu efo'r hogia – o Sgotland llawer ohonyn nhw. Mae nhw i gyd yn rafins go iawn. Roedd yr hen ddynion ar y llong yn propio'u hunain yn erbyn y bar drwy'r amser. Yfed ydy un o'r ychydig bethau i'w wneud ar fwrdd llong. Doedd yr epilepsi heb ddatblygu'n llawn bryd hynny.

Ac mi gaethon ni fynd i'r lan yn yr Almaen ac i'r ardal golau coch. Wnes i fwynhau mynd i fanne – do wir. Dyna le! Sobor dweud mod i wedi mwynhau lle felly, ond mi wnes i. Roedd y ddiod yn rhad ar y llong hefyd – tua 40 ceiniog am ddybl shortyn a dim byd arall i wario dy bres arno fo. Ond mi roeddwn i'n sâl môr o hyd, felly fedra i ddim mynd yn ôl.

A dwi'n chwilio rŵan, chwilio'n galed am unwaith, rhwng gwylio *Sky Movies* ac edrych ar ôl y fechan o hyd. Blymin twyll oedd y busnes talu am y sianelau i gyd, mae'n rhaid i chi ddal i gael cardiau, ond o leia dwi'n cael gweld *Star Trek* a'r newyddion bob awr. Twyll oedd cau y Gwaith Dur hefyd a rhoi talentau ifanc ar y clwt. Efallai mai uchafbwynt y dydd fydd taith i'r Siop Fideo, gan fod Gwyneth allan cymaint, ac yn fy ngadael i efo'r fechan."

Pwysodd Trwynog ond Swynol ymlaen.

"Helo *luv*, be wyt ti'n ei feddwl am rewi cyrff?"

"Dwi'n teimlo fatha Mummy rŵan wedi fy lapio yn fy holl broblemau."

"*Oh that sounds kinky.* Ond fyswn i ddim isio cael dod yn ôl yn y flwyddyn 2100 a chael fy hebrwng i mewn i'r Siop Goffi. Dwi'n siŵr y buaswn i'n dal i ofyn am sgon."

Bu'n brynhawn aflwyddiannus i Roc Trwm er iddo wrthod mynd yn hen yn ei ledr a'i wallt hir, ac olion ffa pôb neithiwr ar ei farf. Bu'n trio yn aflwyddiannus i agor cyfrif yn *Burtons* er mwyn sbriwsio'i ddelwedd cyn blwyddyn newydd, ond buont yn rhy graff i lyncu ei stori ei fod o'n blymiwr am olew Môr y Gogledd wedi'r cyfan. Bu hefyd yn y Ganolfan Waith chwaethus newydd a oedd heb waith y tu mewn iddi ar y panelau o dan y llif oleuadau cynnes. Dim byd ond swyddi gweini rhan amser yng Nghaeredin. Rhechodd Roc Trwm yn annisgwyl a daeth arogl cwrw'r *Elephant and Castle* i darfu ar ail sgon Trwynog ond Swynol.

"Potela honna yn anrheg 'Dolig", a chwarddodd Toi Boi fel na wnaeth ers dyddiau'r Llynges. Cofiai Trwynog ond Swynol rywbeth y soniodd ei Nain amdano yn y Ffrwd ers talwm. *Hysbys y dengys dyn o ba radd y bo'i wreiddyn.* Roedd ei Nain yn iawn wedi'r cyfan.

Cofiai Llidiart, porthor y Ganolfan, ei nain heddiw hefyd yn gorfod cael presantau i bymtheg ohonyn nhw. Roedd hi'n arfer rhoi *clack* yn bresant Nadolig iddo fo achos ei fod o'n hogyn drwg. Roedd gwallt Llidiart yn oleuach at y Nadolig, bu at Heulwen i'w oleuo. Edrychai ar y Snwcer drwy'r cwpwrdd yn ddirgel bnawn Sadwrn er mwyn cael dianc am ychydig o fyd yr Oriel Gelf oedd yn rhy uchel-ael iddo ar adegau. Byddai wrth ei fodd ar y Cae Ras yn gweiddi ar y *Ref.* Deuai ei wraig i mewn dan ei phwn cyn hir. Hi fyddai'n prynu'r anrhegion i gyd yn gynnar. Gallai fynd i aflonyddu ar ferched y Caffi ar ôl iddi fynd.

Roedd Croeseiriau wrthi'n feunyddiol yn darllen y golofn farwolaethau yn y *Daily Post* am ddim yn *Smiths*. Rhag ofn fod ei enw o yno. Roedd hyn yn arbed prynu'r rhecsyn, achos doedd y croesair ddim llawer o gop, dim pan dech chi di ennill Croesair y *Mail*. Bu mewn cyfarfod yn y capel y noson cynt gyda phobl ifanc yn dathlu'r Nadolig.

"Roedd y ferch ifanc fel petai hi'n canu mewn Clwb. Does na ddim gwedduster ar ôl, a does na ddim llawer o le i gitâr drydan mewn addoliad. Ond dyna fo, dyn hen ffasiwn a ffurfiol fues i erioed, hyd yn oed pan oeddwn i efo'r Bedyddwyr yng Nghaersws.

Dipyn bach fel *Mrs Bouquet*. Ond mae'n rhaid cael ffurfioldeb, beth arall sydd gennym i'w gynnig? Yr organ sy'n dod â gweddusder i dŷ Duw. Dw i am dreulio'r Nadolig mewn gwesty yn Bolton. *Toodle pip.*"

Roedd Daniela'r gogyddes Eidalaidd wrthi yn tynnu mwy o sgons o'r popty, ond fyw iddi hi ei hun eu bwyta nhw "Dwi'n eu licio nhw, ond dan nhw ddim yn fy hoffi i. Dwi'n cael dŵr poeth os dwi'n bwyta nhw'n syth o'r popty. Ond mae pawb isio rhai ar gyfer y Nadolig. Does na ddim byd yn ffals yn y sgons ma, mae o i gyd yn real."

"Ŵ, dan ni ddim yn cael dŵr poeth Daniela. *I can't get enough of 'em,*" cysurodd Trwynog ond Swynol.

11

Daeth Isabella Jones o Benycae i mewn ac eistedd ar fwrdd yr Ynys. Doedd hi ddim yn ymwelydd cyson â'r Siop Goffi, dim ond ambell baned yn awr ac yn y man ar atalnodau bywyd. Heddiw, roedd rhywbeth ar ei meddwl a dim i atal llif ei hymwybod ar ddiwedd blwyddyn arall.

"Ma na un o'r merched yn fy ngalw i'n Nain Capel ac mae ganddi hi ei chyllell yndda i. Meddyliwch roi enw felna ar eich mam eich hun. Does na ddim llawer o Gymraeg rhyngddon ni, dwi'n cadw'n hun o'r golwg, achos mae hi'n un o'r rhain sy'n hoffi hedfan yn uchel – a dw i ddim isio bod yno'n pigo'r darnau oddi ar y llawr pan ddaw ei chwymp. Ma ganddi blant a gŵr hefyd oes, ond dydy hynny ddim yn ddigon i rai heddiw.

Mae ganddi ddau o blant bach hyfryd – Siriol ac Owain. Fyswn i'n hoffi ei gweld hi'n gafael amdanyn nhw a gwerthfawrogi y wyrth sydd ganddi. Mae hi'n gallu gwneud sioe ohonyn nhw neu gysgodi dan eu hadain nhw, ond peth arall ydy hynny, nid rhoi. Ac mae Owain yr hynaf yn deall wyddoch chi, yn gwybod fod o ddim yn cael cariad cyflawn gan ei fam, a weithiau bydd o'n hoffi dal llaw rhywun achos does na ddim llaw yno fel arfer. Hyd y gwn i yn y plasdy na mae hi'n byw ynddo fo – ymhell iawn o'i gwreiddiau – dydy hi ddim yn rhoi sws iddyn nhw na darllen stori yn y gwely, na'u lapio nhw yn y cynfasau clyd. Sôn am Gyngerdd i godi arian i Blant Mewn Angen wir, mae isio dechre adre weithie yn does?

Mae mam y plant bach yn rhy brysur yn creu argraff i drio plesio pawb, ond yn bennaf i blesio hi ei hun. Gas gen i ei gweld hi wrthi, ac mae hi'n ferch i mi. Mae ganddi ryw swyn efo pobl, ond dwi'n fam iddi ac yn gwybod mai ar yr wyneb mae'r cyfan. Dw i di gweld drwy Madam. Dw i di gorfod dioddef y celwydd amdana i hyd y lle ma fy mod i wedi ei chasau hi ar draul ei brodyr, ac eto dwi'n ddigon da ar benwythnos i gael y plant os ydy hi isio mynd ar un o'i hymarferion cerddorol yn y *Phil*.

Mae hi'n mynd drwy ffrindiau fel pys – rhesied o Antis ac Yncls y mae'n rhaid i'r plant bach yna eu sgrwbio o'u co. Mae hi'n gwneud ryw sioe fawr ei bod hi'n cael ei brifo er effaith gyhoeddus, ond hi sy'n gwneud y brifo bob tro. Dydy hi ddim yn hapus os nad ydy hi'n casáu. A dydw i ddim yn gwybod o le mae hi wedi'i gael o. Fyswn i'n gallu hanner deall ei rhwystredigaeth hi os oedd hi wedi ei mabwysiadu, ond ffrwyth fy nghroth fy hun.

Dagrau ydy diwedd y cyfyngder bob tro. Mae hi'n deud wrth y plant fy mod i a pherthnasau yn *bobol ddrwg* a'r unig beth maen nhw wedi ei wneud ydy gweld drwyddi hi. Ma nhw'n bobol iawn. Mi ddylia hi ofyn am lun pawb sy'n dod i gysylltiad â hi er mwy iddi bapuro waliau'r tŷ crand na efo *bobl ddrwg*. Mi allai hi agor Oriel.
– Rhowch chi ddigon o raff iddyn nhw ac fe dagan eu hunain yn y diwedd
Y Gweinidog ddeudodd hynny wrtha i. Mae o wedi llwyddo i gadw nhraed i ar y ddaear, er dim ond hanner fy nghredu i mae o. Mae o'n ddrwgdybus, cadw'i bellter.

Waeth ichi chwerthin mwy na chrio.

Ac mae ganddi ŵr annwyl, fysech chi ddim yn gallu gofyn am well. Mae Dei, gŵr Clara, yn debycach i Owain, yn dawel ac annwyl, er ei fod o'n cadw'i hochr hi bob gafael. Dio'm elwach o wneud, ond mae o'n ei haddoli hi, dyna'r gwir. Wedi mynd i addoli'r diafol, a dysgu'i ffyrdd, heb sylweddoli. Ond dydy o ddim yn ddyn cas – di'r sgwrsio clipiedig ddim yn dod yn hawdd iddo fo, er ei fod o'n ei wneud o. Mae'n cael ei orfodi arno o gyfeiriad arall. Fo ydy angel gwarcheidiol y plant na – *y seren glir ar noson ddu* chwedl y gân ar dâp y plant, a hebddo fo, Duw â'u helpo nhw. Mae Clara yn gweld tristwch yn llygaid Owain, yn medru ei amgyffred o, yn gallu ei gyffwrdd hyd yn oed, ond yn dewis ei anwybyddu o. Mae hi'n methu â chydymdeimlo, a dyna'r teimlad sydd ar goll yn ei cherddoriaeth hyd yma, achos dydy hi ddim yn byw bywyd real. Da ni heb gael y gân lawn – dan ni'n cael be mae pawb arall eisiau ei glywed, a heb ei chael hi.

Weithiau, bydd Dei yn hapusach nag arfer a fydda i'n meddwl mae'n rhaid fod Clara yn rhoi cip o ryw hen hi a fodolai yn y gorffennol – fel rhywbeth es i o amgylch yr ardal ma mewn pram, cyn ei golli. Falle bod o'n ei argyhoeddi ei hun weithia fod petha'n iawn – ond mae'r cradur yn cael ei siomi o hyd gan antics Clara. Sut mae o'n medru llyncu ei holl gelwydd hi, a phlygu bob siâp i'w phlesio hi? Wrth gwrs, dydy hi ddim yn sôn wrth neb am gyflwr ei hiechyd, a'r *ulcers* na sydd ganddi yn berwi yn ei choluddyn? Mae hi'n smygu fel simdde. Sioe arwynebol o fod ar ben ei phethau, ond mae'r corff yn gwrthod cytuno efo'r holl chwerwedd. Mae hynny'n un o ryfeddodau bywyd – ffyddlondeb dyn i hen fits o ddynes. Mi fydd Dei yn dal i'w hamddiffyn hi yn Nydd y Farn – ac fe ddaw dydd o Farn iddi hi ar ôl ei holl gasáu.

Fo sydd wedi edrych ar ôl y plant na tra bo hithau yn ymarferiadau'r Gerddorfa – y rhai dychmygol hefyd. Mae dynes yn gwybod y pethau ma. Dim ond gobeithio nad ydy hi'n brifo gormod ar bobl ddiniwed. Ac mae hi wedi bod yn palu clwyddau am ei gŵr ei hun, felly fe fedrwch chi ddeall sut mae hi'n gallu fy mhardduo i hefyd. Achwyn ei fod o'n yfed ac yn bygwth ei tharo hi, a fynta'n gwbl wahanol. Well i mi ddechrau Cymdeithas Moli Meibion yng Nghyfraith yn tydi? Fyswn i bron yn gallu cyfiawnhau tasa fo'n ei hysgwyd hi'n iawn.

Mae hi wedi anghofio am ei gwreiddiau rŵan ei bod hi'n Drefnydd Cerdd a bod ganddi ambell i berfformiad yn y *Philharmonic*. Mae bywyd yn reit debyg i un o'i operâu reit aml. Act ydy ei bywyd hi. Mae gan Dei fynedd sant i fyw efo hi. Dwi'n meddwl ei fod o wedi colli ffydd mewn pobl ers talwm, wedi ei adael o mewn gwlad a elwid Ieuenctid, a Clara ddaeth a smalio cynnig rhywbeth mwy dengar iddo. Mae hi'n taflu llwch i lygaid pobl go bwysig yn y Byd Cerdd, ond nid i lygaid ei mam ei hun. Iawn ydy dychwelyd i wneud ambell i noson gerddorol i festrïoedd y capeli y ciliodd ohonyn nhw er mwyn cael ei chanmol a'i llun yn y papur bro. Dod ag opera i'r werin, a chadarnhau ei bod hi'n dal yn un ohonan ni. Ond am fyw yma a chyfrannu i geisio atal tranc y lle. Na, pwysicach pobl i'w llyfu. Rheitiach gomisiynau i'w chwennych.

Dwi'n gweld bywydau y teulu yna – fy nheulu i – fatha pantomeim a deud y gwir, yn fwy nag opera. Ia pantomeim – gyda *boo* a *hiss* i hwn a llall ar ôl gwên ychydig yn gynharach. Mi fyswn i'n chwerthin yn wag, ond mae'r plant bach na yn gorfod ei fyw o – un drws yn agor a'r llall yn cau a ffars o fyw Clara- y wrach fawr ddu ei hun – ar ei ffordd at Deyrnas Hunanoldeb. Nid rhyw siwrne braf o ddilyn y *Yellow Brick Road* ydy hon, ond siwrne o ddinistrio pobol yn gwbl ddigydwybod, a mwynhau ei wneud o. O! na fyddai bywyd fel ffilm Walt Disney wir i ddod â tipyn o ddiniweidrwydd yn ôl i'r hen fyd 'ma a'i wneud o ychydig yn ieuengach eto.

Rhyw ddiwrnod mi ddaw'r cyfan yn ôl i syllu yn ei wyneb Clara – pan fydd neb isio hi. Efallai mai yn y byd y tu hwnt y ca'i y cyfle o ddod i'w nabod hi, achos yno, mi fydd hi wedi ei thrawsnewid yn ddaioni. Mae hi wedi creu Frankenstein efo'i phlant di-gariad a dech chi'n gwybod beth wnaeth o i'w feistr? Mi ges i wên gan Owain ar ddiwedd drama Nadolig yr ysgol, a gwyddwn i ei bod hi'n un o'r galon, yn un i Nain gan Owain, a neb arall. Gall neb ladd daioni. Yr unig ffordd dwi'n medru bod yn Gristnogol efo Clara – yr unig ffordd y mae hi yn caniatau i mi ddal i fyw fy mywyd yn unol â gweithredoedd Crist ydy trwy wneud dim i aflonyddu arni – gadael iddi. Liciwn i tasa hi'n dewis bod yn fam i'r plant bach na, a gobeithio rhyw ddydd y gwnaiff y *hi go iawn* sleifio allan o du ôl y masg. Gobeithio cymrith hi gamau i ddod yn brafiach person, er ei mwyn hi ei hun. Pan mae'n neis, mae hi'n neis iawn."

Prysurodd Isabella ar ei ffordd ar ôl cael bwrw ei bol yn ddistaw, fewnol ar fwrdd yr Ynys. Ar ôl y Ddrama Nadolig yn y capel modern, roedd yn rhaid iddi frysio i ddal yr unig fws i Ben-y-Cae y prynhawn hwnnw. Daeth Gwyneth i mewn yn fawr ei thrwst a'i ffwdan – roedd hi heb gartre achos fod Toi Boi wedi ei dyrnu hi eto. Roedd hi mewn Gwely a Brecwast "cyngor yn talu" ac yn treulio'r dyddiau yn y lloches gaeaf yn cael cawl a bara i de. "A dw i fod yn canu efo Syr Harry ar y teli." Doedd hi'n methu mynd allan rownd dre nes oedd y cyfan wedi setlo. Yn anrheg Nadolig, roedd hi eisiau Beibl King James mewn clawr meddal.

"Dw i'm isio y sbwriel sy'n dweud fod y Fair Forwyn yn *pregnant*, dwi'n gwybod beth mae *great with child* yn ei olygu. Mi fydda i'n canu yn yr Eglwys ar Noswyl Nadolig ar *Songs of Praise* os caf i ddod allan o'r Lloches. Dan ni'n mynd i fod yn sêr. Dwi'n hoffi'r canhwyllau pan mae nhw wedi eu goleuo, ond pan maen nhw yn syrthio o amgylch y lle dwi'n teimlo drostyn nhw – druan o'r canhwyllau; ac ofn y bydda i mewn drama *Caerfantell's Burning. Terrible innit?*"

Gwgai Rhish y Pish ati cyn y Nadolig yn rhannu ei bywyd preifat â phawb, yr hulpan wirion. Eisteddai ar fwrdd yr Ynys yn ddi-gwricwlwm heddiw.

"Falle fod na rai yn meddwl mod i'n od, bod fy mywyd i'n od, ond fel y deudodd y dyn yng ngwasanaeth carolau'r ysgol – mae hyn yn dibynnu fwyaf ar farn bobl eraill. Eu problem nhw ydy o. A dyna fy mywyd i. Dydw i ddim am actio. Ond mae hi, Wonder Woman Cwricwlwm bondigrybwyll, yn meddwl mod i'n ei charu hi, mod i'n ei ffafrio hi. Smalio ydw i. Mae hi wedi rhaeadru, casgadu, agregu, safoni a phistyllio cymaint fel fy mod i'n teimlo'n reit *sick* pan fydda i'n gweld yr hen ffeil na'n dod allan ganddi hi. Mae'n bryd iddi gael rhywbeth arall yn ei bywyd. Diolch byth, mae hi ar gwrs Darllen Seico heddiw.

Yr unig beth ddeuda i ydy mod i'n pryderu dipyn bach am y ddeuoliaeth sy y tu mewn i mi. Ma mywyd adre i mor dawel, ac wedyn, pan dwi'n mynd at Kev i Fanceinion dyna fywyd yn y lôn chwim. Fo a'i ffrindiau, BMW newydd ers blwyddyn, digonedd o bres, yn byw bywyd gwyllt, doniol bob munud a minnau'n mwynhau y bywyd hwnnw. Ond allwn i ddim byw y bywyd hwnnw o hyd. Mae Kev wedi cynnig;

–*Be wyt ti angen ydy blwyddyn i ffwrdd yn gweld y byd.* Fe fyse fo'n gallu fforddio mynd â fi efo fo achos fod ganddo fo siopau ei dad yn dod i'w ddwylo cyn hir – ar agor saith niwrnod yr wythnos mewn pum ardal. Mae o di deud;

–*Pam na ddoi di i Fanceinion at ein bywyd ni, a wedyn cael swydd dysgu yn y ddinas?* Ond y gora fedra i wneud ydy cael *fix* o'r bywyd gwyllt tua pob chwech wythnos a dod yn ôl at y normal, disgwyliedig rhyngddyn nhw. Ond dwi'n tristáu yn syth bob tro mae o'n gorffen – yn y diwedd pan mae o i gyd drosodd.

Be dio, dwi'n meddwl, ydy mod i'n mynd yn hen a dw i isio bod yn ifanc ac anghyfrifol eto, achos i mi 'fethu'r trên' yn y cyswllt hwnnw y tro cyntaf rownd. Mynd i'r *Cantonese* a chael pob math o bethau sy'n costio hyd at £50 y pen, a chan ei bod hi'n benblwydd arna i y lleill yn fy herio i, gan brynu tri rhosyn gan y ddynes Tsieiniaidd. Yna i'r Clwb Nos *La Cage* a chyrraedd adre i le Kev efo llefrith y bore yn llythrennol, a chysgu drwy'r bore.

Ond dydw i'n twyllo neb ond fi fy hun – dyma'r ddelwedd newydd ma sydd gen i achos mod i'n gallu codi rhai boreau ac argyhoeddi fy hun mod i'n ddau ddeg pedwar ac nid tri deg wyth. Dydy'r ddelwedd newydd ma ddim yn ffordd i godi yn y byd – sut i gael dyrchafiad – ond mae na fwy i fywyd na gwaith. Rhybuddiodd ffrind mai'r unig adeg y teimlai ef y byddai'n ddoeth ail ystyried oedd petawn i'n dechrau credu mai gwagedd oedd y profiadau. Gwagedd ydy rhan ohono fo, ond nid y wefr o fod yn ifanc eto. Ond allwn i ddim byw y bywyd yna drwy'r adeg, nid bob nos. Mae gen i ofn heneiddio fel dwn i ddim be. Beth am 45? Ofni'r llithro hwn at henaint. Dyna fy *kink* i. Falle fod pawb efo'i ginc. Ond dwi'n poeni fod gen i'r ddau eithaf yn fy mywyd i – yr ochr wyllt a'r ochr ysgol a chadw wyneb efo Ms Cwricwlwm a'i ffolderi."

Roedd Mrs Cwricwlwm Cenedlaethol yn methu ei dawnsio gwerin strwythuredig heno. Roedd y camau mor bendant beth bynnag, ac yn mynd ar ei *thits* hi erbyn hyn.

Daeth ateb y Caffi i Mystic Meg i mewn ar gyfer ymweliad Nadolig, ond roedd Sophie rhywsut yn dawelach nag arfer ac yn fwy myfyriol. Yn ôl ei harfer, fe aeth hi i sgwrsio efo Lin ar ei hunion.

"Paid meddwl mod i'n colli mhen, ond dw i di prynu record sengl o Boyzone. Dw i di cael yr adeiladwr i mewn er mwyn trwsio'r beipen yng nghefn y tŷ, yr un sy di bod yn arllwys drwy'r adeg. Gan ei fod o'n chwibanu tiwn rhai o ganeuon y dydd, medde finne

–Wyt ti'n hoffi Cliff Richard?

–Ddim llawer medda fo, **Well gin i Boyzone.** *It's only words . . .*

–Y Bee Gees oedd yn canu honne pan oeddwn i'n mynd i'r Cavern.

Felly dyna be di'r record yma, dim ond rhywbeth bach i ddiolch, dim byd mwy. Gobeithio fod o'm yn disgwyl CD."

"Falle wnaiff o dy gipio yn ei freichiau a gwneud Travolta efo ti. *Ah! Ah! Ah! Ah! Stayin Alive, Stayin Alive*" chwarddodd Lin " A beth am yr Efengylwr na roeddet ti'n ei hoffi ?"

"Paid â deud wrth gegau mawr Llangollen. Mae na bobl yn yr Eglwys yn sôn mod i'n mynd i'w briodi o."

"Fedrwch chi'ch dau ddim bod yn ffrindiau da?"

"Wel dyna be ddeudis i. Fasa'n well gin i briodi, ac er nad ydw i i fod i gredu yn y cardiau darogan rŵan, efallai fy mod i'n priodi mis Mehefin nesaf. Ond dw i'm yn deud wrth bawb."

"O! Mae Noel yn y ciw yn fan'cw yn annwyl . . . faint ydy ei oed o? Tri deg dau?"

"Nes at dy oed di Sophie . . . yn ei bedwardegau."

"O paid wir! Wyt ti'n ei ffonio fo Lin?"

"Mae o yn y llyfr ffôn o dan Noel Roberts, Bron y Clawdd."

"O paid wir, ti'n temtio fi. Fyswn i yn gallu codi'r ffôn a deud **–Helo Noel, Sophie o'r Caffi sydd yma, sut wyt ti'n cadw?** Na fe fydd o mor ddrwgdybus ohona i. Dwi'n mynd i gael fy medyddio yn y flwyddyn newydd a dw i di torri ambell ddosbarth nos allan er mwyn cael mynd i'r cyfarfodydd capel. Dwi'n mynd am wyth y bore i'r capel ar lan Dyfrdwy fore Llun, Mercher a Gwener ar gyfer Gweddi, ac mae hyn yn eich atgyfnerthu. Mi wnes i bryd i chwech o'r Eglwys bnawn Sul – mi fuon ni'n canu wedyn ar ôl iddyn nhw fwyta'r *quiche* mwyaf bendigedig ges i o'r Siop Goffi, a phwdin ffrwythau wnes i y diwrnod cynt. Wedyn ddaru ni wylio fideo o Cliff Richard. Y ddwy Miss Williams, Cheryl Carradine, fy ffrind i sydd wedi ysgaru, a thri o flaenoriaid yr Eglwys. Fe ddaeth fy mab i adre o Dwrci ar gyfer y twrci y diwrnod o'r blaen, ac mi ddaeth o i'r Eglwys er ei fod o'n Foslem, ac mi gafodd o groeso gan bawb. Roedd hi'n hyfryd ei weld o. Dw i di gweld y mawr a'r bach, yr uchel a'r isel yn yr hen fyd ma drwy fod yn wraig neu gyn-wraig i Weinidog Tramor Twrci – *Plain Sophie Janine* o Garston – pwy fasa'n meddwl na chredu? Ond mae crefydd Crist yn dod â phawb ar yr un lefel. Pa arwydd sêr ydy Noel?"

"Gemini."

"Y gwrthwyneb llwyr i mi felly" a chwerthin mawr at ei hen ymlyniad at fyd y sêr. "Ond dwi ddim i fod i goelio yn rheiny rŵan" a llaw dros ei cheg, slap i'w harddwrn, a direidi yn y llygaid ifanc, hen.

Sophie mor annwyl yn y bôn, ond yn teimlo ei bod hi'n gorfod bod yn lliwgar a seicic – felly yn camddehongli i bawb, a byth yn cael yr *arwyddion yn gywir*. Ac yn y bôn, Sophie druan yn gwybod ei bod hi'n anghywir dro ar ôl tro, ac yn meithrin ffordd o chwerthin arni hi ei hun. Yn Llan, roedd hi'n ceisio bod yn rhan o'r cylchoedd eglwysig ac yn methu cysoni ei holl liw a'i ffantasïau i mewn i'w culni cul-de-sacaidd, er iddi drio'n galed. Ond yn y bôn, roedd hi'n hynod o syml ac annwyl; yn ferch o Garston a gafodd fywyd anghyffredin dramor cyn dychwelyd. Rhywsut, roedd hi'n gwybod mai ffars oedd ei meistrolaeth honedig ar fyd y sêr. Ond roedd yn arf gwych i daflu pobl oddi ar eu hechel tra ei bod hi'n ceisio cydbwysedd.

12

Bu'n freuddwyd gan Lin ers blynyddoedd i gael mynd i Gaer i wneud y siopa Nadolig hwyr ar Nos Iau. Cerdded i lawr y stryd yn edrych fel rhywun trefnus oedd yn gwybod beth i'w wneud efo'r Nadolig am unwaith, fel athrawon Mathemateg! Hyn yn lle bod rhywun wedi ei foddi funud olaf gan bapur lliwgar a selotêp yn bustachu a stryffaglan. Roedd yn gyfnod o weld y wynebau rhywle-rhywdro rheiny a ddeuai ar lwybr bywyd ac fe aent heibio ym mhrysurdeb a blinder gofynion y tymor.

Edrychai selogion y Caffi yn fud ar eu byrddau unigol heno fel petaent yn clustfeinio am y newyddion da o lawenydd mawr. Yna, deuai clindarddach cadw'r tebotau i ddod â'r ffocws yn ôl at y presennol, yr eirlaw a stêm ar y ffenestri.

Edrychai rhai i lawr eu trwynau ar bobl oedd yn trin gwallt am ryw reswm od. Nid yn unig yr oedden nhw'n gweithio yn hynod o galed drwy'r dydd, ond roedd ambell un ohonyn nhw yn haeddu medalau. Roedd Heulwen wedi canolbwyntio ar drin gwallt ers iddi adael ysgol, ac wedi gweithio'i ffordd i fyny'r rhengoedd – merch ar y sadwrn, brwsio'r llawr, gwneud y coffi, golchi gwalltiau, tan gafodd hi'r cyfle i drin gwallt ei hun yn y *salon* wrth yr Eglwys. Hen hogan iawn, yn wahanol i un arall uchel ael yn y *salon* a oedd yn ddigon parod i gael perthynas â'i chwsmeriaid. Medrech ddweud o'r modd yr oedd hi'n torri'n swta a sydyn wrth y gwallt, a'r modd yr oedd hi'n gorfod gwisgo masg o or-barchusrwydd fod honno'n cuddio'r brychau. Roedd hi'n or-gyfarwydd â'r bos hefyd, er na ddangosai hynny ar ei hwyneb. Ei hoff gân oedd Tina Turner yn canu *Addicted to Love*, a hawdd deall pam. Roedd merch arall oedd newydd adael ysgol yno ac roedd hithau'n edrych mlaen yn ddiniwed agored at fynd i Tenerife ar wyliau rhad efo'i ffrind gorau. Ond poenai am fynd i'r môr yn llawn o bethau yn arnofio ynddo. Byddai hi'n hoffi arddangos ei chariad yn ffuantus gyhoeddus ar ochr y pwll er mwyn dangos yr hyn oedd ganddi – petai ganddi gariad! Ac yn eu canol hefyd yr oedd Heulwen yn byw a bod a theimlo a thorri gwallt.

Roedd ambell ddiwrnod yn anos na'r llall – soniai Heulwen am rywun ddaeth i mewn i'r *salon* a deud ei bod hi'n edrych yn llawer hyn na thrideg a'i bod hi'n hagar.

"Wel dw i di bod o dan y lampau ma yn y *salon* ers pedair blynedd ar ddeg."

Roedd ganddi gariad a gafodd gefndir caled, a gellid crynhoi y cefndir hwnnw yn y stori am ddydd Nadolig a'i dad wedi yfed y pres ac heb brynu dim un anrheg iddo. Rhywsut, roedd hwn yng nghefn meddwl Heulwen unrhyw adeg roedd hi'n meddwl amdano – fe fuodd o drwy'r drin. Fyddai neb yn meddwl y tu ôl i ferch yr *halo* hael, y shampŵ a'r tongs gwallt fod yna ferch oedd wedi aberthu popeth. A Lin oedd y gwallt olaf iddi drin cyn y diwrnod mawr – cyn diwrnod eu priodas a'u mis mêl yn heulwen Barbados. Ond nid mêl fu'r daith i gyd.

"Ti'n cymryd coffi fel arfer Lin? *Lara go and get a coffee, one sugar for Lin.*"

Mi fu'r sylweddoliad yn andros o un anodd pan gyfaddefodd o wrthi hi. Ond o leia roedd o wedi gwneud, gan fynd am help ar yr un adeg. Wedi blynyddoedd o olchi gwalltiau, roedd hi am olchi person allan yn lân. Hi oedd y *Conditioner* yn ei fywyd. Cyfaddefodd Ross ei fod ers dyddiau ysgol yn Wallasey yn gaeth i gyffuriau, ond ei fod o'n sylweddoli fod ganddo broblem, a'i fod o'n trio rhoi'r gorau i'r broblem er mwyn ei hennill hi.

"I ddechrau rôn i'n arogli o amgylch am ogla'r malu cachu ti'n gwybod Lin". Ond hwn oedd y boi oedd wedi twymo ei chalon yn fwy na'r un arall, doedd o heb ei defnyddio hi, fe ddeudodd hi ei bod hi'n fodlon ei helpu o.

"Rôn i'n dyfaru deud wrth Mam a Dad – **Ti'n haeddu rhywun gwell efo swydd iawn** meddai Dad, a Mam druan yn rhy ofnus i ddeud dim."

Ond mi wnaeth Heulwen broblem Ross yn grwsâd, yr hyn a seliodd eu huniad. Ond eto, ni wnaeth o mewn unrhyw ffordd rwysgfawr i gael sylw ati hi ei hun – nid merch felly mohoni. Ond roedd hi isio dangos cariad a chonsyrn tebyg i hwnnw a gaed yn y gymdeithas y tyfodd ynddi yn Nhrefor yn wreiddiol, cyn dod i Gaerfantell fawr lwyd. Byddai Cymry Caerfantell yn cael trin eu gwallt yn Gymraeg ac yn cael sgwrs werth ei chael, ond ni wyddai'r môr Seisnigrwydd o'i chwmpas na genod y siop mai arwres oedd hon.

Dechreuodd Ross fynychu clinigau yng Nghilgwri ac o dipyn i beth deuai gwelliant bob tro, a llai o angen i Heulwen wneud esgus ei bod hi'n mynd i'r fan a'r fan, pan yn wir yr oedd hi'n mynd â'r car bach du i Gilgwri ac i Wallasey ei hun i dawelu ofnau ei deulu yntau ar bnawn Sul. Santes dawel, ddirwgnach.

"Y gwallt fel arfer ia Lin? Dwi'm isio dy newid di yn llwyr fel dw i 'di neud i Rhisiart yr athro ma sy'n dod i mewn. Ti'n dal yn stiwdant?"

"Rhish y Pish dan ni'n ei alw fo yn y Caffi."

"Fyset ti ddim yn meddwl hynny taset ti'n rhoi lliw ar ei *roots* o bob bythefnos." a chwarddodd yn llawen.

Nid yn unig yr arweiniodd Heulwen ei chariad drwy ei iselder a'i glinig, ond bu'n gefn iddo efo trio cael swydd yng Nghaerfantell, neu drio am gwrs coleg rhan-amser. Roedd hi wedi ailadeiladu bywyd Ross fesul tipyn ac ni wyddai unrhyw un am hyn y tu hwnt i ambell un yn *salon* bywyd. Ambell un a ddeallai ei llygaid cyforiog rhwng snip a shampŵ a phaned a Madonna yn canu La Isla Bonita yn y cefndir, fel atgof am wyliau a ddaeth i ben.

Drannoeth, roedd yn ddydd eu priodas, a hynny yn yr Eglwys hynafol gerllaw *salon* Heulwen. Sylwodd ar gymaint o rai eraill yn gorymdeithio heibio'r ffenest ar eu diwrnod mawr fel y penderfynodd mai dyna'r lle iddi hi. Yfory hi a Ross fyddai yno.

"Dw i isio golchi'r *conditioner* ma allan yn iawn i ti Lin – dydy'r ferch fach ifanc ma heb arfar. Does dim isio gadal ôl heb fod angen yn nac oes? Rôn i fatha hi yn y dechra cofia, unwaith ymhell iawn yn ôl. Dysgu mae hi."

Daeth Jessica â chopi o'i herthygl am rinweddau iachusol garlleg i mewn i'r Caffi yn gelfyddydol ddramatig. Fe'i taflodd ar y bwrdd yn barod i'w roi gerbron pobl mewn mannau annisgwyl.

"Ron i'n wastad yn meddwl mai *vamp* oedd hi," meddai Noel o dan ei wynt. Credai ei theulu niferus ei bod hi'n fampir hefyd. "Lle wyt ti wedi bod yn cuddio? Roeddwn i'n dechrau meddwl fy mod i wedi gwneud rhywbeth i ti," gwaeddodd Noel ati yn y ciw. Cyffyrddodd â'i gwallt yn anesmwyth heb fedru ateb yn syth. Un o bobl yr haf yn arferol oedd Jessica yn y Caffi, anaml y'i gwelid hi yn y Gaeaf oni bai fod ganddi rhyw genadwri arbennig. Ond gyda'r Nadolig yn curo ar y drws, dyna hi wedi gwneud hanner addewid i gyfarfod ei merch drwy ffrind arall. Yn amlwg yn ôl yr olwg welw ar yr wyneb hir, a'r gwallt llipa, na fu'r wythnosau diwethaf ers yr haf yn hawdd, a daeth yr hen ysbeiliwr digalondid yn brae ar ei segurdod. Gyda'i choffi *decaff* llaeth sgim dechreuodd ar gronicl trwm arall i'w gwrandawyr meidrol:

"Mae Digalondid fel ymgorfforiad o ddrygioni – popeth du – ac mae o'n arglwyddiaethu ar bopeth wnewch chi, fedra i ddim hyd yn oed ysgrifennu ar adegau pan mae'n teyrnasu. Mae'r cyfan yn fy llethu i. Mae Geoff fy mab i oedd adref efo sgitsoffrenia – wel, mae o wedi cael symud at chwech o rai eraill ifanc sy'n dechrau ail-fyw eu bywydau. Mae hynny'n newydd da. Lle braf – chwech o ystafelloedd, a chegin a lolfa, ar gyrion y Caeau, ond nid yn y labyrinth o strydoedd. Mae o mewn lle brafiach na Suicide Close. Yr unig beth ydy, dwi'n ei golli o yn y fflat rŵan – a fi oedd wedi bod yn arthio arno fo i gael ei le ei hun er mwyn i ni gyd gael lle i anadlu – a dyna wnaeth o. Fedra i ddim tynnu'n ôl a dweud mae'n ddrwg gen i, tyrd yn ôl achos fi yrrodd o i ffwrdd. Dw i'n wastad yn meddwl ar ôl gwneud pethau, mae fy mywyd i bron i gyd yn feddwl, dyna'r drwg. Ac wedyn dyna fy nghyn-ŵr yn dweud mod i ddim yn meddwl digon am bethau. Wel, dwi'n blydi difaru'r ysgariad rŵan. Dwi'n ei wneud o o hyd, beth ydy o amdana i, dywed?" Ni roddai gyfle i Noel ymateb heb ymhelaethu ei hun.

"Ta waeth, dyna ddigon am fy mhroblemau i. Mae Geoff yn hapus yn y lle ma. Welais i o'r diwrnod o'r blaen, dydw i ddim yn mynd i drio dylanwadu arno fo, ond ddeudis i y basa na groeso iddo fo ddod yn ôl ata i os hoffai o.

Roedd Mummy wedi ei weld o ac mi ddeudodd hi;

–Does dim raid i ti boeni, mae Geoff yn iawn. Yr unig beth oedd ganddo fo oedd peswch.

–Beth, sut fath o beswch, annwyd?

–Na, o fod yn y gegin efo'r lleill yn ysmygu. Wel, mi wnes i apwyntiad i weld y dyn sy'n gwylio drostyn nhw yn syth. Roedd ganddo fo gydymdeimlad, ond roedd o'n dweud fod pawb yn gorfod byw yno – smygwyr neu beidio. Mae Geoff fwy yn erbyn ysmygu nag ydyw i, a ti'n gwybod cymaint o dân ydy o ar fy nghroen i. Ond tasen nhw wedi dweud – **Dim ysmygu yn y gegin**, ac wedyn yn yr ystafell fyw – wel iawn – does dim rhaid i Geoff fynd yno. Tase gen i bres i'w sbario, mi fuaswn i'n prynu teledu iddo fo i'w ystafell. Dio'm yn gwylio llawer beth bynnag, mae o'n dewis yn ofalus. Ond mae ganddo fo fwy o bres na fi rŵan, ac yn sicr, mae o'n gam mawr o ran ei annibynniaeth o. Ond feddyliais i erioed y buaswn i'n ei fethu fo, ar ôl yr holl weiddi – **Dos i chwilio am dy le dy hun.** Dwi'n difaru fel yr ydw i'n difaru popeth yn fy mywyd."

"Rhaid i ti beidio. 'Dan ni gyd yn gwneud camgymeriadau"

cysurodd Noel cyn cymryd *valium* efo'i goffi.

"Mae fy mherthynas efo Benny drosodd o'r diwedd. *Never should have tried to resuscitate it.* Ac i feddwl ein bod ni wedi bwriadu dyweddïo. Mi wnaeth y berthynas ddatgymalu, ac yn y diwedd mi drodd hi'n fudr iawn, a finna'n colli eto. Roedd ei weld o y noson o'r blaen yn y siopa hwyr nos Iau yng Nghaer wedi dechrau'r broses eto. Roeddwn i'n teimlo cyn hynny i mi fedru pwytho'r boen i gyd i mewn, ond fe ddaeth ei weld o eto fel rasal a slasio'r clwy yn agored eto, gan ei adael yn amrwd."

"Ych a fi, gobeithio fod ti ddim wedi gadael *mess* ar dy ôl" awgrymodd Noel yn gynnil.

"Buasai'n well gen i petawn i heb ei weld o, mae'n well felly. Dwi'n hoffi'r ffaith fod Benny'n ddiymgeledd, ond tasa fo yn symud i mewn i'r fflat rŵan, fuasai pethau'n mynd dros ben llestri yn llythrennol – dw i heb olchi'r bygars ers wythnosau."

"*You'd go all wonky Ponkey cariad. Know the feeling.*"

"Dw i isio anwesu ei ansicrwydd, ond rhaid i mi wylio ei ochr gas. Mi geisiodd o fy nharo i fwy nag unwaith wrth i mi baratoi cyri."

"*Tell me about it love.* Fel'na mae'n nhw."

"Mae'n rhyfedd fy mod i'n arthio ar Geoff efo'r teledu – fi di'r un sy'n gwylio'r teledu ar adegau fel hyn i drio dianc rhag fy meddwl fy hun a'r hunanymchwil parhaus."

"Wel, *darling get a grip*, rhaid i ti wneud rhywbeth; mynd allan yn amlach, dod yma weithiau yn lle disgwyl i'r byd ddod i Suicide Close." Ni allai Jessica gyfaddef hyn iddi hi ei hun. Ychwanegodd yn fwy petrusgar:

"Ddechrau'r flwyddyn nesa ma dwi'n mynd i gadw fy hun yn brysur – dw i isio ymuno â grŵp Delio efo Pwysedd Meddwl, a chwrs arall o edrych ar ôl eich hun gyda'r pwyslais ar ddelio efo *Stress*. Os fedra i gyrraedd nhw fydda i'n iawn. Rhaid i mi roi y rhifau ffôn i lawr. A dw i am ymuno'n selog efo'r Cylch Sgwennu a mynd i Hendy ar gwrs arall achos dw i isio arweiniad ac eisiau dal i ysgrifennu. Rhaid i mi gadw fy hun yn gwneud pethau yn ardal Caerfantell yn y flwyddyn newydd. O leiaf dwi'n gwybod fod raid i mi ei wneud o . . ."

Dadorchuddiodd Jessica lun mewn bag *Max Spielmann* – llun mawr ohoni hi ar y traeth yng Ngroeg yn edrych hanner ei hoed efo clamp o het fawr am ei phen. Cynigiodd ryw Samaritan iddi rannu ei wyliau, a difaru ei enaid, gan iddyn nhw ffraeo fel cath a chi.

"Am ffrâm hyfryd," meddai Noel

"Mae'r un sydd yn y ffrâm i fod yn anhygoel, nid y fframl Mi gyfarfyddais i Rod ar y Cwrs Sgwennu yn Hendy, pan wnes i rannu stafell efo *lesbian white witch* sy'n filfeddyg o Gaergrawnt. Roedd o'n digwydd bod yno ar y traeth yng Ngroeg ar wyliau hefyd."

"Iesgob . . . *Spooky possums*. Paid â deud wrtha i – Ti'n cael *closet affair* hefyd."

"O roeddwn i'n berffaith saff efo'r wrach wen. Mae nhw'n llawer mwy diddorol na chriw Suicide Close. Mi wnaeth y Diddymdra Barfog i lawr y grisiau i mi drio gosod y cwn arna i ddoe. A phan ddois i gartref, roedd Geoff wedi bod yno efo'i oriad – wedi bwyta fy nwy sleisen o facwn, y tri *Walnut whip* ar gyfer y Nadolig ac i goroni'r cyfan, wedi cysgu yn fy ngwely i. Mae o fatha hanes y Dair Arth. Blydi Pantomeim go iawn!"

Roedd Celt yn ysgrifennu ei gardiau Nadolig ar yr unfed awr ar ddeg ac roedd o'n gobeithio y cai o weld rhywun yn y *Fusilliers* heno i ddosbarthu nhw. Celt ar fwrdd y Caffi efo'i bac o gardiau crefyddol yn meddwl am neges baganaidd i'w roi y tu mewn i gerdyn Jessica yn sydyn ar ôl ei gweld.

"Ti'n gorfod byw dy ddelwedd, Lin. Mae'n syndod faint o raff gaiff rhywun allan o ddisgwyliadau pobl," meddai'r hen Gelt craff.

Roedd Megan tu ôl i'r cowntar ar eiliadau rhydd yn sôn am fywyd mor ddifyr yr oedd Glenda, y perchennog wedi ei gael – ei gŵr yn wyddonydd enwog efo cwmni cemegion ac yn teithio ledled y byd – Awstralia, Seland Neywdd, Kenya, De Affrica, Sweden.

"Lwcus iawn a deud y gwir." Ond roedd rhyw barchedig ofn fel disgybl at athro efo Glenda hefyd – rhyw gagendor anorfod. Efallai mai pellter y milltiroedd a drafaeliodd oedd yn dod rhyngddi â phobl. Ond gallai anwyldeb Glenda dorri drwy hynny yn fendigedig ar adegau.

Grwgnachai Roc Trwm: "Dw i ddim yn sylweddoli ei bod hi'n Nadolig ar y dydd, dim ond cael fy ngorfodi i fynd lawr i'r *Pakis* i gael Pot Noodle i fwyta." Soniai am yr Ŵyl nesaf i'r beicwyr ar odre'r Wyddfa ym mis Chwefror. Byddai ei gyd-rocwyr trwm yn dod draw ddydd Nadolig ac fe gaent drafod anturiaethau'r flwyddyn gyda'r *mushies*. Presant anghonfensiynol mewn ffoil oedd gan Santa yn ei sach, os oedd Roc Trwm yn cofio codi.

Roedd awyrgylch te parti mawr yn y caffi cyn dyfod Gŵyl a phobl yn dod i bigo eu harchebion – eu mins peis, eu quiches, a'u meringue lemwn oedd mor ysgafn â chred rhai yn y ffaldiral o'u cwmpas. Roedd Noel wedi bod yn chwerthin eto ar jôcs bachgenaidd ffag-tu-ôl-i'r-sied-feiciau y tîm *Carry On*. Roedden nhw'n ailddangos y gyfres gyfan ar deledu dros yr Ŵyl. *He's had it off*, a *Have you given her one?* a Kenneth Williams mor ddoniol yn ystrydebu – *Oooh Matron*. Er iddo addo iddo'i hun na fyddai yn gwylio, dyna wnaeth o eto gan fod y gyfres yn cael ei hailddarlledu yn ei chyfanrwydd. Roedd Dai Owen a'i bresantau eto i'w brynu, a Glenda am aros yn ei gwely fore nadolig a dathlu efo botel o siampên. Ni fyddai'r Caffi ar agor am rai dyddiau a byddai pobl ar goll.

Roedd dyn yn Garej Alma yn dweud y gwahaniaeth yr oedd Duw wedi ei wneud iddo, ac wrth y drws yn efengylu. Ni wyddai Alma beth i'w wneud efo fo a'i *jaguar* coch a'i lygaid du-las. Efallai iddo gael y llygad ddu wrth drio rhannu ei genadwri yn y Caeau lle maen nhw'n taflu tomatos at Santa hyd yn oed, yn ôl y *Leader Nos*.

Roedd Alma yn dweud bod y papurau dydd Sul heb yrru cylchgrawn efo nhw y tro hwn. Roedd ganddi noson i ffwrdd y noson ddilynol.

"Waeth i chi wneud y gorau o bethau. *I'll be out on the town.*" Chwareuai'r gân *I Want to Make You Sweat* ar dâp o oreuon reggae yn y cefndir. "Y peth pwysicaf yn ein bywydau ydy peidio â brifo neb ynte?" Meddai hi wrth Jan gweithdy fideo a ddaeth i seiadu â hi ac i gynhesu un o'r byrbrydau bîff a bap yn y meicrodon cyn mynd adref.

Daeth Gwyneth i mewn i'r Caffi wedi weindio ac yn cwyno am ei merch hynaf Lena oedd yn byw i ffwrdd. Fe gafodd ei henwi ar ôl Lena Zavaroni oedd ar *Junior Showtime* ers talwm.

"Mae hi'n gwneud gormod o glonc efo'r Nadolig. Ac mae hi wedi andwyo'r hogan fach. Ei mam hi wastad'n gyrru ei lluniau i Miss Pears, ond doedd hi byth yn ddigon tlws. Yna mi gafodd hi luniau ohoni wedi eu tynnu mewn bra a'i nicars mewn stiwdio. *I thought it was pornography meself.* Dydy unrhyw fam ddim i fod i wneud pethau felly." Roedd merch fach Gwyneth unwaith eto ar lîn Toi Boi yn gwylio'r *Gladiators* gan ganiatáu iddi hi fynd o amgylch Caerfantell yn gweld y brycheuyn yn llygaid eraill, heb weld y trawst yn ei llygaid hi ei hun.

"Dwi'n cael yr anrhegion rhyfeddaf – y math o bethau y byddai Lena wrth ei bodd yn eu gwisgo tasa hi yn denau. Rhyw nicars a dim iddyn nhw yn yr ochrau. Ma nghariad i'n cael pyliau yn ei wely yn hanner marw, a dwi'n dadwisgo yn gwisgo rheina.
–Doesn't that spark anything off?
–The spirit is strong but the flesh is weak meddai hwnnw wedyn. Mae o'n *dead loss.* Fydda i'n meddwl yn aml taswn i'n cael fy mwrw i lawr fysa'r heddlu yn meddwl mod i'n *kinky* neu rywbeth. Dwi'n siŵr Noel, bob tro y byddi di'n fy ngweld i, fyddi di'n meddwl pa bâr o *nics* sgen i amdana i."

"Dwi'n siŵr y bydda i!" chwarddodd Noel yn uchel.

Noswyl blwyddyn newydd a'r byrddau wedi eu glanhau ar gyfer cau cynnar, a Geoff yn cael Coca Cola i fynd efo'i dabledi digalondid, un ar ddeg y dydd weithiau. Ac wrth sgwrsio'n rhwyddach heddiw, gwna batrwm ar y bwrdd efo'i fys – patrwm gwell yfory mae'n rhaid o ddrysfa'r presennol, ac wrth ysgwyd ei law teimlir tynerwch, a gofynnir pam, pam fod rhaid i'r annwyl ddioddef mewn bywyd? Roedd ei ddannedd yn clecian gan dynnu sylw bob hyn a hyn a'i law yn dechrau ffurfio siâp o'i flaen, ond byth yn gorffen y ffurf.

Caeodd Jessica Fardd albwm y flwyddyn – y lluniau bronnoeth yng Ngroeg a gododd aeliau yn *Max Spielmann* o'r gwyliau dalwyd drosti. Aildynghedodd ei bod am dreulio diwedd ei hoes fel lleian. Cafodd fwy nag un breuddwyd am y peth.

"Mae hi'n siarad crap," meddai Celt, i gloi'r flwyddyn yn gryno.

13

Ceid peiriannau newydd sgleiniog yn bresant gan Santa ym meysydd parcio Caerfantell. Wythnos olaf Jenks cyn i'r peiriant dra arglwyddiaethu ar y maes parcio y tu allan i'r Caffi. Ni allai dderbyn fod y swydd yn dod i ben. Roedd Llidiart y porthor yn bryderus am ei ddyfodol yntau yn wyneb holl ddatblygiadau technoleg.

"Fydda i ddim yn deud helo wrth bawb – wel ddim yn syth. Fedrwch chi ddim ei wneud o wrth wylio'r drws 'ma. Gwylio nad oes na neb yn creu stŵr yn y Ganolfan nac yn dwyn llyfrau neu ambell fideo. Ma na rai sydd wedi eu gwahardd, a mae nhw'n trio bob ffordd i sleifio i mewn. Waeth iddyn nhw beidio â thrafferthu.

Mae na bobl sy'n dod bob dydd ac mi fydda i'n mwynhau cael 'gom' efo nhw – ymweliad â'r Caffi sy'n gwneud i'r diwrnod fynd heibio'n gyflymach iddyn nhw. Mae'n cyflymu'r amser i mi hefyd, tan y ca'i fynd adre at Vera, ac allan i'r awyr iach yn Llidiart Fanny i wneud yn siŵr fod y defaid yn cadw'n iawn. Dan ni'n byw i'n gilydd a deud y gwir – Vera a finnau a'r defaid! Ond ma na oriau hir – mae'r Caffi ar agor a'r Neuadd Arddangos – felly mi fydd hi'n naw o'r gloch cyn ga'i lusgo'r arwyddion croeso i'r Siop Goffi i mewn, a diffodd y croeso. Mae'r Caffi fel olion olaf "gwasanaeth" mewn oes sydd yn cyfri pob ceiniog.

Fi di'r un sy'n cael y problemau i gyd – **Ewch i weld Llidiart** ydy hi. Wel a deud y gwir mae'n gofyn tipyn –

delio efo'r broblem a thrio gwylio'r drws. Ychydig yn ôl, fe wnaethon nhw ofyn i mi glicio rhyw declyn bob tro y deuai rhywun i mewn er mwyn cael gweld faint o bobl oedd yn dod drwy'r clwydi mewn dydd. Mae hi'n mynd fatha'r Cae Ras yma! Gorfod llusgo'r arddangosfa Cerrig Celtaidd trwm uffernol yna fis Mawrth diwethaf. Roedd hynny'n un o uchafbwyntiau'r flwyddyn! Dwi'n siŵr fod pob *Celt* yn arfer cael hernia yn lygio rheina o gwmpas. Ta waeth, ers yr arbrawf ene efo'r cyfri pobl, mae nhw wedi cael giât fawr wrth y lle stampio llyfrau a'r cyfrifiadur, a bydd larwm yn canu'n uchel i ddal lladron llyfrgell. Mae o reit ddoniol pan mae o'n dal rhywun yn ddiniwed, ac yn y dechrau roedd o'n dipyn o hwyl. Ond erbyn hyn maen nhw wedi mynd i ddibynnu arno fo ac mae o fatha rhyw fur Berlin rhwng y cyhoedd a'r gwasanaeth. A beth sy'n waeth ydy – am ba hyd fydda i yma? Pam ddim cael llond adeilad o glwydi a 'bleepers' a chael robot i redeg y Caffi. Er, a barnu ar y bwyd yna, falle y buasai robot yn gwneud gwell sgram na Sadie. Ew, na, tynnu coes ydw i! Y cam nesaf yw drysau awtomatig. Dwi'n teimlo dros Jenks yn y Maes Parcio, ac Emyr sy'n sgubo'r ffordd. Dacw Emyr rŵan."

"Dwi'm yn licio siarad fel arfer. Sgubo dw i'n ei wneud. Emyr ydy'r enw. Rownd y Llyfrgell a'r Baddonau a'r Llysoedd barn a Neuadd y Dref – llefydd pwysicaf Caerfantell deud y gwir. Dyma fy milltir sgwar i – un o'r anoddaf yn y dre ma achos mae na bobl anodd eu plesio yma, a phobl sy'n bocha sy'n dod ar hyd Llwyn Isaf ma. A mae'n nhw'n hoff o nhrin i fel baw, ond fydda i ddim yn cymryd sylw o gemau'r hogiau mawr. Fydda i yn cadw allan o'r gwleidyddiaeth.

Mi fydda i'n gwisgo fy ngwisg melyn – haf neu aeaf – i sbwriela.

Mi fydd ambell un yn dweud **Helo** ac yn gwasgu **Helo** allan ohona i, achos dydw i ddim yn siaradwr. Ond mae'r rhan fwyaf yn deall mod i ddim yn licio siarad. Ma nhw'n cael mwy o sgwrs o grombil y biniau newydd yng hanol y dre rŵan – rheina sy'n siarad yn ddwyieithog.

Fedra i ddim deall y plant drwg ma yn difwyno gwelyau o flodau, a stwffio eu caniau gweigion i'r pwll bach na y tu allan i'r baddonau. Mae'r glaw yn dod ar eu pennau nhw os ydy'r tywydd yn ddrwg. Leciwn i tasa'r plant drwg yn cael trochfa yn y pwll yna. Mae o i fod yn bistyll, ond mae'r hen ganiau na yn tagu'r cyfan, ac mi fydd y diawliaid bach yn cyfarfod yno i ysmygu dan adain y Baddonau fel tasa nhw'n cynllwynio yn fy erbyn i. Mi fydda i isio chwerthin pan fydda i'n torri ar draws eu cusanu blêr, brwd, neu eu chwarae efo cyffuriau. Ond dyna fo, fyw i mi ddangos emosiwn, anwybyddu sydd orau. Y sawl a chwardd olaf a chwardd uchaf medda nhw, ac mi fydda i'n cael y fraint o weld ambell un o'r gweilch yn cael eu hebrwng i fewn i'r llys ynadon na ac ar hyd y coridor du i adeilad yr heddlu. Mi fydda i'n cadw'r tu allan yn daclus hyd yn oed os nad oes gen i ddylanwad ar y tu mewn.

Diwrnodau gwlyb ydy'r anoddaf pan mae'r glaw yn treiddio rhwng plastig a chroen, ond mi fydda i'n diosg y wisg yn syth ar ôl cyrraedd adre i'r Smithfield, a'i hongian i fyny. Bydd mam yn wastad yn gwneud yn siŵr fod fy siwt waith i yn barod ar gyfer y diwrnod wedyn – yn sych a chynnes.

Mwy o'r biniau na sy'n siarad maen nhw'n eu haddo. Liciwn i roi tro yng nghorn clag y dyn na – **Ar ran y Cyngor a'r Hysbysebwyr, diolch am gadw'r dref yn daclus**. Beth am dâp newydd?
–Diolch am golli ein swyddi i ni, ac am roi mwy o bres i'r rheolwyr ma sy'n rhedeg ein sefydliadau – yn rhoi codiad cyflog o 100% iddyn nhw eu hunain, ac yna actio fel hen ŷd y wlad efo hen gydnabod sy'n eu cofio o'r pentref. Ma'n gwneud i mi fod isio chwydu yn y bin. Fyse hynny'n neges rhy onest yn base?"

"Paid ecseito nawr Emyr. Wi'n cytuno 'da ti " meddai Jenks, ceidwad y Maes Parcio. "Bachan o'r De 'wi yn wreiddiol, ond 'wi di bod lan yng Nghaerfantell ers ache – oboiti ugen mlynedd. Edrych ar ôl cwt y Maes Parcio wi'n neud ymhob tywy' – Maes Parcio Llwyn Isaf ar bwys y Caffi. Ma nhw wrthi'n ychwanegu at adeilad y Cyngor ma, a wi'n becso'n ened fod y lle ma wedi mynd yn fwy o faes parcio i'r *lah-di-dahs*. Ma nhw i gyd run peth i fi – ambell un yn aur yn eu canol nhw cofia. Dwi'n cofio gwraig y Maer yn dod â thun o samwn i mi yn ei bag llaw unwaith achos mod i di bod yn garedig wrthi. Ledi oedd hi. Dan ni'n lwcus yma ar y cyfan – dim gormod o drwyne yn yr awyr sbo.

Ond hyn sy'n hala fi'n grac ydy'r duedd gyffredinol i'n troi ni'n beiriannau. Mae o 'di digwydd yn y maes parcio groes y rhewl wrth Garej Alma; *Talwch ac Arddangoswch*. Ia, a dangoswch y ffordd i un arall at Dy'r Dôl. Fi ydy'r nesa!

Ni ydy'r cyswllt cyntaf i bobl y wlad efo'r dref – yr alltud, ymwelwyr, selogion – ein llaw ni sy'n eu cyffwrdd nhw gyntaf. Ond tynnwch chi'r llaw 'na oddi yno, mae'r dref yn gallu bod yn oer. Caerfantell ydy tref mwyaf y Gogledd, ond do's fawr o groeso dim ond peiriant yn mynnu 'Talwch ac Arddangoswch'. Smo'r dref hyn yn cael ei thrin fel Prif Dref cofia. Fydda i'n meddwl withe mai dyna fu fy mhwrpas i mewn bywyd – bod yn gyfryngydd rhwng pobl drwy estyn llaw, a chynnig perthyn i'r dref werinol ma yn ôl i rai a fu i ffwrdd am sbel. Ond mae fy ystyr i ar fin cael ei ddileu yn enw Cynnydd a'r Dechnoleg Newydd.

O, wel mae o y tu hwnt i mi yma efo fy mrechdanau a'm fflasg. Sbel fach nawr. Mi swn i'n hoffi mynd i miwn i weld yr hen Llidiart yn y Ganolfan, ond mae'n rhy brysur efo arddangosfa newydd y bore ma. Blwyddyn newydd dda – wel blwyddyn newydd ta beth."

14

Cyfnod o sgubo storws y cof a chymryd stoc oedd cyfnod y gwyliau i'r cymeriadau oll. Blwyddyn Newydd, ac albwm lluniau newydd. Roedd Jessica yn ei fflat yn Suicide Close yn gobeithio y byddai'n trawsnewid i Sunset Boulevard. Roedd wrthi yn paratoi cyri i un yn hwyr yn y nos – reis, tomatos tun, madarch, ffa mewn cyri, a garlleg – llawer o hwnnw – mwynheai ei dorri mor fân a chael ei arogl ar hyd ei bysedd. Crafai y dafnau olaf o'r tuniau, ychwanegu'r winwyn ac yna'r macrell. Yna afal oedd wedi golchi'i wyneb yn lân i bwdin. Bron mor lân ag un Jessica ar ôl y mwgwd pac wyneb boreol a'r sesiwn deirawr yn molchi. Cymerai chwarter awr i wneud paned o goffi rhwng gordacluso popeth, cwyno am y llwch a chwyno fod ei chyn lawr glân yn fudr drachefn. Roedd wedi disgwyl cwmni Radio 3 a Wagner yn unig heno, cyn i'r rhaglen droi'n ddisgord ac iddi ei ddiffodd. Aeth i'r drws yn edrych fel un o gymeriadau dramatig Agatha Christie ar yr Orient Express

"Dwi'n falch o dy weld di Lin, achos dyma fi yng nghanol fy hunan yn ôl yr arfer. Dw i di cael bygar o bnawn, ac am amser i gael un. Fe fydd yn rhaid i mi dynnu'r cardiau Nadolig i lawr rhywbryd."

"Does dim isio Jessica, mae'n nhw'n hardd."

"Mae'n nhw'n cuddio'r llwch o leiaf. Mor wahanol i ddoe pan oedd hi'n barti fy ŵyr bach Bradshaw, ac roedd yna barti gan fy merch iddo fo. Mi arbedais i 'r ceiniogau er mwyn cael cacen ac mi wnes i dreiffl. Don i ddim yn gwybod sut ron i'n medru mynd â'r cyfan draw ar y bws i Gefn Mawr. Ond mi ddaeth cariad fy merch – yr un sydd wedi bod yn ei churo hi, ond mae o'n well rŵan – i nôl y treiffl ac i bigo'i fam o i fyny – y wraig sydd efo'r llais fel Dame Edna".

"Sut aeth y parti?"

"Pan gyrhaeddais i roedd y teulu i gyd yno, a'r byd a'i wraig hyd y gallwn i weld – fy meibion i gyd, a phawb ond Bradshaw – yr Hogyn Penblwydd ei hun. Ac yn y diwedd dyma fi'n ei weld o yr hen gariad bach, ac medde fo'n hen ffasiwn i gyd;

–Dech chi ddim yn mynd i ddymuno Penblwydd hapus i mi?

–Wel yndw fy hen Syr Watcyn bach medde finnau, fel y dywedai Nain Trefor Isa erstalwm wrth fy rhai i.

–Dw i di dod â chacen i ti. Roedd y munudau nesaf fel rhywbeth allan o *Kindergarten Cop*, dim ond fod gan Arnie betingalw fwy ohonyn nhw i ddelio ag o yn y ffilm.

Roedd Edna wedi llogi consuriwr – Zanzibar, Dyn yr Hud – i ddod yno i ddiddori. Mae o'n dod i'r Caffi weithiau, dwi'n siŵr dy fod ti wedi ei weld o."

"Fedra i ddim meddwl pwy ydy o chwaith."

"Rôn i'n flin efo fy meibion hŷn am aros yn y gegin yn ystod y perfformiad a chwerthin yn uchel ar ei ben o. Roedd yr ieuengaf yn rhoi ei ben drwy'r *hatch* bob hyn a hyn. Roedd o'n reit gomic petai o ddim yn fab i mi, a minnau isio i bawb ganolbwyntio ar Zanzibar. Ymlaen llaw, roedd Edna wedi ynganu un o'i pherlau wrtha i;

–Eistedda i lawr Jessica, ti'n gwneud i mi deimlo'n nerfus beth bynnag oedd hynny i fod i feddwl. Roedd hynny bron mor dda â

–Jessica ti'm cweit yn gant y cant yn nag wyt ti? yr wythnos diwethaf."

"Ddyle hi ddim deud pethau felna yn na ddylai?" Cysurodd Lin.

"Wel wedyn, dwi'n cofio sylwi bod fy mag llaw i ar agor ar y *setee*, ac i mi ei symud o er mwyn gwneud mwy o le. Rŵan roedd fy llyfr casglu Budd-dal Salwch ynddo fo. Pan es i gasglu fy mhres heddiw mi edrychais i ymhob man, ond dim llyfr. Roedd o wedi diflannu. Dwi'm isio gorfod drwgdybio neb yn y parti, achos yn waeth na cholli'r llyfr, mae'r elfen o siom o beidio ag ymddiried yn eich teulu eich hun yn debygol o godi – a beth bynnag, dw i ddim isio gorfod drwgdybio rhywun wyth oed mewn parti plant. Dw i byth yn hoffi drwgdybio. Mi ddeudodd un plentyn cyn i mi fynd;

–**Ma'ch bag y tu ôl i'r drws**, a doeddwn i ddim yn cofio ei roi o yno.

Felly heb fy llyfr, roedd yn rhaid mynd trwy oriau o ddisgwyl i olwynion biwrocratiaeth droi. Yn y cyfamser, doedd gen i ddim 50c i fynd i'r Caffi i gael paned, a dôn i heb weld neb allai helpu. Mi ddeudis i wrth Dorothy yn y DHSS:

–**It's at times like these when you feel like giving up the ghost.**

–*Yes* medde hithau, gan estyn am fotel o dabledi yn ei bag llaw. Dan ni'n nabod ein gilydd drwy flynyddoedd o fudd-dal, ond roedd hi mewn tymer hynod o od.

Pan ges i fy mhecyn pres yn y pnawn, roedd na bedair punt yn llai nag arfer ynddo fo, ac mae pob deg ceiniog yn cyfri i mi yn fy sefyllfa – mae'n frwydr. Beth bynnag yr unig beth fedra i feddwl ydy fod y consuriwr wedi gwneud un o'i driciau a bod o wedi mynd â'r blydi llyfr efo fo. Aros di nes wela i blydi Zanzibar. Wel, dw i di blocio fo, ac os wnaiff o drio gael £54 o'r Post yn Acton fydd o ddim yn cael unrhyw lwyddiant. Dyna'r tro olaf dw i isio gweld consuriwr mewn parti, ac os wela i o mi fydda i'n sticio'i hudlath o i fyny rhywle sy'n brifo, ac yn ei droi o!"

Chwarddodd Lin yn uchel, yn falch ei bod hi wedi medru gwneud i Jessica weld y doniol yng nghanol ei holl broblemau.

"Mae Benny, fy *ex*, wedi anfon gwahoddiad i'w fflat yn King's Lynn. Roedd cyfweliad swydd ganddo i fod, ac mae King's Lynn yn lle neis iawn. Dwi'n cofio mynd yno efo Mummy pan oeddwn i'n *Prep School*. Ond y peth cyntaf ddaeth i'm meddwl i oedd gofyn faint o wlâu sydd ganddo gan fy mod i isio osgoi perthynas efo fo eto. Ond mae hi braidd yn anodd os mai dim ond un gwely sydd ganddo fo. O wel, fe gaiff o gysgu ar y soffa. Mi ges i gerdyn rhyfedd ganddo fo heddiw yn deud;

–Dwi'n dal i gael ffantasïau mastyrbiol wrth feddwl amdanat ti. Ti'n edrych fel y ferch ar flaen y cerdyn. Ga i ddod i aros efo ti? Dwi'n isel eto."

Roedd y llythyr hwn braidd yn ormodol hyd yn oed i Jessica Fardd ar ddechrau blwyddyn newydd. Mwynhaodd bob munud o gael diwrnod Nadolig ar ei phen ei hun. Roedd ar ben ei digon yn gwrando ar y *Messiah* a'r Darlleniadau a Charolau o King's College ar Radio 3. Meddyliodd Lin wrth wrando arni fod ei hunanoldeb celfyddydol yn swnio'n braf am ychydig, ond roedd yna dristwch mewn mwynhau bod ar eich pen eich hun ar ddydd yr Ŵyl. Fel Zanzibar, ar y diwrnod arbennig hwnnw roedd hi wedi consurio fod ei theulu lluosog ddim yn bod.

O'r Siglen a'r Llyndir hyd at Bant Olwen, Llan y Pwll, Argoed a'r Plasau yn nannedd y ffin, roedd haul swil Ionawr a'i lafn o addewid yn gyrru ias drwy'r coed a'r cnawd drachefn.

Roedd Alma Garej Esso yn athronyddu efo Dolly.

"Ti'n wastad yn mynd i rhywle Dol, mynd, mynd, mynd. I le heddiw tybed?"

Nid atebodd Dolly am eiliadau. "Wel ti'n gorfod dod o'r tŷ yn dwyt ti?"

"Yr adeg yma'r flwyddyn nesa, mae nghariad newydd i, ei fam a'i dad o – dan ni gyd yn mynd i hedfan i'r haul – i Tenerife. Blwyddyn i rŵan." Ond nos Sadwrn, jolihoetio yng Nghlwb Legion Bradle fydd Alma cyn mynd adref at ei mam, cyn iddi fynd yn rhy hwyr. Cyfle i syllu'r hen flwyddyn a fu yn ei llygad oerllyd cyn ei boddi am byth, a chyn i gyffro noson fawr hel yng nghorneli'r tafarnau. Teimlai hithau fel anwes gynnes caneuon nos Sul y radio, neu fel cael cusan llawn nwyd gan fardd ar strydoedd y dref. Ond roedd hi wedi cael llond bol o ddeud wrth gymeriadau'r garej;

–Mae'r peiriant golchi car wedi rhewi. Popeth wedi rhewi, love.

Dechrau blwyddyn a Lin yn hwyliog bresennol yn y Caffi yn ailgastio *Lady Chatterley's Lover* efo cymeriadau o'r Siop Goffi lon.

Mellors lad, how are yo? Is it celd enough for ye? a sylweddoli fod Llidiart y Porthor yn anaddas ar gyfer rhan Arglwydd Chatterley achos fod ganddo fo acen New Broughton. Beth am Ursula a Gudrun yn *The Rainbow,* neu gymeriadau E. M. Forester?

Soniai wrth Noel fod Iestyn ei gŵr yn ei chyhuddo o gymryd pobl fel anifeiliaid anwes.

"Fedri di ddychmygu fi'n mynd â nhw – y cymeriadau ma i gyd am dro ar dennyn rownd Neuadd y Dref, i godi coes ar y coed i gyd sydd wedi eu labelu? Fedri di ddychmygu nhw yn begera am ddarnau o sgon wrth y bwrdd efo masgiau cŵn am eu hwynebau? Mi chwerddais i pan ddeudodd o, ond mewn ffordd, dwi'n meddwl ei fod o'n iawn. Ma nhw fel anifeiliad anwes!"

Bu Croeseiriau yn taclo'r cliwiau cryptig yng ngwesty'r Nadolig yng Ngwesty'r Pack Horse Bolton, ond roedd angen un ateb cywir i lenwi croesair y dydd. Gofynnodd yn uchel :

"Lle aeth Bunyan i'r carcha?"

"Ponkey, Ponkey, Ponkey. Oi! Oi! Oi!," gwaeddodd Noel o waelod calon.

"O peidiwch â gwamalu ddyn," ac i ffwrdd â Chroeseiriau i'w siambar sori.

Roedd Noel yn dal i gofio Diana Ross yn canu *If We Hold on Together* i orffen Disgo Blwyddyn Newydd yng Nghlwb Hoyw Caer, ac yn difaru bod hen ymlyniad wedi ailagor. Codai'r hen awydd i ddianc i'r ddinas fawr eto lle allai fod yr hyn a ddymunai fod. Roedd erthygl papur dydd Sul yn honni bod Miss Ross yn seren oeraidd gyda chaneuon cynnes, yn peri iddo ddechrau amau hud y gân. Na, fyddai'r hen *diva* hon ddim yn ei siomi. Bwriadai Noel ddianc o Prisoner Cell Block H Ponkey cyn hir.

Doedd neb llawer wedi gweld Weiran Gaws a'r Band ers iddo fo ail gydio mewn Cwrs Celfyddydau yn y coleg, dim ond clywed ei fod o efo ffrindiau newydd, wedi symud ymlaen, mewn llawer o ddramâu, ac yn gobeithio gwneud sioe undyn. Ond un prynhawn clywn ei lais yn sgwrsio efo Stormin Norman, y darlithydd oedd yn anfodlon wynebu tymor newydd, er iddo fyw drwy dymor yr hydref wedi'r cyfan. Roedd angen chwistrelliad o dipyn o liw a charisma i ganol moelni coed Ionawr drwy'r ffenestr. Roedd rhywbeth yn gynnes ym mreuddwydion Weiran na welent fyth olau dydd eu gwireddu. Ar gyfer Ionawr, gwisgai Weiran fŵts gwyrdd a charrai piws yn eu clymu. Yn ogystal, roedd wedi lliwio'i wallt yn biws fel eirinen.

"Mae'r lliw yn *lovely*," broliodd Noel.

"Bu'r bag am fy mhen am awr a hanner." Ceid clindarddach geriach lliwgar am arddwrn Weiran, ac roedd o'n dangos y tawch gwyrdd golau a fyddai'n ei brynu i orchuddio ei Doc Martens. Edrychai ei lygaid yn dryloyw a hardd ac yn gyforiog o addfwynder, bron yn rhy sensitif i'r byd hwn. Roedd o isio perfformio ac yntau mor llawn o rwystredigaethau achos nad oedd o eto yn seren byd-enwog.

"Dw i jyst isio i rhywun ddod i mi arwyddo cytundeb a chanu a sgwennu caneuon."

"A finnau. *Beam me up, Scottie*," chwarddodd Noel.

Roedd gan Weiran ddyheuadau am fynd o amgylch y byd yn bodio pas a byscio, ond nid efo Roc Trwm. Roedd rhywbeth wedi digwydd rhyngddynt, rhyw anghytuno am beth oedd gwir gerddoriaeth.

"Dw i isio chwarae'r *gig* a theimlo'r adrenalin yn rasio, a dw i isio cynhyrchu *Demo*."

"Tydan ni gyd isio gwneud rhywbeth ohoni, ti'n meddwl mai ti ydy'r unig un?" meddai Noel yn swta, ddiamynedd. Roedd gan Weiran yr holl frwdfrydedd ond unman i'w sianelu'n llwyr.

Beth bynnag, roedd Pippa yn meddwl y byd i gyd yn grwn ohono, ac am ei gyfarfod yn y Caffi am naw – amser cau. *Blind Date* efo Pippa y weinyddes ifanc, a'r angen am *Swifties* yn cilio, wrth iddo gael sylw.

"Dwi'n ddau ddeg pump a hanner, a dyma'r tro cyntaf dw i wedi gorfod dweud celwydd am fy oed. Dw i wedi dweud mod i'n dair ar hugain wrth rieni Pippa, ond mi fuaswn i'n gallu cael fy nghamgymryd am rywun un ar hugain neu iau gan fy mod i'n edrych mor ifanc."

Daeth Luke, Adonis y Dylunio Byw, i mewn mewn dillad llac, llacach nag arfer. Roedd o'n dweud wrth gynulleidfa nos Fawrth am Caroline yn flin efo fo, a'u bod nhw wedi gwahanu â'u ffling arferol bob chwe mis. Alma o'r garej oedd ei ffling ddiweddaraf. Doedd o heb chwarae rhan Owain Glyndŵr yn y ddrama oedd i fod i ddigwydd ym Manceinion, er y bysa fo wedi dysgu'r Gymraeg gan fod ei Dad yn siarad Cymraeg. Ond ar y gweill ar gyfer blwyddyn newydd oedd fersiwn ddawns o *Scum*, eto, rhywle ym Manceinion, os y deuai'r cyfan at ei gilydd. Ofnai Lin mai breuddwydion oedd y rhain fel rhai Carwen am fod yn un o sêr byd radio. Siawns nad oedd gorfod bod yn noethlymun gorcyn o flaen pobl Caerfantell i fyny'r grisiau yn y Ganolfan, yn galw am sgiliau actio penigamp. Am oriau ar nos Fawrth a nos Iau.

Roedd Daniela, yn ei brys yn coginio, wedi llithro efo'r addurniadau cacen 'cannoedd a miloedd' hardd, ac roeddent ar hyd y llawr yn tywynnu fel breuddwydion a dyheadau nas cyrhaeddwyd, ond na allent fynd dan draed. Rhoddodd Dolly ei sawdl hirfain yng nghanol olion y canoedd a miloedd fel crensian ei breuddwydion wrth iddi ddod i mewn am baned i'w chynhesu.

"Mae'r wiwerod ma'n chwarae yn y coed – dan nhw ddim yn mynd i gysgu fel yr oedden nhw'n arfer ei wneud. Pam dan nhw'n methu cysgu?"

Dolly oedd *diva* y caffi wedi saith yr hwyr – roedd rhyw nerfusrwydd amdani bob tro, fel y Sul cyn mynd yn ôl i'r gwaith yn dilyn gwyliau. Roedd Dolly wedi bod drwy'r drin, ac wedi dod allan yr ochr arall yn dilyn y driniaeth canser yn Christie's.

"Fedra i ddim mynd drwy hwnne eto. Na fedraf." Bob nos, ceid gorymdaith urddasol er gwaethaf bygythiad brathiad y ceir yn y maes parcio i'w cherddediad bregus. Roedd ieuenctid fel llen gloyw yn dal i chwarae yn ei llygaid er bod y corff yn hŷn. Dolly heno yn ei phiws i weddu efo'i choesau piws, siapus ond gwythiennog.

"*Nostalgia isn't what it used to be is it?*" meddai hi wrth Noel, ac edrychodd yntau i lawr gan uniaethu'n llwyr â hi.

Roedd Dolly yn chwilio am esgidiau, gan fod y rhai a dystiai i'w gosgordd frenhinol nosweithiol dros y maes parcio yn brifo, ac mai dim ond £10 oedden nhw. "Sgidie rhad a da i ddim." Gwasgai hi'r tebot yn annwyl ar ei nosweithiau yn y Caffi a sôn am ei chyndeidiau o "*Mold Way*". Ymfalchïai fel merch fach ei bod yn gwybod tipyn o Gymraeg.

"Cau y drws *is shut the door and* Caws *is Welsh for Cheese.*" Daliai'n dynn wrth ei bag plastig efo'r carton bach o laeth ynddo, ac estynnai ei sigarennau yn famol i Geoff, mab Jessica, oedd â digonedd o fatsys, ond dim un sigaret.

"Mae gan fy mab i gariad rŵan," cyfaddefodd Dolly wrth Noel, a gafaelodd yntau yn ei llaw mewn eiliad o gyd-ddealltwriaeth.

Daeth Gwyneth i mewn i dorri ar y gyffes yn sôn am wibdaith oedd wedi ei threfnu, ond yn amlwg, doedd Dolly a Gwyneth ddim yn gweld llygad yn llygad.

"I Saddleworth Moor da ni'n mynd."

"O ia", meddai Dolly, wedi hen arfer tynnu gwynt o'i hwyliau "lle'r oedd Myra Hindley."

"Mae Lucille yn dal ar restr aros y tai cyngor. 'Sganddi hi ddim digon o bwyntiau, a dim babi. Mae dy wallt di'n edrych yn neis Dol," yn cyfeirio at wallt gosod newydd Dolly.

"Dwi'n isel y dyddiau ma. Dw i'n wastad wedi blino. Mae'r eryr yn ôl am fy nghanol".

"*Oh God, fedri di ddim cymryd Cod liver Oil* neu rywbeth?" a diflannodd Gwyneth i ochr arall y Caffi gan ysu ei hochrau.

Gwyddai Dolly sut i drin ei chlefyd siwgwr gan yr âi ei cheg yn sych efo cacen hufen. Canfyddai'r Siop Goffi yn lle i ymlacio er gwaethaf Gwyneth. Ambell noson, byddai'n coluro'i hwyneb yn ormodol gyda gormodedd o bowdr sylfaen, ac roedd ei minlliw wedi ei lyfu ymaith ar ôl ei phaneidiau yn y Caffi. Ambell ddydd, byddai ei meddwl yn bell a'i chamau'n fach, ond roedd nodded iddi yn y Siop Goffi rhag brath unigrwydd min nos gaeaf.

Yna, llwybreiddio'n ôl i'r fflat lle nad yw'n medru fforddio peiriant golchi, lle mae'r olygfa cefn yn neis dros y tŷ mawr sy'n perthyn i Fecws y Ffin, a lle mae hi ofn cael bil dŵr costus. Lle bydd yn cnoi fferins melys heno yn groes i'w chlefyd siwgr i lenwi'r oriau rŵan fod gan ei mab gariad yn Rhosddu.

15

Haul swil y gaeaf yn sgleinio ar eiddew hen foncyffion y Nant, a
phobl y Caffi yn ymateb i'r sôn am olau newydd oducha'r
Mwynglawdd – llewyrch yr UFO.

"Tyrd i'm nôl i," gwaeddodd Noel, "Dw i di cael digon yn fan
hyn." Chwarddodd Mrs Cwricwlwlm Cenedlaethol yn uchel gan ei
bod hi wedi bod yn gwrando ar eu sgwrs. Fe seriwyd y
chwerthiniad hwnnw ar gof pawb yn y Caffi – y diwrnod y
chwarddodd Mrs Cwricwlwm. Pwysodd Noel at Lin:

"*What's she on?* Iawn ta, atgofion Nadolig – wel, mi rois i'r pwdin
'Dolig yn y meicro, ac mi ddaeth o allan fel ffwtbol. Bydd yr adar yn
yr ardd yn ei fwyta fo am weddill y gaeaf. Weithiau, mae rhywun
yn llosgi'i geg efo rhywbeth o'r meicro-don – mae'n boeth, boeth y
tu mewn fel ambell i berson, ac yn oer ar y tu allan. Mae pethau'n
gallu bod fel arall – yn gynnes ar y tu allan ac yn oer y tu mewn.
Pobl fel arfer." meddai Noel o brofiad.

Dychwelodd Megan, y weinyddes, ar ôl codwm ddechrau'r
flwyddyn i fod yn fam i bawb, a'i gofal o gylch y byrddau yn
rhybuddio pobl i fod yn ofalus achos fod y blât yn "sobor o boeth."
Bu Glenda yn hynod glên efo hi, yn mynd â chinio ati bob dydd pan
oedd hi dan y don.

Roedd Dai Owen yn dwyn atogofion am fois y Rhos ers talwm
wrth Megan. "Mi wnaeth ceidwad Stiwt y Glo fyw i'r lle, ond mi
wnaeth y Stiwt farw hefo fo. Mi aeth o â'r lle i'w fedd efo fo, gan
nad oedd o wedi dysgu neb allai gymryd drosodd ganddo fo. Hei
ond llond o Gymraeg oedd ene. Dim Saesneg. Mae na rywbeth am

y Gymraeg, rhyw gynghanedd. Meddylia am **Cwm tecaf y cymoedd yw** neu **Nid yw'r felin heno'n malu**. Dydy mwyafrif pobl y caffi ma ddim yn gwybod dim am y rhain. Mae na rywbeth yn bod efo'n sustem addysg ni."

Roedd na dristwch hefyd o feddwl fod y Gymraeg wedi mynd i gysgu yn ei deulu o, rhywle y tu ôl i'r label *Taidie*, a'r ferch yn byw yn Marford, a'r golled a gafodd wyrion uniaith gan fod Taid mor ddiwylliedig.

"W. H. Davies, y Tramp o Gymro. Ma'n wir – sgennyn ni ddim amser i ryfeddu rŵan. Dim. Dan ni'n rhy brysur. Mae pawb yn dwli ar lygad y dydd, ond fedr neb greu un.

Roedd na *Monkey Parade* bob nos Sadwrn a nos Sul yn Rhos ac roedd Byddin yr Iachawdwriaeth yn chwarae ar y Groes. Doedden nhw ddim yn gofyn i bobl ymuno, ond roedden nhw yno os oeddech chi isio rhwfun. Ac maw gyd wedi mynd." Cytunodd Megan ac aeth ymlaen â'i gorchwyl o gasglu llestri oddi ar y byrddau.

Canai Dai Owen glodydd y Siop Goffi – rhyw gornelyn bach o'r byd, rhyw ganol llonydd mewn byd wedi mynd yn rhemp. Roedd yn falch fod rhai ifanc fel Lin am gadw naws y lle i'r dyfodol.

"Mae yna rhyw gomic yma o hyd, a mwy o benderfyniadau yn cael eu gwneud yma na'r Senedd uffen." Hen athro Mathemateg a'r Mathemateg wedi hen adio i fyny yn ei ben, a chelfyddyd a llên wedi lluosogi. Bu'n darllen emynau Elfed drwy'r prynhawn yn y Llyfrgell Gyfair, a'r llyfrgellydd wedi dod o hyd i eiriau un y bu'n chwilio amdani ers hydoedd. Rhoddwyd y geiriau yn ei ddwylo fel pob cymwynas yn ddistaw bach ac yn ddisylw.

Daeth chwerthiniad iach o fwrdd Lin. Er bod Mrs Cwricwlwm â'i ffeiliau yn agored ar y bwrdd cyfagos, roedd Lin yn sôn am lunio Cwricwlwm newydd i ysgolion – a'r holl waith wedi ei sylfaenu ar Fferm Llidiart Fanny gerllaw cartref y porthor, Llidiart.

"Fedri di ddychmygu'r peth? Mathemateg – cyfri bwganod brain,

Gwyddoniaeth – astudio rhywun yn sâl ar y bws tra ar daith addysgol yno, Daearyddiaeth – gwneud arolwg o hen gaeau Llidiart Fanny. Cymraeg – astudio hen enwau fel Llidiart Fanny ei hun a gofyn sut uffen gafodd o'r fath enw? A ddylid ei ddweud ag "f" Gymraeg fel nad ydoedd yn gwbl ddi-chwaeth wedyn ?"

"Llidiart *Fanû*," cyhoeddodd Noel yn uchel, a chwarddodd Mrs Cwricwlwm Cenedlaethol yn uchel eto. Byddai'n rhaid llogi rhyw glown fatha fo i roi tipyn o heulwen yn ei bywyd crimp. Trodd yn ôl at ei dogfennau rhag iddi fwynhau ei hun gormod. Roedd yn cydgordio cynllun newydd ar Dangyflawniad mewn Cathod o'i gymharu â disgyblion nad oedd hi wedi cael yr uchel-fraint o'u dysgu'n bersonol. Roedd Lin dal ar drip ar drên chwim ei dychymyg:

"Cerddoriaeth – canu cân ar y bws **Here we go to Llidiart Fanny . . . to Llidiart Fanny, Llidiart Fanny, Early in the mornin'**. Roedd y posibiliadau am Gwricwlwm Cenedlaethol newydd yn ddi-ben-draw. Lefel deg serennog ar ei ben ar ôl i bawb agregu."

"*Ooh, Matron . . . That sounds painful to me. I think you've got a touch of* Agregu. Hei mae gen i jôc arall i ti Lin – wyt ti'n addo peidio â chochi? Reit, Donald Duck yn mynd i fewn i'r Siop Gemist i ofyn am gondom. Ac mae'r ddynes y tu ôl i'r cowntar yn gofyn iddo fo:
Where would you like me to put it – on your bill?
Ac medde Donald Duck wrthi :
"*For goodness sake, no. What do you think I am – a pervert?*"

Roedd Cyfryng-gi Fideo Cymuned bellach yn byw mewn tŷ i bedwar yn Abermorddu, wedi dod oddi ar *shit* y cyffuriau, yn nofio, a bwyta pethau iawn, ond yn chwilio am fflat yn ôl yng Nghaerfantell gan fod y perchennog eisiau teulu i mewn i wneud mwy o bres.

"Felly dwi'n edrych eto am rywle arall." Dai Owen yn rhoi gwên iddo sy'n drech na henaint. Mae'n hoff ohono, fel o bobl yn gyffredinol, yn gweld ymhellach na'u gwendidau.

Roedd Pauline yn sicrhau ei bod yn cyrraedd y caffi o leiaf ddeng munud cyn iddi gyfarfod ei ffrind o Glwb y Ceidwadwyr er mwyn cael ei cheg i'r gêr iawn ar gyfer y ffrwd dibaid o glecs a fyddai'n ymarllwys o'i hunigrwydd mwyaf sydyn. Wrth ddisgwyl i rywun ddod, cofiai am gyfarfod Caws a Gwin Ymddiriedolaeth Plasdy Iâl, a pha mor wych oedd Mrs Lovett yn gwisgo ysgarlad yn naw deg a phedair mlwydd oed. Weithiau ceid ambell brynhawn byrlymus. Cyfarfod cyflym yng nghiw y Caffi yn nyddiau ribidires, sws a holi lle rŵan. Byddai addewid disgleirdeb bore gwanwyn cynnar yn gwneud i'r caffi oleuo. Deuai wynebau newydd, diddorol yn hamddenol yno ar bnawniau Gwener, a thyfai gwyrddni newydd gobaith cysylltiadau a chyfeillion drachefn.

Roedd Geoff yn mynd i'r baddonau ar ôl ei de a'i Coke a'i oren – i'r Oriel Wylio i sylwi, a'r dŵr glas golau yn falm i'w lygaid ar ddiwrnod go eger ar y drygiau sy'n ei sadio. Roedd y gwaith dymchwel ar yr hen Ysbyty Coffa bron ar ben. Roedd o yn ei ôl ar ôl wythnos yn Ninbych.

"Ydw i'n edrych yn well?"

"Llawer gwell," meddai Lin yn annwyl.

"Fues i yn ward Erddig ac yna Tryfan. Doedd o ddim fel ward caeth. Roedd o'n fwy fel eich cartref a dweud y gwir. Os dwi'n mynd yn ôl yna, wnei di ddod i ngweld i? Wnei di ddod â rhai o'r bois dwi'n eu nabod o'r Caffi – yn enwedig Celt efo'r gwallt coch, a wnei di roi pas yn y car i Mam – i Jessica? Er, efallai fyddwch chi ddim yn gorfod mynd mor bell achos roedden nhw'n sôn mai hwn oedd y tro olaf. Mae'n nhw'n cau Dinbych. Mae nhw'n dymchwel popeth heddiw, yn tydyn?"

Roedd hi'n anodd cysoni canu yn y Côr Eglwys efo gadael merch fach Home Alone yn y Gwely a Brecwast, ar ôl iddi redeg i ffwrdd oddi wrth Toi Boi. Bu yn y Lloches Nos ar ôl y clais diweddaraf, ond gwrthodwyd hawl gan awdurdodau'r lle i rywun warchod iddi, er mwyn iddi hi ei heglu hi i *Digymar*. Roedd hi newydd glywed hefyd fod Lucille yn disgwyl babi, a gwyddai fod y fits yn disgwyl er mwyn iddi gael tŷ yn gynt.

Roedd gan Gwyneth foi roedd hi'n ei weld yn rhan-amser, a gan nad oedd ei merch fach bellach efo Toi Boi yn ei gwarchod, roedd hyn yn ei rhywstro hi rhag mynd allan.

"Don i ddim isio'r *bastard* bach beth bynnag." A rŵan, byddai'r cylchdro yn parhau gyda Lucille yn cael plentyn am resymau gwag.

Roedd y ferch fach yn glynu at ddynion y Lloches gan ei bod hi'n colli ei thad Toi Boi cymaint, a'r tad yn mynd at wal yr ysgol i gael ei gweld hi, yn nyddiau Gwaharddiad cyn i Gwyneth ildio. Doedd hi ddim am dreulio bob nos yn y Lloches yn edrych ar ei hôl. Buan iawn roedd Gwyneth yn ôl efo Toi Boi er mwyn iddi gael mynd allan eto, a chyrraedd yn ôl am hanner awr wedi un. Prin y meddyliech hyn wrth ei gweld yn bwyta sglodion yng ngholur nos Wener y Caffi. Byddai'n darllen am y tro cyntaf yn yr Eglwys ddydd Sul, ond bod yna un gair oedd braidd yn anodd i'w ddweud. "Ymprydio." "*Terrible innit?*"

Bu Dolly'n llwybreiddio i mewn hyd yn oed ynghanol yr eira gyda'i choesau siapus a'i sgidiau stiletto yn pigo'i ffordd yn ofalus fel iâr. Bu'n sidro wrthi hi ei hun lle'r oedd y wiwerod yn y coed y dyddiau llwm hyn. Efallai fod sŵn y dymchwel ar yr Ysbyty Coffa dros y wal wedi rhoi'r braw terfynol iddynt. Roedd brig y bylbiau yn dod allan o dop yr eira a Sadie yn smalio canu *White Christmas*, er bod hwnnw ymhell iawn yng nghof pobl rŵan. Prysurai â bwyd i bawb, ond cwynodd un o'r cwsmeriaid fod canol y pysgodyn yn dal wedi rhewi. Ni hoffai Sadie i unrhyw un gwyno, ac roedd yn gallu smalio bod yn glên efo cwsmeriaid mor llwyddiannus. Dro arall wedyn, gallai fod y gêsan fwyaf yn y Caffi yn cofio digwyddiadau pan oedd hi'n yr ysgol, ac yn cofio fel y byddai ei ffrindiau yn ei galw hi'n *Thunderbird* gan fod ei thrwyn yn chwyddo wrth iddi chwerthin, fel *Thunderbird* Pedwar. Doedd yna neb cleniach na Sadie efo unrhyw un ag anabledd. Gafaelai amdanynt mor naturiol a'u lapio mewn cariad tynn, cynnes.

Roedd gwallt gosod Dolly yr un lliw â'r eirlaw heddiw.

"Dan nhw heb glirio dim o'r eira ma yn Dre. Doedden nhw ddim yn ei ddisgwyl o." Dolly yn gweld y dydd yn ymestyn drwy ffenestri'r mis bach, ond ni allai fod yn siŵr ychwaith. Edrychai rhag ofn y medrai weld ei mab yn mynd heibio ar ei ffordd i nofio yn y Baddonau. Sgwn i fyddai'n cofio galw i weld ei fam? Fo oedd yr unig un oedd ganddi, er nad oedd hi'n gweld llygad yn llygad â'i gariad hunanol. Roedd ei chanol yn dal i ysu ar ôl yr eryr, cosi lle bu'r cur. Fel olion cariad ei mab yn dal i'w bwyta'n fyw, er iddo gefnu ar ei fam amdani "hi".

16

Roedd Dai Owen yn ei elfen ar bnawn Sadwrn pan ddeuai pobl Rhos i'r Caffi, ac er ei fyw yn y dre roedd yn dal yn rhan reddfol o Glwb Sadwrn y Pnawn.

"Wel, dyma ni eto. Dan ni gyd am ganu *I Bob Un Sy'n Ffyddlon*?"

"Beithio," meddai'r côr ar amrantiad. Hwythau'n chwerthin ar yr arwydd newydd oedd yn deud fod y Caffi ddim yn newid papurau hanner can punt.

"Uffe'n, pwy sgen un o'r rheiny? Mae'n rhaid fod Bessie Llys y Mynydd wedi bod heibio." A chwerthin mawr, haeddiannol. Parti i deulu'r Rhos cyn mynd adre ar y bws chwech yn ôl i'w nefoedd ar ben Allt y Gwter.

Bu Roc Trwm yn brysur, chwarae teg iddo, er ei fod o "wedi nacro," yn ôl ei arfer. Bu'n brysur yn gwneud potyn Celtaidd, ac yn ei arddangos am ychydig yn y paneli gwydr wrth ddrws arall y Ganolfan Gelf. Fe brynwyd y potyn gan Glenda y perchennog yn annisgwyl, ac roedd gan Roc Trwm ychydig o bres parod yn ei boced. Roedd wedi penderfynu mynd ymlaen â'r Cwrs Gradd mewn Celf, ac roedd hyn yn benderfyniad doeth yn wyneb y blodeuo ar ei ddawn greadigol. Roedd Celt wedi clywed fod rhywun o Lanrhaeadr ym Mochnant yn bwyta tsips ar y Ford Gron, ac aeth atyn nhw yn syth a holi am garreg Geltaidd wrth Bistyll Rhaeadr, ond er eu bod nhw yn gyfarwydd â'r Pistyll, doedden nhw heb glywed am y garreg erioed. Plygai wrth y bwrdd a hwytha'n bwyta eu sglodion a lleden yn bur anghysurus, heb ddisgwyl sgwrs am y cynfyd Celtaidd yn gynwysedig yn y pris ar eu hymweliad cyntaf â'r Caffi yng Nghaerfantell.

Gosodwyd cwpan Celt ar y bwrdd cornel mewn brys yn ei afiaith ac roedd Noel yn sylwi fod y gwpan yn llawer yn rhy agos at y dibyn – ac fe'i symudodd cyn cael trasiedi:

"Dw i di bod yn rhy agos i'r dibyn lawer gwaith. Mae rhywun yn adeiladu arfwisg amdano." Ac aeth yn ei flaen i sôn am bennod ddiweddaraf yr ymrafael rhyngddo fo a'i frawd yn Ponkey, a'r straeon oedd bellach yn cylchredeg o amgylch y pentref amdano oedd yn gelwydd, ar ôl yr ha bach Mihangel o berthynas a fu rhyngddynt cyn y Nadolig.

Roedd Llidiart yno'n tynnu coes Lin am dreulio ei dyddiau yn y Siop Goffi, a'i gŵr hi adre:

"I'd clack yo one, and tell yo to stay at home."

"Oes na wraig o'r brîd yna ar ôl rŵan Llidiart? Wyt ti'n meddwl?"

Nid atebodd Llidiart, yn ofni ei fod wedi tramgwyddo Lin. Yna, rhoddodd hithau dôn gellweirus yn ei llais eto.

"Oh ay, they rule with a rod of iron up in the hills of Llidiart Fanny" a chwarddodd pawb ar yr enw eto. Ond doedd Stormin Norman ddim yn gwenu heddiw.

Fe ddeuai'r darlithydd i mewn i bregethu oducha ei facwn, ŵy a sglodion ar nos Wener. Roedd yma i waredu'r byd o'i wae ac i ddileu anfoesoldeb. Hoffai areithio fel pe bai mewn darlith o fwrdd yr Ynys.

"Taswn i'n dal i sgwennu, mi fyswn i'n gwneud fy hun yn sâl. Mae pawb yn edrych ar ôl ei hun, mae'n siŵr fy mod i, i ryw raddau. Liciwn i gael rheoli'r byd ma am wythnos – dim ond wythnos. Efallai y buaswn i'n gwneud hwch o bethau, ond nid yn waeth na'r diawl o lanast ydan ni ynddo fo rŵan. R'unig ddrwg i mi; fuaswn i wedi saethu rhywun achos dwi'n fyrbwyll.

Dwi'n ysgrifennu llythyrau at y papurau newydd yn dweud y gwir am bethau, ond dyden nhw ddim yn eu cyhoeddi nhw. Adeg rhyfel y Gwlff, mi roedden nhw'n eu cyhoeddi nhw cyn yr ymladd. Ond wedyn – Na – achos fod y cyfryngau i gyd wedi eu cyflyru i gasáu Irac. Mi roeddwn i (dim ond un dyn) yn wynebu hyn i gyd, ond mi roedd hi'n ormod o risg i'r papurau gyhoeddi, achos dyna oedd y gwir, glân, gloyw.

Felly mi es i ati i gyhoeddi llyfr fy hun, casgliad o'r llythyrau a wrthodwyd eu cyhoeddi, a'u hanfon nhw at bobl sy'n feddylwyr – Brenin Gwlad yr Iorddonen, ffrindiau coleg a'r holl bapurau. Medde fi yn fy rhagair;

–Dyma'r holl lythyrau dach chi wedi gwrthod eu cyhoeddi. Saethai darnau o facwn o'i geg wrth iddo gynhyrfu gan fomio realaeth y dydd.

"Mi roeddwn i wedi llythyru amser Suez hefyd yn ôl ym 1956. Ma nhw'n galw'r wlad 'ma yn rhydd ac yn grud democratiaeth, ond rhyddid o fewn terfynau ydy o, wedi ei selio ar hunan lês."

Edrychai Gwyneth arno, wedi troi o'i bap ŵy ar ôl clywed llais rhyfedd yng nghefn y Caffi.

"*Terrible innit?* Fedri di ddim mwynhau dy bap mewn heddwch rŵan. Pwy ydy o?"

"Dyna mae'r bobl yn ei ofyn wrth bleidleisio rŵan:
–Beth sydd ynddo fo i mi, i'm dosbarth cymdeithasol i? Nid i nifer o bobl neu ddosbarth arall. Dwi'n drist o weld cwymp comiwnyddiaeth – edrychwch ar lanast Iwgoslafia. Dyna enghraifft berffaith. Pawb yn beio'i gilydd a llywodraethau mor ddau wynebog.

Ma nhw'n berlau bach – fy llythyrau i, a finna'n ysgrifennu bob dydd o'r rhyfel yn y Culfor, yn fy nghorddi fy hun yn lân. Mi adewa i gopi o'r llyfr y tu ôl i'r cowntar er mwyn i ti gael ei ddarllen o, Lin. Y ffordd orau y buasen nhw'n gallu darbwyllo Irac fuasai gyrru taflegrau yn llawn o gymorth meddygol a'u gollwng nhw ar y safleoedd sydd yn dal i ddioddef ar ôl y rhyfel diwethaf. Rhyw lol mae pobl yn ei licio heddiw fel *Bacha Hi o Ma.*"

"Well gin i *Blind Date* fy hun *luv*, I *like Cilla*," gwaeddodd Gwyneth.

"Den ni'n gwybod hynny Gwyneth!"

"Hei, sut wyt ti'n gwybod fy enw i? Ron i'n meddwl mod i wedi dy weld ti o'r blaen – ti'n mynd i Glwb *Digymar* yn dwyt?" Parhaodd Stormin Norman â'i araith heb ei hateb:

"Fe ddywedodd Marie Antoinette **Rhowch fara a syrcas iddyn nhw**. Rhyw drwyn coch mawr o oes ydy hi – fel tasa pawb i fod i ymateb i garnifal *Comic Relief*. Dw i di cael dosbarthiadau ofnadwy eleni yn y coleg -rhai sy'n eich bradychu chi a'ch gwthio chi i'r eithaf heb drio ymddiried. Dydy pobl ddim isio cyfiawnder syml heddiw – rhaid bod yn aml wynebog fel yr holl gyfundrefnau. Ac mae pawb wrthi ar ryw Mickey Mouse o gyrsiau."

"Dwi'n licio *Gogs* fy hun," cyfrannodd Gwyneth, yn fodlon ei bod wedi medru cyfrannu at sgwrs ysgolheigaidd. "Rheina sy'n waldio pennau ei gilydd efo pastynau o hyd. *Bit like my house really when Toi Boi's in a nark.*"

Tawodd yr areithio a bwytaodd Stormin' Norman weddill ei bryd mewn tangnefedd fel petai am fwyta'r academig dôst yn bwdin.

17

Roedd gan bob bwrdd ei apêl yn y Caffi – y bwrdd gornel i griw, bwrdd yr Ynys ar gyfer y dyddiau ymsonol heb y criw ac i ffwrdd o'r ffair, pan fo gofalon yn galw draw. Heb anghofio'r Ford Gron i griw. Weithiau, gellid cysylltu wynebau â byrddau, ond byddai'n lle rhy brysur i fedru cysylltu pob bwrdd felly. Ceid y drws allanfa dân lle y gadawai pobl y Rhos ar nos Sadwrn mewn criw i ddal eu bws. Daeth Trwynog ond Swynol i mewn efo llond bwrdd o westeion ar y Ford Gron, gan edrych yn anarferol o anesmwyth. Fel arfer, roedd yn rheoli unrhyw sefyllfa, ei gafael yn dynn ar awennau'r foment, ond ar eiliad wan, fe ddywedodd yr hoffai fedru deall y Gymraeg gan fod y gerddoriaeth nos Iau yn fendigedig yng nghyngerdd Côr y Dur.

"Roedd o'n eich codi chi. Llawer ohonyn nhw wedi colli eu hystyr a'u swyddi. Ond fedran nhw ddim lladd ein canu ni." Hyd yn oed ynghanol yr holl bobl, roedd ganddi ffordd o ddal ei hambwrdd a sgon blaen wen, yr un mor osgeiddig ag erioed. Ni chyflwynai ei gwesteion, roedd fel petaent yn anweledig, er ei bod hi'n disgwyl yn eiddgar am gyflwyniad manwl a swyddogol i unrhyw ddieithriaid fyddai gan eraill ar y byrddau.

Daeth Megan i mewn am awr neu ddwy i arfer y tu ôl i'r cowntar yn ôl. Wrthi'n plicio nionod yr oedd hi.

"Peidiwch â phoeni, dydw i ddim yn crio . . . y nionod 'di o . . . o y prisiau newydd yma, dwi'n da i ddim," a hithau'n dda i bopeth. Fel y dywedai Noel *You either have, or you haven't got style*, ac roedd Megan yn gyforiog o steil. Steil wedi ei hen saernïo o drin cwsmeriaid brith Caerfantell mewn amrywiol gaffis a bwytai dros y blynyddoedd.

Amser cinio prysur yn y gwanwyn a'r haul yn tywynnu, a'r gweinyddesau yn dyheu am ddyddiau cael agor y drysau allanol a rhoi'r byrddau allan unwaith yn rhagor. Roedd Geoff mewn mac glân gwyrdd golau yn darllen bob arwydd yn y Llyfrgell yn fanwl, a Daniela'r gogyddes yn gosod hen fara a chacennau diwerth allan i'r wiwerod yng nghoed y cefn ar ôl bore o goginio, yn y gobaith o'u denu'n ôl yn barhaol.

"Roedd un wedi bod yn hen beth drwg yn crafu yn erbyn y sbwriel. Dwi'm yn lecio'i gweld hi'n mynd heb fwyd. Peth bach. Roedd hi ar ben y car un bore, achos dw i yma yn dechrau pobi am saith y bore, bron fel petai hi'n trio dweud rhywbeth wrtha i. Ac mae'r peth bach wedi bod yn ofnus efo'r gwaith dymchwel yr ochr arall i'r coed. Pam fod raid chwalu popeth?"

Cofiai Lin am harddwch rhai a fu yn y siop Goffi dros y blynyddoedd, ac am rai newydd – y tiwtor Ffrangeg, Sebastian.

"Rhyw harddwch trwy len sydd ganddo fo, fel cerddoriaeth Enya. Ond dim byd yn dywyll a bygythiol ynddo fo." Gyrrwyd Lin ar gwrs i fod yn fwy blaengar a phendant – ond roedd hi'n rhy dda, mi ddeudon nhw wrthi ei bod hi'n rhy *assertive* o lawer, ac i fynd adref. Estynnai draw i sgwrsio yn y Caffi fel clecs capel wrth i'r organ ganu. Ac yno'n cadw oedfa annisgwyl oedd Stormin' Norman yn rhefru am freuder sefyllfa'r Dwyrain Canol eto. Gweinidog comiwnyddiaeth, ac fe'i rhannai fel unrhyw efengyl arall. Roedd ar dân dros Stalin, heb weld unrhyw anghyfiawnder yn ei drefn.

Bu Celt yn cael *acupuncture* i'w glust gan ffrind Celtaidd – nodwydd fechan, ac am y mis nesaf wrth roi'r gorau i ysmygu, bob tro y codai awydd am sigaret, y cyfan fyddai'n rhaid gwneud fyddai cyffwrdd y glust. Edrychai allan at yr hen faen orsedd ffyddlon yn y Cwrt fel petai'n cael nerth ohoni, a bylbiau cynnar

Glenda mewn casgenni yn llenwi y lle gwag fel tyrfa haf. Roedd Carwen yno yn sôn cynifer o weithiau y bu hi ar y radio yn ddiweddar – pobl yn ei ffonio bob awr o'r dydd a'r nos, am gyfweliad arall yn ei chyfres ddychmygol. Roedd Celt yn dal â'i fryd ar ryw hen rym o'r garreg Geltaidd ar y Cwrt. Dyma oedd ei ganol llonydd. Ynghanol trobwll bywydau, ar y Cwrt neu ar fwrdd yr ynys, roedd canol y trobwll yn heddychlon am sbel, i gryfhau pobl i fynd yn ôl at y ddrycin. Gallai pobl edrych ar ddigwyddiadau fel petaent yn digwydd i rywun arall, gallent fwrw bol. Gallai pobl ddod yma â'u perthnasau anabl – eu bywyd ar eu braich yn llythrennol, ac eraill i gydnabod bod amser wedi rhewi ers colli person annwyl.

Daeth Geoff i mewn i gael ei oren a'i bot o de, ac ordro'r ddau yr un pryd. Siaradai yn well heddiw. Poenai fod y cyffuriau wedi ei yrru i weiddi – *I want to kill myself* wrth Neuadd y Dref ddydd Sul. Ond yn amlwg, roedd o'n gwella achos ei fod o'n cynnig ei baned sbâr yn y tebot i Lin a hithau yn ei derbyn. Geoff yn dweud am y tro cyntaf ei fod o isio gwella.

"Ga i ofyn cwestiwn? Wyt ti'n credu bod Duw a Iesu Grist yn gallu ein helpu ni?" Geoff yn edrych ymlaen at y dydd y caiff y feddyginiaeth iawn i'w glwy, a'r cyfle i fyw mewn fflat ar ei ben ei hun. Geoff a welai chi bob dydd, gan eich cyfarch law neu hindda efo'i **Helo**, er gwaethaf sŵn crensian ei ddannedd yn aflonyddu rhai wrth fwyta. Geoff oedd yn gyson fel angel a'r archollion ar ei wyneb yn maeddu ei anwyldeb. Brifodd ei hun wrth eillio.

Roedd Dai Owen yn cael tynnu ei goes ei fod o'n un o Gyfarwyddwyr y Caffi, a bod ei enw ar fynd ar y wal gerllaw tystysgrifau medrusrwydd glanweithdra a sgiliau y genod yn gweithio yno. Uwchben y rhain, ceid rhyw addurn o flodau sychion a edrychai fel llawryf arbennig iawn – arfbais y Caffi. Protestiai Dai yn groch – gan ei fod yn un o gyfarwyddwyr y Caffi, roedd ganddo hawl i wahardd rhai aelodau gan wenu ar y ddau o Gôr y Dur.

"Dach chi'm yn canu fel bois y Rhos yn canu *Morte Christe* uffen." a chwarddodd yn uchel. "Heno, dwi'n mynd i ddarllen *Come all ye bold miners.* Fe fydd gen i falchder wrth gario hwnnw adref at y tân, a chwmni am y noson"

Llyfr oedd ei ffrind gorau ambell dro ac a'i cadwai'n gytbwys, er bod yn rhaid cael chwyddwydr i'w ddarllen bellach wrth ddisgwyl misoedd am y driniaeth i'w lygaid. Roedd o mor gall yn y ffordd yr oedd o wedi addasu i'w ffordd o fyw, er mor anodd. Disgwyliai'r nosweithiau tawel efo llyfr. Rhain oedd y cysgod a gododd o'r hedyn ym more oes, a'r dyfyniadau oedd y pridd cyn dyfod sement, ac roeddent wedi profi'n gyfeillion iddo.

Cwsg ni ddaw i'm amrant heno,

Dagrau ddaw ynghynt.

Rhain oedd y blodyn a holltodd y maen iddo.

"Ma tân yn gwmni cofia. Mae na fywyd ynddo fo. Mi wnes i roi paned i foi oedd yn edrych yn drist yn nrws tŷ *Littlewoods.* Rhoi diod a bwyd iddo, a'r cyfan allai pobl ei wneud oedd edrych yn hurt arna i, fel tasen ni ddim i fod i helpu'n gilydd. Does na ddim pobl efo stamp hen bobl y Rhos ar ôl rŵan – ers talwm, mi fysan ni'n cysgu efo'r drws heb ei gloi. Dwi'n nabod un gafodd dynnu un llygad, a chael bag, ac roedd y llygad arall yn dal i sgleinio. Hen bobl iawn oedden nhw. A'r canu gorau glywais i erioed – yn well na'r Rhos Male hyd yn oed, oedd y canu pan gaewyd Pwll Gresffordd am y tro olaf. Roedd holl deimlad y blynyddoedd yno, a'r hiraeth fu ynghlo yn canu *Guide Me O, Thou Great Jehovah.* Hei ffwl os ei di at Jim yn Bradley Road a sôn am Rhos, waeth i ti ordro dy frecwast ddim."

Bu Dai yn poeni am y trais oedd yn ailymddangos mewn ysgolion lle nad oedd athrawon â grym i fedru cadw trefn. Cydymdeimlai â'r proffesiwn yr oedd Lin ar fin ymuno ag ef.

"Ti'n gweld y wraig ene sy'n dod yma – mae hi'n wastad â'i ffeiliau ar agor, yn gweithio hyd yn oed pan mae'n cael ei the. Mae pethau wedi newid – efo'r holl arolygwyr ma o gwmpas bob munud. Mae'r llywodraeth ma isio cael ei weld fel bod o'n gwneud rhywbeth o hyd. Ond dydy o ddim yn codi safonau. Dydy hi ddim yn mwynhau bywyd drwy fod yn ei llyfrau bob nos. Mae ei bywyd hi'n mynd heibio. A'r hyn sy'n drist ydy ei bod hi'n gallu chwerthin pan mae hi eisiau, pan mae'n anghofio bod yn rhaid iddi fod y bwystfil mae'r sustem wedi'i greu." Yna, rhoddodd Dai Owen ei Gristnogaeth weithredol i gadw, i wynebu noson arall yn y dref lle nad oedd neb yn hidio. Aeth dan fwmian:

Os nad elli ddyfod trosodd
Anfon lythyr, Deio Bach.

18

Ar nosweithiau o addewid gwanwyn deuai alawon y Cae Ras ar yr awel ar noson Gêm Gwpan. Roedd criw y Caffi yn glyd y tu mewn tra'r oedd yr emynau'n cael eu hwrio.

Wrexham Lager, Wrexham Lager
Feed me then I'll need no more
Feed me then I'll need no more.

Yna, gyda diwygiadol sêl *Oh! when the Reds go marching in . . .*

. . . And we were singing Hymns and Arias
Land of My Fathers
Ar Hyd y Nos.

Deuai'r ymadroddion mwy lliwgar a brwnt hefyd i dorri ar ddiniweidrwydd y gân.

"The refs a wanker"
"Jammy Cockney bastards"
a *"F*** off yeah, You've got AIDS yeah."*

Ar ôl holl helbul y misoedd a llofruddiaeth Clwb Nos *Ffantasi*, daeth Shaz yn ei hôl i weithio yn sefydlog y tu ôl i'r cowntar ac roedd Lin yn glust barod iddi.

"Fy nghariad cyntaf i oedd Derwyn. Roedden ni yn yr ysgol efo'n gilydd. Pam oedd raid i'r trywaniad ddigwydd i mi? Dw i wedi dod yn ôl yma er mwyn cario ymlaen. Dwi'n falch o gladdu fy mhen yn y glanhau tatws neu olchi llestri, llenwi fy myd efo gweithgarwch brwd er mwyn cau'r cofio allan. Cuddio yn y gornel am dipyn, a gobeithio fod pobl ddim yn mynd i ddweud unrhyw beth. Mae hi'n anodd ambell fin nos i fynd adre at y sefyllfa. Y Caffi ydy'n unig obaith i." Efallai mai gwneud y salad, torri'r wnionyn yn fân, a thaenu diferion o gaws yn hardd dros y cyfan a gadwai Shaz rhag y dibyn ar yr adegau distaw cynnar hyn yng nghornel eithaf y gegin.

Deuai Ebrill a'i awyrgylch hawddgar i agor y drysau allanol yn y Caffi. Ambell i hen stejar yn nyddiau'r criw ifanc yn dod i mewn ac yn cofio dwyn eraill i mewn i'r criw, a chwedloniaeth arbennig yn cael ei greu am y lle. Rhyw gof. Rhyw afael. Adegau pan symudwyd y byrddau at ei gilydd. Roedd rhai yn gorfod canfod hen gydbwysedd y Caffi yn achlysurol ar gylchdro'r blynyddoedd.

Byddai nodyn ar y wal yn ddiffael i ddweud beth fyddai trefniadau agor dros y Groglith. Rhyw ddyddiau ar goll fyddai'r rheiny pan fyddai neb yn gwybod yn iawn beth i'w wneud – ar goll, fel caffi ar gau. Ebrill y caeadau ar y ffenestri i ddiogelu rhag haul sy'n dychwelyd i fyd. Roedd y Caffi yn cau yn draddodiadol am dridiau'r Dioddefaint, roedd rhyw hen barch felly yn bodoli.

"Hei, Noel," meddai Lin "Dw i di clywed diffiniad da o'r hyn dan ni yn ei wneud – *The holy curiosity of inquiry* alwodd Einstein ein cloncian capel. Mae o'n swnio'n dda yn tydy?" a'i gwên oesol yn disgleirio.

"Dwi'n ei alw o yn troi'r llwy bren, fy hun," ychwanegodd Noel.

Daeth Sophie Llangollen i mewn nawr fod y tywydd mawr wedi cilio.

"Ron i'n sgwrsio efo rhywun ar y bws ac fe ddywedon nhw; –**Dach chi yn seicic yn dydach?** Ac roeddwn i mor falch ei bod hi'n gallu gweld hynny drosti hi ei hun."

Roedd Sophie yn dal i ddweud pethau peryglus iawn, ond roedd yna hwyl i'w gael. Arhosodd ei sgwrs yn gyffredinol i ddechrau:

"Ydy Warren Beatty yn frawd i Shirley McLaine? Mae hi'n edrych yn dda yn tydy?"

"Mae hi'n fy nghythruddo i a deud y gwir, ac mae *o'n* rêl *tart*," ymatebodd Noel.

"Ydech chi'n ceisio awgrymu ei fod o'n cael perthynas efo llawer o bobl?" "Dydw i ddim yn hidio fawr amdano fo. Dydy o ddim yn dod i Ponkey yn aml iawn ar gefn ei *donkey.*"

Ond fe aeth Sophie yn ei blaen gan sibrwd yn gyfrinachol yng nghlust Lin. "Mae Megan, yr hen weinyddes, mewn cariad efo Noel. Mae hi'n ei weld o fel Oscar Wilde neu Noel Coward y Siop Goffi. Roedd hi'n edrych drwydda i wrth i mi siarad. Ron i'n gallu dweud o'i llygaid hi. Dwi'n credu fod yna rywbeth yn mynd ymlaen rhwng y ddau 'na sy'n trafod byd addysg o hyd.

Dydy Noel ddim yn gwybod beth i wneud ohona i. Mae o'n Scorpio ac fe'i ganed o ym mlwyddyn y Mochyn, neu flwyddyn y Ddraig yng nghalendr y Sieiniaid. Dw i di torri fy mherthynas efo'r Efengylwr. Meddylia amdano fo'n dweud wrtha i;

–Mi ddylet ti fod yn hapus. Mae gen ti bres, fideo a bagiau te fel tasa hynny i fod yn waredigaeth i mywyd i, ond dydy o ddim.

–Fideo Cliff Richard wyt ti'n ei feddwl? Doedd o ddim yn medru derbyn fy mod i'n sic . . . (Pesychodd ar ei phaned) . . . yn seicic dwi'n trio'i ddeud.

Wyt ti'n dechrau gweld fy mod i'n fwy cymhleth na'r hyn oeddet ti'n ei feddwl? Ti'n gweld, dw i di byw bywyd fel gwraig i lysgennad o Dwrci, roedd gen i weision a morynion, a phopeth, ac rŵan dw i'n cael fy ngadael efo Stan y dyn llnau ffenestri o Froncysyllte. Mae'n siŵr fod o'n meddwl mod i'n wallgo efo fy Saesneg Tarzan. Ron i'n rhugl yn iaith Twrci, ac wedi anghofio'r acen Garston i gyd!"

Roedd Noel yno yn ei wae yn edrych ar lwydni'r cymylau y tu draw i'r coed. Methodd y bws i Ponciau, waeth iddo gysgodi tan y nesaf. Buont wrthi yn llifio un gangen oddi ar goeden wrth y brif fynedfa. Cangen oedd wedi digwydd gwyro gan greu anhwylustod i bobl ar y llwybr cyhoeddus. Person felly oedd Noel, a chredai erbyn hyn mai rhith oedd hapusrwydd.

"Does na ddim potyn o aur ar ben yr enfys dim ond cic yn dy

dîn." Cyrhaeddodd Carwen yn sôn ei bod hi wedi bod "o dan y doctor" y dyddiau diwethaf.

"Oh I wish I was dear," meddai Noel fel ergyd o wn.

Roedd Carwen hithau wedi ei siomi gan ei bod wedi prynu cyw iâr mewn garlleg o *Iceland* yn barod ar gyfer Cyfryng-gi heno, ac yntau heb gadw'n driw i'w trefniant. Teimlai'n flin gan iddi ddarbwyllo ei chwaer i fynd allan am y noson o'r fflat yn y Caeau. Erbyn hyn, roedd presenoldeb aelod o'r teulu yn ei fflat yn boenus iddi, ac roedd hi wedi gobeithio dylanwadu ar Cyfryng-gi i roi rhan iddi yn ei gynhyrchiad Cecil B Demille nesaf. Mae'n debycach ei fod o'n chwydu'i berfedd a'i gyffuriau i lawr tŷ bach rhyw dafarn, ac mai cynhyrchiad yn y dychymyg ydoedd wedi'r cyfan.

Roedd Gwyneth yn ei hôl yn nrama beunyddiol y Caffi – Toi Boi wedi ei dewi am y tro ac yn edrych ar ôl y fechan iddi. Er gwaethaf y ffaith nad oedd ganddi fawr o amser i'r fechan, roedd yna rywbeth ar yr wyneb efo Gwyneth. Er gwaethaf yr hyn roedd hi'n ei wneud i rai agos o'i chwmpas, roedd yn anodd iawn ei chasáu hi.

"Dan ni yma eto. Mi ges i *chip bap* yn y Farchnad dim ond rhyw ddwy awr yn ôl. A rŵan dwi'n cael *Nutty Quiche.* Mae o'n edrych yn wirioneddol *nutty* heddiw. Fatha fi! Hey *terrible innit?*" Roedd Geoff yn creu patrymau efo'i fysedd ar y bwrdd eto – yn creu ei freuddwydion efallai cyn cymryd ei ddwy dablet at y nerfau, a sôn am ei drip unig i Langollen yn nhermau "ni".

Ar Sadyrnau, pan fyddai'r glaw yn rhaeadru, roedd hi'n glyd yng nghôl y Caffi efo diod poeth yn twymo'r dwylo. Y tu allan yn y twbiau ar y cwrt byddai'r cennin pedr yn dal yn glwstwr yma a thraw. Roedd teulu clên Rhos wedi bwyta'n gynnar bnawn Sadwrn – y wraig annwyl efo'r coesau mawr hyd ei ffêr. Byddai'r goleuni mwynach drwy'r ffenest yn troi ein golygon at y garreg gorsedd afradlon ynghanol y Cwrt, a Cilla'n galw draw ar un o'i rhaglenni teledu chwedl Lin.

"Dach chi 'eb eu gweld nhw ers tro chuck – eich perthnasau o'r oes neolithig. Ond dyma nhw eich perthnasau coll. *Cum in* Côr y Cewri."

Roedd Mrs Cwricwlwm a Rhish yn chwerthin eu gwên gyfrinachol gwricwlaidd yn hynod ddiddorol yng nghysgod y Maen Orseddol eto. Doedden nhw ddim i mewn yn arferol ddydd Sadwrn, ond oherwydd fod Arolygiad yn agos, roedd pob munud yn werthfawr i gael y waliau yn iawn. Tasa Duw ei hun yn dod yn ôl yn y cnawd i gynnal ei harolwg ni fasa dim plesio ar Mrs Cwricwlwm. Roedd hi wedi trefnu ymatebion y plant a'i hymatebion ei hun gymaint fel na wyddai sut i ymateb i Rhish y Pish o'i blaen hi. Doedd y rihyrsal heb fynd yn dda gan fod un o'r plant yn blydi sâl. Drysu ei chynlluniau. Meddyliodd, Rhish oedd yr unig beth mewn bywyd oedd yn ei llorio yn llwyr am ychydig funudau bob hyn a hyn. Ew! roedd hi'n troi'n farddonol! Lefel saith o leiaf.

Roedd hi'n gyfnod prysur i Llidiart gan fod yr arddangosfa yn newid. Y mis nesaf, byddai celfyddydau y chwedegau yn cael eu harddangos, ac roedd yn symud a gosod ar gyfer lansiad llyfr arall. Nosweithiau pan fyddai'r coridor gerllaw y caffi yn llawn o acenion dieithr a gwres eu persawr. Bu Llidiart ar un adeg yn trin y tir ond fe'i adleolwyd ef gan y cyngor i drin porfeydd y meddwl a'r dychymyg. Rŵan, câi ddysgu sut i drin pobl, roedd o'n derbyn y sialens, ac i'm meddwl i, roedd yn eu hadnabod yn dda. Yn wahanol i borfa, gwrychoedd a byd natur roedd y natur ddynol yn ateb yn ôl, ac yn cleisio, yn anwadal ac oriog ac yn monni. Doedd Daniela heb fod yn coginio ers dros wythnos gan fod ŵyr bach iddi wedi ei eni ac angen cymorth peiriant ar hyn o bryd. Roedd gofidiau wedi galw heibio am ychydig. Drwy'r ffenest roedd colomen yn cael ei hymlid gan wiwer lwyd yn y goedlan. Doedden nhw byth yn arfer ymladd.

Roedd Pauline newydd ddod yn ôl o wyliau yn ardal y Rhein yn yr Almaen lle'r oedd y trefniadau bwydo fel Parti Ysgol Sul, a bob yn chwech, roedd beiro'n marcio'r bwrdd ar gyfer pwy oedd i gael llysiau o ddysgl arbennig, a fyw oedd i chi fynd dros y ffin! Ac os oedd na ambell i daten ar ôl, roedden nhw'n dod a'u cipio nhw i'w hailddefnyddio. Roedd yn rhaid i chi fod yn berchen ar gryn hiwmor.

"Pan dach chi'n dod i'r Caffi ma bob bore mae na rai pobl gwahanol, a dach chi'n ystyried pwy ydy'r dieithriaid. Mae rhai pobl yn rhoi **Wedi ei gadw** ar y byrddau fore Sadwrn, ond tasa pawb yn gwneud hynny, fysa na ddim lle i unrhyw un oedd eisiau coffi hamddenol ganol bore. Dwi'n falch fod y gwyliau Lorolei wedi mynd yn well na Llandudno efo Monica y llynedd. Mi syrthiodd hi yn *Happy Valley* a ngadael i mewn dipyn o dwll am yr wythnos. *She was all a quiver on the Orme.* Ond mae hi'n sôn yr hoffai hi fynd ar drip *Turkey and Tinsel* i'r Ambassador yn Llanduduno y Nadolig nesaf. Mae nhw'n sôn am ddod â'r tramiau yn ôl i Landudno. Gobeithio y gwnân nhw, achos roedd clywed eu sŵn yn y nos yn gymaint rhan o 'mhlentyndod i. A hyd yn oed rŵan, dw i wrth fy modd yn cerdded rhwng y stand band a'r *Hydro*.

Mae'r bobl yn fy mloc fflatiau newydd i yn iawn, er ei bod hi'n rhyfedd peidio â chael eich tŷ eich hun. Mae na ddyn o Lundain oedd yn cadw siop i lawr y ffordd oddi wrth Cilla Black, ac mae hi'n 'Cilla hyn' a 'Cilla llall'. Wel dwi'n siŵr ei bod hi'n iawn byw yn ei hymyl hi os nad oes raid gwrando arni hi'n canu. Ac wedyn, hen bobl ydy'r gweddill – yden nhw'n trio dweud rhywbeth wrtha i, y Cyngor yma? A'r ddynes ar y pen, roedd pawb yn arfer gwneud arwydd hurt amdani hi, ond pan anfonais i gerdyn Nadolig i'r wyth mi ges i lythyr neis yn ôl. Hoffi tawelwch mae yr hen wraig. Dipyn bach fatha fi. Ond wedi i mi gwyno am Cyril yn wastad yn sôn am Cilla, mi ges i anrheg Nadolig mewn bag *Marks & Spencer* drwy fy nrws – pâr o fenig ganddo fo, a gan Cilla y ci."

Roedd Pauline yn cymryd diddordeb gwyllt mewn bywyd er mwyn chwipio'r unigrwydd a'r syniad o farw ymaith, ac roedd ei byd unig yn lliwgar, a gloyw ar adegau.

19

Roedd Croeseiriau yn eistedd ar un o gadeiriau awyr agored Llwyn Isaf. "Mae na lawer o ddillad smart ar hyd y strydoedd, ond yr hyn sydd y tu mewn iddyn nhw, dydy hynny ddim mor sylweddol. Mae isio tipyn o drefn ar ryddid hyd yn oed yn does? Fues i'n gweld Danny La Rue unwaith wedi ei wisgo fel boneddiges. Roeddwn i'n disgwyl iddo fo ymddwyn fel un nid fel slwt yn defnyddio geiriau budr." Soniai Croeseiriau yn annwyl ac atgofus am oes aur Cymry Caerfantell – y corff rhyfedd hwn o bobl – Cymry da o bob cwr o'r wlad a'r rhai mwy Seisnigedig. Roedd modd rhyfeddu at eu huno od, a mawrygu'r arwyddion dwyieithog ar y ffordd osgoi. Cofiai am un o Gymry'r ffin yn arbennig a dweud fod ganddi wên agored, gartrefol fel Ruth Madoc. Ond mae ambell un yn gallu mynd dros ben llestri efo crefydd.

"Allan â'r Efengylwyr ma. Y *Clap a Praise the Lord brigade* Cymedroldeb ymhob peth. Dwi'n mynd rŵan i brynu tocyn Loteri Cenedlaethol."

Roedd Geoff wedi bod yn *Tesco,* ac wedi bod am dawelwch yn eistedd yn y fynwent a ledai ei gafael anochel tuag at Rostyllen. Bu'n meddwl am ei drip i Gaer pan fyddai'n mynd i weld y recordiau yn y farchnad dan do. Cyn ymadael, gwaeddodd yn agored dros y Caffi ei fod o'n mynd i Acrefair, i'r *Duke of Wellington,* mewn bws mini, efo'i ffrind o'r Clwb efo'r tatŵs y noson honno.

Fin nos byddai'r athrawes ar fwrdd dwbl, a'i phig yn amrywiol ffolderi'r Cwricwlwm Cenedlaethol. Paratoadau olaf ar gyfer yr Arolwg, ond doedd hi ddim yn aros ar gyfer y Dawnsio Gwerin mwyach, ac ymneilltuodd o bob agwedd gymdeithasol, gan na allai gymdeithasu mwy. Darfu'r ddawns, a daeth crafiad dwfn ar hyd y record. Roedd y rhagolygon yn waeth na golygfa'r gawod o'r ffilm *Psycho*.

"Dw i yma yn rhoi polish ar fy *halo* i. Fedran nhw ddangos y drws i mi os fedran nhw wneud yn well." Dyna syndod ei chlywed yn siarad efo rhywun heblaw Rhish y Pish. Roedd yntau yn rhy brysur mewn cyfarfod Anghenion Arbennig, ac felly, fe allgyfeiriodd dipyn o'i nerfusrwydd at Dai Owen yr hen athro.

"Mae na fwy nag un ffordd o gael Wil i'w wely efo byd addysg". Nid edrychai Mrs Cwricwlwm wedi ei hargyhoeddi o gwbl, ond ni roddodd fewnbwn i'r drafodaeth. "A'r un gwely ydy o yn y diwedd. Cyrraedd yr un man mae pawb drwy wahanol ffyrdd, neu fuasen ni ddim yn dysgu plant. Dyna beth ydy gwir addysg." Cyn iddi fedru ei argyhoeddi mai dim ond ei ffordd hi oedd yn iawn mi aeth Dai i sôn am yr adeg yn Ysgol Ramadeg Rhiwabon pan gafodd o ei ddal yn rhegi mewn gêm bêl-droed.

"Y cwbl ddeudais i oedd **Pasia'r bêl uffen**. Doedd uffen ddim yn regi. Mae pawb yn Rhos yn deud uffen. Ac fe ges i fy ngyrru oddi ar y cae a chael y gansen." Chwarddodd Mrs Cwricwlwm mor uchel nes y daeth dagrau i lawr ar hyd ei lefelau, ac am ennyd fer, fe anghofiodd am y ffolderi. Ond dim ond ennyd oedd hi.

Daeth Ali Sanzibar i mewn ar ymweliad achlysurol. Soniai yn uchel am ei brofiad actio fel dyn pizza tawedog ar *Brookside*, ac mi gafodd o ran siarad mewn golygfa farchnad – dywedodd **Helo** yn glir yn y cefndir wrth i'r prif gymeriadau fynd heibio. Bu yn Skegness dros yr haf diwethaf yn cynnig adloniant plant. Bellach, roedd yn credu ei beiriant hysbysrwydd ei hunan, ac roedd hyn yn gweithio'n llwyddiannus efo plant mewn sefyllfa gwersyll wyliau. O dan y cyfan, roedd rhyw ynni creadigol anhygoel petai rhywun wedi medru ei sianelu rhyw dro a'i arwain at borfeydd ffrwythlon.

Byddai i nos Iau yn y Siop Goffi ei rhin ei hun, efallai gan fod cwsmeriaid yn dechrau ymlacio gan wybod mai dydd Gwener a diwedd wythnos fyddai'r diwrnod wedyn. Gwelid y weithwraig gymdeithasol glên efo dwy ferch dan anfantais. Byddai'r dair fel arfer yn cael brechdanau neu ddarn o *quiche*. Soniai un ohonynt am gael mynd i Sŵ Caer efo'i mam go iawn y dydd Sul canlynol. Roeddent yn mynd i weld ffilm bob nos Iau os oedd y ffilm yn addas; fel arfer, dim ond dros Llwyn Isaf, yn sinema Glyndŵr.

Wrth sipian ei the, roedd yr ofalwraig yn difaru iddi orfod gweiddi ar blant drwg yn yr ychydig gynulleidfa oedd yno. Ffilm Clint Eastwood oedd ar y sgrîn i fyny'r grisiau. Roedden nhw wedi creu dau sinema, a dwy oriel wylio a byddai ffilm Clint Eastwood wedi ypsetio un o'r merched gan ei fod o'n rhy dreisgar. Ganwyd hwy i fyd mwynach a mwy gwerthfawrogol na'r un mawr tu allan heibio gwydrau'r Caffi.

Gyda'r cynlluniau parcio newydd yn y dref ar ôl dymchwel yr hen farchnad, roedd y weithwraig gymdeithasol wedi cael tocyn parcio, a hithau wedi gorfod rhoi rhan o'r car ar linell felen sengl achos fod un o'r genod ddim yn gallu cerdded yn bell. Roedd hi'n ddyddiau mor anodd i fedru cael bathodyn anabl, fel petai holl ewyllus da pobl wedi anweddu. Ond deuai ei chariad a'i chonsyrn hi i mewn ar nos Iau i'r Caffi yn disgleirio o'i hwyneb. A chwarae teg i hen griw y Glyndŵr, y sinema hynafol a'i hen goridorau a steil, roedd y rheolwr am gefnogi ei llythyr at yr Heddlu yn cwyno.

Roedd yr Adonis Dylunio Byw a'i diwtor ar y feranda wrth fynedfa'r Caffi gan fod y tywydd yn gwella, yn edrych allan ar y maes parcio a'i beiriant tocynnau, ac yn sibrwd yn dawel yn eu byd bach ecscliwsif arferol. Roedd yn gyfnod y fflur ar y coed. Cyfnod y blodau yn ymddangos ar ganghennau'r coed castan ar ddwy ochr y Caffi.

Daeth Megan i mewn ar sifft fin nos, ac am y tro cyntaf yn ei gyrfa, roedd wedi cymysgu rhwng *Plate of chips* a *Plaice and chips* ac yn chwerthin ar un o droeon yr yrfa. Petai'n ysgrifennu llyfr byddai'n un o'r pethau ynddo. Roedd Geoff yn y cefndir yn ysmygu ac yfed ac wedi nôl ceiniogau o'i bwrs. Cytunai efo sylwadau pwy bynnag oedd yn siarad o'i sedd yn y gongl. Chwarddai Megan wrth sôn fod ei hysgrifen hi yn llawer rhy ddramatig ar gyfer yr ordors yn y Caffi, fel ei fod yn anealladwy i Sadie. Braf fod ganddi dal hiwmor ar ddiwedd ei gyrfa.

Wfftiai Dai Owen drachefn at y newidiadau ym myd addysg ers pan oedd o'n athro. Roedd hyn yn chwilen yn ei ben ers iddo drafod efo Mrs Cwricwlwm. Ni fynnai fwy o drafodaeth efo hi, ac roedd yntau ar ei focs sebon rŵan :

"*Glorified baby sitters*. Gwarchodwyr plant. Dene di athrawon heddiw." Cofiai am yr hwyl a gâi ar brynhawn Gwener efo'r hen blant, pan nad oedd neb eisiau gweithio ac y deuai â'i bosau mathemategol allan. "Roeddet ti'n cael dangos i'r plant fod yna ochr arall i dy gymeriad – fod ti'n fwy dynol, ac wedyn roedden nhw'n gallu dy barchu di'n fwy." Cytunodd Lin ac wfftiai Dai at Mrs Cwricwlwm Cenedlaethol efo'i ffeiliau ar agor ar hyd y bwrdd yn aros yn ddisgwylgar.

"Drycha arni hi ene eto – dw i wedi deud wrthi hi – mae'r sustem addysg wedi ei difetha hi. Uffen *get a life!*" Edmygai Lin foderniaeth syniadau addysgol Dai, gan ei bod hi yn bwriadu dysgu fel yr oedd yr Awen yn ei chymell, a gadael i bethau daro'r targedau yn reddfol. Doedd y pôs lle y darganfyddid oed a maint esgidiau plant byth yn methu yn ôl Dai.

"Dyma swm fy mywyd. Unigol a lluosog."

Dychwelai dyddiau'r Cwrt â sicrwydd di-droi'n ôl y gwanwyn – y dyddiau llawn hynny pan fyddai'r cymysgedd bywyd rownd y byrddau. Pawb yn weddol gytûn, yn ymwybodol o'r isleisiau, yn medru delio efo'r brifo anfwriadol yn aml a wneir , ac yn cael hwyl. Dyddiau y gwybod am gelwyddau yn y cylch, ac eto, rhywsut yn eu derbyn nhw, achos y rhain wedi'r cyfan yw ffrindiau'r daith fer. Yma a rŵan, un perfformiad yw'r hoedl chwim, nid ymarferiadau na rhagwrandawiadau.

20

Ciciodd rhywun un o'r byrddau plastig tila wrth eistedd gan chwalu myfyrion y Cwrt am ennyd.

"O mae hwn yn fwrdd rhyfedd – *its a bit wonky. Wonky Ponkey!*" chwarddodd Noel.

"Mae bywyd yn rhyfedd yn tydy?" meddai Marty, y ffotograffydd, oedd yn dal yn ysu am ddianc i gael tynnu gwell lluniau, rhywbeth ym myd *gliterrati* y West End efallai. Bod y tu allan i'r clybiau iawn yn disgwyl am yr enwog. Roedd Ali Zanzibar wrth ei fodd pan glywodd am gynlluniau Marty. Efallai y gallai dynnu portffolio ohono *fo*, a dal ei ddawn i serennu mewn llun. Zanzibar y consuriwr gynt o Lerpwl, nawr o wlad yr hud, yn ei grys gorliwgar efo'r coed palmwydd ar ei hyd, a hanner blew ei frest yn hongian allan drwy'r deunydd rhad, yn llawer llwydach na lliw gwallt ei ben. A'i linell anfarwol i wneud i bawb deimlo'n bwysig.

"Dwi'n siŵr eich bod chi'n gwybod hyn yn barod . . . ond . . ." Roedd Ali Zanzibar yn disgwyl clywed am ei dymor newydd yn Skegness. Byddai'n rhaid iddo ffonio ei asiant eto a mynnu £50 yn fwy am ei sioe hud eleni.

Daeth Pauline i mewn a chymryd bwrdd i bedwar yn y gobaith y byddai ei ffrindiau yn ymddangos.

"Ma nhw wedi difetha Plasdy Iâl. Fues i yn agoriad swyddogol y tymor newydd. Ma nhw isio pres, pres, pres. Ma nhw isio fo bob ffordd. Dwi'n hoffi beth mae'r mudiad yn ei wneud efo hen adeiladau, ond mae isio iddyn nhw ddechrau sylweddoli bod angen iddyn nhw fod yn ofalus o bobl. Sylweddoli pwy sydd yn driw iddyn nhw. Mae na rhyw *slips* o bethau ifanc yn dod i weithio ac yn cael y breintiau dros nos. Roeddwn i yn y Swyddfa Docynnau un diwrnod a daeth y Pen Dyn i mewn yn edrych reit isel ei ysbryd, a meddwn i

–Sut mae'r rhai ifanc yn gyrru ymlaen yn dysgu'r grefft o dywys?

–Mae'r rhai ifanc yn iawn, meddai, yr hen rai sydd ddim. Allwn i ddim coelio. Dw i di clywed y merched ysgol ma'n siarad efo'r pobl sy'n mynd rownd y tŷ;

–Peidiwch â mynd ffor' na neu

–Ddim ffordd acw pan mae

–Esgusodwch fi, ond dach chi'n meindio peidio mynd y ffordd yna? yn swnio gymaint yn well. Ac nid pobl leol sy'n nabod y tŷ ydy llawer ohonyn nhw, ond pobl o ffwrdd sydd isio cael eu gweld. Felly dw i di penderfynu peidio â gwirfoddoli eleni, tra mae'r drefn bresennol yn gweithredu yno. Roedd un o'r tywyswyr a stopiodd y llynedd wedi bod yn ôl yn gweld y gerddi ac wedi gweld Pen Dyn. Mi ofynnodd o:

–Pam fod ti wedi iselhau dy hun yn dod i'n gweld ni? A gyda llaw, oes gen ti docyn? Felly pan dwi'n mynd fe ddeuda i –

–Dim ond y gerddi dw i di dod i weld, diolch, ac wna i ddim trafferthu efo'r tŷ na'r bwyty. Dw i ddim yn mynd i stopio mynd achos dwi'n caru Plasdy Iâl. Nid caru fi fy hun yr oeddwn i wrth weithio yno. Ond mae pethau bach wedi newid – rhowch chi fathodyn ar rywun ac fe aiff i'w ben o. Beth bynnag, yn ôl be dwi'n ei glywed, mae'r staff yn diflannu cyn gynted ag mae'n nhw'n cyrraedd. Dydy'r math o bobl sy'n mynd i stiwardio yn Nhŷ Iâl ddim isio'r math yna o driniaeth; roeddwn i'n deud wrth Monica yng Nghlwb y Ceidwadwyr. Mae hi wedi cael blwyddyn go hegar ar ôl ei chwymp yn Happy Valley.

Yn y dechre, mi fydden ni'n mynd i'r Bwyty cyn dechrau'n *stint* fel stiward a chael paned o goffi a sgon. Rŵan, mae'r sgon allan ohoni ac fe gewch chi goffi os ydech chi'n lwcus – ar eich gliniau fel arfer. Dydy'r Bwyty ddim mor arbennig â hynny. Pan ddaeth fy ffrind i aros yn y fflat fe es i â hi yno, ac mi dalais i dros un bunt ar bymtheg am gawl, croissant efo cennin a chaws Cymreig, darn o Bakewell oedd fel cardfwrdd, coffi a glasied o win. I ni'n dwy. Wel . . . ac un diwrnod dyma fi'n cyrraedd amser toriad ac yn benthyg punt gan y ddynes arall ar y ddesg achos mod i 'di anghofio 'mhres i. Mi es i efo'r bunt i'r Bwyty i gael coffi, a chael awydd hufen iâ yn lle.

–Will *you* sit *down* love? *Waitress service*.

–Yr unig beth dw i isio ydy hufen iâ.

–Steddwch lawr.

–Cyn i ni fynd dim pellach . . . oes gen i ddigon o arian i gael hufen iâ?

£1.60 am ddau sgwp bychan o hufen iâ mafon duon Dinbych. Mi adewais i o. Mi aeth Lucy i fyny i nôl bap salad un tro ac roedd y ferch YTS yn y cefn yn gwneud y bap

–Ti 'di rhoi gormod o *mayonnaise* ar hwnna meddai'r gogyddes. Mi sylweddolodd hi fod Lucy yno'n gwylio, a thrio'i guddio fo, a chrafu'r *mayonnaise* i ffwrdd.

Mae'r lle wedi mynd yn "ddau ddosbarth," yn groes i athroniaeth y teulu fu'n byw yno. Ond dyna fo, pobl sydd isio creu "ni" a "nhw" sy'n cael y bri y dyddiau hyn. Mae'r Pen Dyn yn sbwylio'r lle – eisiau mwy o bres gan ymwelwyr ac eto eisiau mwy o aelodau llaw-amser i'r Mudiad – eisiau chwarae'r ffon ddwybig. Tyden nhw yn eich gwneud chi'n sâl. Ond does ganddo fo ddim isio i ymwelwyr fynd drwy'r tŷ a difetha'r carpedi – dros 90,000 y tymor diwethaf. Mae o isio 95,000 flwyddyn nesa a 100,000 y flwyddyn wedyn. Dyna pam mae na ddwy daith – un i'r gerddi a'r siop, a'r llall i'r tŷ.

Ac mae athrawon – dw i ddim yn gwybod pwy mae nhw'n feddwl yden nhw – weithia efo rhai bach yn dal eu dwylo yn pwyntio at lun a dweud – **Dyna Gainsborough** ac i'r pegwn arall wedyn mae rhai yn pwyntio a dweud – **Wel dyna lun mawr.** Diolch byth bod y Cwricwlwm Cenedlaethol ma wedi dod i roi'r un addysg i bawb. Roedd hi'n hen bryd gwneud rhywbeth am fyd addysg."

"Cytuno'n llwyr," meddai Mrs Cwricwlwm Cenedlaethol, oedd yn edrych ymlaen at yr Arolygiad erbyn hyn, er mwyn ei dangos hi mewn goleuni ffafriol. Roedd hi wedi mentora a doctora, arholi a lefelu. Roedd hi wedi dilyn ei chynlluniau gwaith yn ddeddfol, wedi sgwennu polisïau rif y gwlith ac wedi dweud wrth bawb yn union y ffordd roedd hi isio i bawb addysgu'r epilod. Ac eto, doedd hyn ddim wedi dod â bodlonrwydd yn ei sgîl, heb ddod â thawelwch mewnol, ac heb ateb yr angen bach hwnnw yn ei chalon am gynhesrwydd i chwalu'r concrit a adeiladodd yn fur galed o'i chwmpas. Ni ddaeth yr holl bolisïau â phelydryn o haul i doddi'r rhew. Bychanodd a dinistriodd eraill ar ei llwybr, ac i beth?

"Let her hang herself by her knickers," ymatebodd Noel wrth gynnig sylwebaeth bellach ar berthynas y Pish a hi. Roedd tinc o genfigen yn y dweud, gan ei fod o wedi cael sgwrs annwyl efo Rhish ar ei ben ei hun.

Roedd hi'n noson o gynnwrf a'r drysau i gyd ar agor, a storm wedi torri y tu allan ac yn dechrau sychu ac anweddu. Bu Daniela wrthi'n gwneud *vol-au-vents* i dyrfa o saith deg heno, yn dathlu rhyw achlysur; rhywbeth i wneud efo newidiadau addysg. Synnai Mrs Cwricwlwm Cenedlaethol nad oedd ei henw hi ar y rhestr westeion. Cafwyd cynnwrf paratoi yr holl fwyd a'i roi yn y stafell seminar ac yna ei gario drwy'r Cwrt i safle ger drws awtomatig newydd y Ganolfan. Llawnder a chynnwrf a nodweddai'r lle ar adegau felly, ac roedd y merched i gyd wedi dod i mewn. Yna, ar ôl gosod y bwyd a gweini'r gwin, roedd y drws yn dal ar agor a'r genod fu mor brysur yn sipian gwin wrth y drws. Roedd yn llawer mwy difyr i wrando arnynt na gwag siarad y cynulliad, oedd yn llyfu a chrafu ei gilydd y tu ôl i'r gwydrau yr ochr arall i'r Cwrt. Edrychent fel eitemau mewn arddangosfa, cysgodion arwynebol drwy'r gwydrau.

Daeth Lucille i mewn yn poeni am bethau Lucille. Ni allai estyn allan. Lucille ifanc yn poeni am beth oedd ffrindiau yn ei ddweud amdani – poeni nad oedd wedi cael ei babi eto, a'i bod hi'n canlyn Andrew oedd yn ddigon hen i fod yn dad iddi. Poeni ei bod hi'n rhoi pwysau ymlaen.

"Dwi'n teimlo y dylwn i gael babi i blesio pobol. Ond dydy hynny ddim yn iawn. Fe ges i fy nharo a phopeth pan oeddwn i'n fach."

"Dyna pam mae hi angen dyn hŷn," ymyrrodd Andrew a fu'n canlyn ei mam hefyd.

"Dwi'n cael y poenau ma yn y stumog. Wyt ti'n eu cael nhw? Dwi'n eu cael nhw bob nos. Poenau poeni. Wedyn, dydy pobl ddim yn deall y berthynas rhwng Andrew a fi. Ond ar ôl sgwrs efo'r gweithiwr cymdeithasol, dan ni'n dallt ein gilydd yn well."

"Mi goginiais i y bwyd, ac yna dod yma efo Lucille am baned o de." Ymdrechodd Lucille wên i yrru'r boen yna yn ei stumog ar ei ffordd.

"Dio'm ots gan Lin beth mae pobl yn ei feddwl amdani, yn nac ydy?" meddai Lucille yn genfigennus.

Y penwythnos hwnnw fu achlusur y mudo mawr i fyd ei *bedsit*.

"Roedd Rob, Dodd a Plodd yn enwau y tu allan i'r drws ac roedd yna le wrth y gloch i un arall – sef un fi," meddai Lucille gan godi ei llygaid o'r gacen gaws. "Mae'n ofnadwy, mae'r bobl yn gofyn pwy ydy'r dyn sy'n dod i ngweld i;

–Dy Dad? a finne'n ateb yn goch i gyd;

–Nage, fy nghariad i.

Roeddwn i'n setlo i lawr yn iawn neithiwr, ac rŵan, mae rhywun wedi dwyn fy *Biactol anti-bacterial* o'r stafell folchi dan ni'n ei rhannu. *Spot the difference?* Roeddwn i'n edrych ar wynebau bob un wrth iddyn nhw wadu'r cyfan. I feddwl eu bod nhw'n ei roi o ar eu hwynebau – fy sebon i. Dwi'n mynd i roi'r perchennog ar y spot, a rhoi poster i fyny ar y drws ffrynt; *Spot the difference?*

Roedd Lin allan ar y Cwrt yn ymfalchïo yn ei ffrindiau blêr.

"Os nad ydy eu llefydd nhw braidd yn flêr, does ne ddim byd yn mynd ymlaen yn eu mennydd nhw." Roedd hi'n gyfnod o ddadansoddi teimladau. Cywirodd un a honnodd nad oedd unrhyw beth yn digwydd yn *Room With a View* – "Yn hytrach, mae'n astudiaeth flaenagar o deimladau a'r berthynas rhwng bobl. Mae'r bobl sy'n galw *The Lover* a *Lady Chatterley* yn ffilmiau pornograffig yn camddeall yr holl beth."

Roedd Noel yn honni mai problem Knickersoffalot, ffrind iddo o Fanceinion, oedd problem dod yn agos at unrhyw un.

"Mae o'n meddwl ein bod ni gyd yn y *closet* fatha fo."

Roedd Marty, y ffotograffydd, yn chwerthin gan mai dyma'r unig gaffi y gwyddai amdano lle'r oedd Megan y weinyddes yn gofyn i'r cwsmeriaid beth oedd prisiau pethau. Bu Marty yn tynnu lluniau yn y farchnad newydd – Marchnad y Bobl – ac roedd ar ei ffordd i gyngerdd ysgol leol. Edrychai ymlaen at gael dianc i gael mynd i Lundain a chael canolbwyntio ar newyddion pwysig, dilyn enwogion o Glwb *Stringfellows* neu wrth eu tai yn Chelsea, ac efallai, tipyn o newyddion llysoedd. Cafodd syrffed ar gofnodi achosion llys yng Nghaerfantell – yr unig beth oedd yn dda am ddrwgweithredwyr oedd eu bod yn cynnig cyflog iawn iddo gan fod treialon fel arfer yn gyfnodau iawn o waith. Byddai papurau newydd yn talu i ffotograffydd am oedi tan y dyfarniad.

"Dwi'n tynnu llun amryw o ddrwgweithredwyr, a'r eneth fach flynyddol efo'i hufen iâ, i ddynodi ei bod hi'n haf yn swyddogol. Sieciau, carnifalau a mabolgampau ysgolion. Dyna fy mara menyn i y tymor hwn."

Wedi i rai o'r criw fynd, cyffesodd Noel wrth Lin ei fod wedi cael ei frifo ar ôl ffonio ei ffrind newydd o Fanceinion, ac yntau wedi ymateb ei fod o ynghanol gwylio'r *Bill* ar y teledu. Yn sydyn, gollyngodd Megan gwpan y tu ôl i'r cownter i chwalu ar y difrifoldeb rhywsut, a chwerthin, gan y byddai'n rhaid esbonio i Glenda ar y ffôn. Roedd chwerthin am dorri llestri yn un o freintiau tyfu'n hen yn y busnes.

Rhoddodd Carwen fachyn goriad rhad bob un i griw'r Cwrt – fe'i cafodd nhw ar ei hymweliad â ffair Rhyl yr haf diwethaf. Rhywbeth rhad efo ci arno, pan oedd hi efo Cyfryng-gi. Rŵan, gan nad oedd Cyfryng-gi wedi dod i gysylltiad eto efo hi, a heb helpu ei gyrfa o gwbl, roedd hi'n ceisio dileu olion ohono fo a'u gwasgaru lle na allent frifo mwyach.

Daeth Glenda i drin y potiau blodau yn gynnar yn y dydd, yn barod ar gyfer arlwy'r haf. Bwytai Trwynog ond Swynol ei sgon boeth a llyfu'i bysedd, gan wneud yn siŵr i beidio â chyffwrdd ei gwallt oedd newydd ei drin. Mi synnodd yn fawr o glywed Pippa ifanc tu ôl i'r cownter yn sôn am nabod dim ond chwech o bobl i lawr y ffordd o'r Swyddfa Bost yn Southsea. Gwyddai hithau, er symud i'r dref i'r tai newydd ger Garej Alma, fod mwy o ruddin yn ei hen gymdeithas na hynny, a chofiai adeg pan elwid Southsea yn Glanrafon, y drysau i gyd ar agor, a'i Nain yn byw yno. Dyddiau cyn cau Salem Newydd.

Byddai Daniela, y gogyddes, yn mynd ar ei gwyliau i'r Eidal cyn hir, achos pryder i Trwynog ond Swynol.

"Daniela, dwi'n poeni – beth wnawn ni hebddoch chi am fis pan ewch chi ar eich gwyliau? Beth am y sgons?" Roedd Daniela ychydig yn fwy siaradus gan fod hanes mwy sefydlog bellach i iechyd ei hwyres fach. Roedd yn ymlacio wedi bod yn coginio drwy'r bore. Roedd hi'n cael ennyd yn yr haul – roedd ei merch yn well rŵan, yn helpu Heulwen i drin gwallt o dŷ i dŷ bob hyn a hyn i fynd â'i meddwl, tra bo'r babi bach yn dal i wella yn yr Uned Argyfwng.

"Adre i goginio eto mae'n siŵr?" holodd Dai Owen yn ddoeth.

"Na. Dw i di gwneud Pastai Fawr i fynd i Lerpwl neithiwr, ac wedi gwneud un ni at heno yr un pryd. Dim ond ei roi yn y popty a pigo mefus i fyny ar y ffordd."

Cyhoeddodd Sadie, rŵan ei bod hi'n troi yn hen drwyn, ei bod hi'n codi yn y byd achos ei bod hi'n symud i dŷ yn Acton. "Hei, dw i di mynd o Spring Lodge i'r Mount ac rŵan i Acton. Dwi'm di gwneud yn rhy ddrwg. Mi ga i'r lle i drefn erbyn y Nadolig. Mae'r gŵr yn mynd i stripio'r gegin gyfan a dwi'n mynd i gael *units* newydd."

Roedd Lin yn dal i gael llythyrau gan blant bach y bu'n eu dysgu ym Manceinion ar Ymarfer Dysgu. Teyrnged mawr iddi fel athrawes. Ysgrifennodd yn ôl yn hyfryd at eneth fach saith oed.

"Dwi'n meddwl y byddwn ni yn ffrindiau pan dyfi di i fyny. Dwi'n edrych ymlaen at ddod i siopa efo ti." I'r gwrthwyneb, roedd Mrs Cwricwlwm yn cnoi *meringue* gludiog i drio melysu dipyn bach ar ei bywyd. Roedd hi wedi sgrwnsian gwaith ffolio TGAU un o'r myfyrwyr i fyny o'u blaenau heddiw, wedi mynegi'n hyfryd – **Rwtsh di o** – a mynnu eu bod yn ei bumed-wneud. Roedd hi wedi teimlo'n grêt wedyn. Roedd hi'n cofio'r boen roedd ei mam yn arfer ei achosi pan fyddai'n mynnu perffeithrwydd ganddi hi. Y boen yna a'i lluniodd hi mor fendigedig. Mae'n iawn i rai eraill ddioddef heblaw hi.

Roedd Lin a chriw y selogion yn trafod posibiliadau gwneud

fideo o'r siop Goffi, rhaglen ddogfen pry-ar-y-wal – cyfres i S4C – ac yn cael eu breuddwydion allan o'u sustemau yma rhywfodd! Roedden nhw yn bobl yr ail filltir o amgylch y bwrdd, yn bobl oedd yn rhoi ail-gynnig o hyd. Deuai ambell gymeriad fel jac codi baw i mewn i'r Caffi, yn trio gwneud i bawb eu hoffi, a thrio rhoi argraff eu cymeriad mor gryf ar eraill fel ei fod yn colli pob effaith a bod pawb yn cilio draw. Ond fel arfer, ni arhosent yn hir.

Deuai y Cerddor Cudd i mewn yn llai aml rŵan fod ganddo ofynion teulu – y mab bychan yn aflonyddu ar y casgliad o gryno ddisgau oedd yn llenwi pob wal a chornel yn y tŷ. Bu'n gariad ar un adeg i Lin, ond roedd wedi dotio at fod yn dad.

"Fysa hi ddim yn ddigon i mi gael *Desert Island Discs* – fysa raid i mi fynd â'r fideos a'r casetiau hefyd. Dwi'n mynd i Lundain i glywed y pianydd, Emile Gilels – ond dw i ddim yn meddwl cymaint ohoni â rhai enwau. Mi wnes i ymchwil i'w bywyd hi ac roedd hi ar *Desert Island Discs* ym 1957 efo Roy Plumley, a dyma hi yn dewis ei recordiau hi ei hun i gyd. Wel ti'm yn gwneud peth felly ar *Desert Island Discs* yn nag wyt?

Dwi'm yn gweld y pwynt o boeni am fywyd bellach. Ti'n poeni a ti'n marw, ti ddim yn poeni a ti'n marw, felly mae'n haws peidio â phoeni. Mi allwn i boeni am y fam yng nghyfraith a gwraig sy'n deud wrtha i am gael swydd iawn a gwerthu rhai o'r crynoddisgiau, ond mae'n haws peidio â phoeni o gwbl."

"Dwi'n cael dipyn o waith dysgu'r gitâr mewn ysgol breifat ar Gilgwri, ond fe rois i'r gorau i'r gwaith yn y Bar Gwin yng Nghroesoswallt. Roedden nhw'n gweiddi;
–Chwaraea Bohemian Raphsody i mi ar y gitâr! a phetha fel;
–Ti'n gwybod rhif 6 yn y siartiau, chwaraea fo i mi. Mi ddeudis i wrth y perchennog na allwn i ei wneud o achos

mai chwaraewr gitâr clasurol oeddwn i. Ond doedd o ddim yn deall. Mae gofyn i mi chwarae'r darnau hynny fel gofyn i Pavarotti ganu *D'ya think I'm sexy?* Rod Stewart. Mae fatha gofyn i Carreras – a dw i ddim yn dweud mod i o'r un safon â Carreras – ond mae fatha gofyn i Carreras ganu *Rock Around The Clock.* Ma nhw'n brolio'r holl bobl ma sy'n gwneud albwm mewn blwyddyn. Wel, dydy hynny ddim yn dangos athrylith. Mi fasa Mozart wedi gwneud ugain albwm mewn blwyddyn, dw i'n sicr. Roedd o mor gynhyrchiol, ac yn marw mor dlawd."

Roedd casgenni blodau haf Glenda bellach mewn trefn.

"*Doddle*" yw gwneud rhai y Caffi, chwedl hithau. Adre, mi wnaeth hi 80 twb a bu yn yr ardd efo'r llif oleuadau i gyd ymlaen yn eu gorffen tan ddeg munud i hanner nos. Blodau am flwyddyn gyfan. Ni fyddai'n datgelu ei chyfeiriad, hyd yn oed i'r staff. Fe wyddent ei bod hi'n byw mewn tŷ enfawr yn Park Gate, Cilgwri, yn edrych ar draws y Ddyfrdwy am Gymru. Ond dyna'r cyfan a wyddent.

21

Roedd cynllunio manwl ar arddangosfa newydd yn mynd rhagddo a'r tâp coch yn gwahardd mynediad i rannau o'r Oriel Arddangos gerllaw, fel arwydd ffordd. Clywech weithwyr y Caffi yn uno mwy o amgylch y byrddau pan fyddai'n slac. Bron, wrth wrando ar eu sgwrs, na fynnai selogion glywed sylwadau achlysurol am gyd-staff rhag difetha'r llun oedd ganddynt o'r Caffi. Ond yn ffodus iawn, ni fyddent byth yn mynd dros ddibyn gwedduster, gan gadw rhyw gôd ymddygiad anysgrifenedig, gwaraidd. Oni bai am hyn, byddai'n union fel unrhyw le arall. Roedd arwyddion bygythiol o amgylch. Ar ddrws y Ganolfan, roedd goleuadau newydd a stribed symudol mewn golau coch yn hysbysebu: "I wneud i'ch elw gynyddu . . ." Roedd y byd i lawr y ffordd yn dod yn nes.

Roedd Croeseiriau yn rhefru yn erbyn pobl hunan-bwysig, ceg fawr, oedd â dim byd ynddyn nhw ond gwynt.

"*Keep your own counsel.* Dydw i ddim isio gweld popeth. Nagoes." meddai gan edrych o amgylch i bob cyfeiriad. "Dydw i ddim isio bod yn gaeth i ryw hen flaenoriaid cul a threfniadau cinio. Bwyta am ddeuddeg – mewn Clwb – dw i isio bwyta pan dw i isio bwyta. Roedd hi'n wahanol pan oeddwn i ar y fferm. Ond dw i ddim am fod yn was i unrhyw satan neu satanes. Y munud dach chi'n gadael y gŵr drwg i mewn, mae o'n cael gafael arnoch chi, wyddoch chi? **Methodistiaid creulon, cas yn mynd i'r capel heb ddim gras.** Ond wfft iddyn nhw i gyd – Pope ydy'r un i mi, y Pâb mawr ei hun:
Hope springs eternal in the human breast.

Cofiwch hynny, a chofiwch am Paul:

Ymdrechais ymdrech deg. Mae hi mor anodd bod yn wreiddiol – mae pawb yn hoffi bod run fath heddiw." Parhaodd Croeseiriau i gwyno bod prifathrawon yn mynd ar raglenni cwis ac yn gwybod dim. "Dyfalbarhad ymhob dim." Yna, meddalai i gyd cyn ffarwelio – "Wel dyna ni, wela i chi".

Roedd Pauline yn sôn am luniau y bu'n edrych arnyn nhw efo Monica: "Doeddwn i ddim yn hoffi deud wrthi mai hi oedd yr unig un oedd ar ôl yn fyw ar rai ohonyn nhw, yn enwedig ar ôl yr *Orme*. Roedd gen i ofn gofyn am weld llun arall rhag ofn ei bod hi'n meddwl mod i'n rhoi'r *kiss of death* iddi hi. Roedd ei hymateb tuag ata i fel mynd heibio'r oergelloedd mawr yn *Marks & Spencers* ar y mater yna.

Sul diwethaf, es i efo'r Gymdeithas Geidwadol am bryd, ac aethon ni i Westy'r Tŵr y tro hwn, gan fod y cig yn *tough* yn y Llwyn o'r blaen. Mi ges i dreiffl. Roedd y blât cinio mor boeth fel y bu bron i mi â'i daflu o at Monica. *That would have finished her off.* Dwi'n gorfod bod yn Knutsford am hanner awr wedi chwech bore fory i fynd ar y daith yma i Frwsel a Brugge. Mi fydda i'n mynd fy hun. Dach chi'n cyfarfod mwy wedyn."

Wrth i'r criwiau o amgylch y byrddau ddechrau cyfaddef pethau i'w gilydd, fe welwyd mai yr un oedd ofnau pob un yno, hen ddyrus gwestiynau dynolryw. Ar y cyfan, byddai pawb allan ar y byrddau yn y Cwrt, ac roedd modd i bawb weld i mewn yn haws.

"Hei, fe fydd na rywbeth yn y *Leader* heno am y llofruddiaeth dwi'n siŵr," gwaeddodd Gwyneth ar hyd y Caffi. "Roedd hi ddigon drwg be ddigwyddodd efo gŵr Shaz, ond gwragedd yn lladd'i gilydd rŵan. *Terrible innit.* Mi ddeudodd Alma iddi'u clywed nhw'n gweiddi yn yr Ardd Heddwch. Ma nhw cyn waethed â dynion wedi mynd. Dwi'n gorfod mynd heibio'r lle ar fy ffordd adre, ond dwi'n cerdded yr ochor arall i'r ffordd. Ac i feddwl fod hynny wedi digwydd yn yr Ardd Heddwch o bob man. Dwi'n falch mai nid fi ddaru ddod o hyd iddi. Fyswn i wedi marw." Yna, setlodd Gwyneth ar fwrdd yr ynys.

"Mi aeth hi'n dda ddydd Sul a finna yng Nghôr yr Eglwys yn fy nghêp *burgundy*, ac yn gorfod cerdded i lawr ar fy mhen fy hun achos fod fy mhartner yn y côr yn gorfod edrych ar ôl ei mab gan fod ei gŵr hi yn y côr hefyd. Ond dyna i ti le trist ydy'r byd – fedret ti gyfri ar un llaw faint oedd yn yr Eglwys yn y nos.

Dwi di cael fy nyrnu eto. Doedd Toi Boi ddim fel hyn pan oeddwn i'n ei nabod o yn y dechrau. Ddoe, tra'r oeddwn i allan, mae o wedi gwerthu fy hen ddodrefn i'r ocsiwn am ychydig iawn o bres – y dodrefn y brwydrais i ar fy mhen fy hun i'w cael dros y blynyddoedd. Mae o di prynu dodrefn newydd er mwyn iddi fod yn anodd i'w hel o allan. Yn y dechrau, fi oedd y bos i ryw raddau, achos fy nhŷ i oedd o. Hwn oedd y tŷ yr oeddwn i'n byw ynddo fo pan oeddwn i wedi priodi, a fi wnaeth ei wâdd o draw.

Beth bynnag, wnes i gyrraedd adref ac roedd y dodrefn *posh* ma i gyd wedi cyrraedd. Pethau hyll nad oeddwn i eu heisiau. Wedi cael pres mae o ar ôl i'r Gwaith Dur gau – pres diswyddiad. Doedd ei fam o ddim eisiau ei nabod o cyn iddo fo ddod yn ariannog – wedyn mi ddechreuodd hi alw a ffonio yn cwyno am hyn a llall. Mae hi'n byw mewn tŷ budr, a dydy o ddim isio mynd yn ôl ati hi achos mae hi'n fistar arno fo, ac mi fuasai o fel tacsi iddi hi o gwmpas y lle ma. Mae hi'n byw mewn tŷ cyngor yn *Caergurlee*, ac mi brynodd o beiriant golchi awtomatig gwerth pedwar can punt iddi – i fynd i'r twlc mochyn 'na. Ma'n gwybod fod ganddo fo le neis gen i. Ac mi brynodd o garped Axminster ar gyfer y cyntedd, ac er mwyn ei arbed o, mi roddodd o rhyw haen o blastig drosto fo. Wel, roedd o'n baglu ar y plastig ma o hyd felly un diwrnod, mi wnaeth o ei rwygo fo allan yn ei dempar, ac achos 'mod i wedi rhoi rhyw ddarnau i helpu sychu traed yma ac acw mi dynnodd o rheina i fyny hefyd a mynd â nhw i *Caergurlee* i dŷ ei fam. Mae ganddi hi nhw ar hyd ei thy hi rŵan.

Ond mae o'n *boring* – weithia, mae o wedi mynd i'w wely erbyn i mi gyrraedd yn ôl, neu'n cysgu'n flêr ar y *setee*. Dydy o ddim yn cael ffitiau arna i rŵan fod o ar gymaint o dabledi y dydd. Doedd o ddim yn arfer eu cael nhw o gwbl yn y dechrau. Ond dwi'n meddwl fod na rywbeth yn bod efo fo yn ei ben, achos mae o'n gwneud am y pen bob tro mae o am dy daro di, a ti'n teimlo hyn y diwrnod wedyn ti'n gwybod – efallai fod gen ti *brain haemorrage* neu rywbeth. Ond dwi'm yn gwybod beth i wneud – dydy'r clais yma heb ddod allan yn iawn. Ddyliwn i fynd at yr Heddlu neu ddangos hwn i'r cyfreithiwr? Fydda i ddim yn gorfod talu ti'n gweld, achos fe fydd Cymorth Cyfreithiol yn talu. Does na neb yn y tŷ yn ennill pres. Mae gen i ambell i ddilledyn neis a phethau felly, ond dyden nhw'n ddim byd o'u cymharu â thawelwch meddwl, er dw i isio mynd i newid *blouse* ges i wythnos dwytha yn y munud. Wel, wnes i wisgo fo dros y penwythnos, a rŵan dw i di colli awydd. Ond pethau'r byd yden nhw. Ti'n gweld rŵan pam dwi'n mynd i'r eglwys. Os oes na Dduw, fe fysa ti'n hoffi meddwl fod Toi Boi yn mynd i gael ei gosbi am ei driniaeth ohona i. Diolch fyth fod y fechan yn ysgafnu pethau rhywfaint, ond os yden ni'n ffraeo mae o'n dechrau canu *Here we go, here we go here we go,* ac mae o'n sbwylio'r fechan gymaint fel nad ydy hi isio dod allan efo fi yn aml iawn.

Ufflon, dw i di bod drwy'r drin efo hwn. Pan mae o'n cael un o'i ffitiau – wel! Dwi'n cofio un ddaru godi cywilydd ofnadwy arna i pan oeddem ni yn Caffi *Woolies* tua tridiau cyn y Dolig. Roeddem ni ar fin cael brechdan dwrci a mi ddaeth y ddynes draw i ofyn os oeddem ni isio saws *cranberry*, ac mi ddechreuodd o. Mi saethodd y bwrdd i bob cyfeiriad, ac roedd gan un wraig ormod o ofn bwyta ei brechdan dwrci wedyn. Doedd neb yn deall be goblyn oedd yn mynd ymlaen.

Dwi'n meddwl yr af i at y twrnai a gofyn iddo fo ysgrifennu llythyr yn rhybuddio os wnaiff o gyffwrdd â fi eto – fod o allan. Mi ddeudodd o heddiw ei fod o wedi bod yn talu'r rhent a'i fod o wedi newid ei enw ar y llyfr rhent. Dwi'm yn credu fod hynny'n bosibl. Dio byth yn mynd â fi allan, dyna pam dw i'n wastad allan; er mwyn osgoi gorfod mynd yn ôl i roi rhyw ddillad ffug yn y wardrob crand newydd gan wybod mai y fo brynodd y celfi. Mi wnaeth o 'nharo i ar draws fy nhrwyn unwaith, ac roedd y gwaed yn llifo.Ac mi redodd o fi i'r ysbyty, ac mi ddeudon nhw y buaswn i wedi medru ei 'gael' o am Ymosodiad, ond wnes i ddim. *I'm too bloody soft.* Dyna beth oedd y broblem efo'r gŵr cyntaf, fy nharo i, ond roedd o wedi cael ei daro pan oedd o'n fach, ac yn ei ddiod, roedd o'n arfer ei wneud o i mi. *Terrible innit?*

Weithiau mae Toi Boi'n llenwi'r tegell efo papur toilet! *That's a thriller!* Ac mi ollyngodd o'r menyn yn nŵr y sinc efo hen fagiau te i gyd, a trio rhoi dipyn ohono fo i'r ferch fach fel swper. Ond dw i heb ei briodi o, ac yn ôl y ddeddf, fe allwn i fynd allan fory nesa i'r Swyddfa Gofrestru 'na a phriodi rhywun oeddwn i isio. Fyse na goblyn o le wedyn. Mae o'n erchyll ti'n gwybod, byw efo hyn. A pham ddyliwn i gael fy ngorfodi i fynd i loches i wragedd wedi'u handwyo ym Mangor?

Ac wedyn, mae na Corey o Marchwiail. Wnes i ei gyfarfod o yn *Digymar*, wyth mlynedd yn iau na fi ydy o. Mi wnaeth o anfon cerdyn penblwydd efo cŵn arno fo, a tocyn anrheg am dri deg punt. Mae'n rhaid ei fod o'n meddwl rhywbeth ohona i felly. Ond dwi di gwario'r pres ar siaced newydd, felly dw i'm yn meddwl y basa fo'n cymryd siaced binc gen i tasa fo'n gofyn am ei bres yn ôl. Mae o'n ddyn i gyd, ac yn hela a phethau felly. Dwi'n gwybod sut un ydy o – fydd o isio petha yn ôl os nad yden ni'n ffrindiau. Wel roeddwn i yn yr Eglwys efo Toi Boi, ac ron i yn y Côr yn canu, a weles i mo Corey yn dod i mewn. Falle fod o yn gwneud yn siŵr mod i yno achos mae o'n fy nhrin i dipyn bach fel *Fatal Attraction*. Ma'n un o dri, a does run ohonyn nhw wedi priodi. Mae ei fam o'n dipyn o drwyn, er, ddaru hi siarad efo fi yn y tŷ ym Marchwiail a rhoi paned o de i mi. Ond mae ei frawd o wedi dechrau canlyn merch yn ddiweddar, ac mae honno efo babi hefyd. Dwi'n siŵr bod y fam yn meddwl 'iesgob, beth maen nhw'n eu wneud efo'r gwragedd priod ma?' *Terrible innit, but a hellavalot of fun!*

Ac i goroni'r cwbl – ti'n gwybod am beth oedd y bregeth y nos Sul honno – am briodas, a'r gwahaniaeth rhwng byw efo'ch gilydd a chytuno i briodi. Doeddwn i ddim yn gwybod lle i roi fy hun ac roedd gen i gywilydd. Ond wedyn, mi ddeudodd y dyn ei fod o'n cytuno efo byw efo'ch gilydd, felly doeddwn i ddim yn teimlo mor ddrwg mod i fel *Madam Sin* Caerfantell, Mi fydd na *High Noon* yn yr eglwys ma cyn hir; mi fyddan nhw i gyd yno – yr holl ddynion ma yn fy mywyd i. Dw i'n waeth na Joan Collins. *You've gorra ave a laugh!*"

Roedd gweld Heulwen allan o'i chynefin yn y Siop Drin Gwallt yn brofiad anghyffredin. Heulwen a drawsnewidiodd ddelwedd Rhish y Pish a ffrind ysgol i Lin:

"Dim ond galw i mewn am baned a sleisen o'u *Lemon meringue* yr ydw i. Mi wnes i drio gwneud *Lemon Meringue* neithiwr achos fod fy chwaer i yn galw. Dydy Celyn ddim yn brin o bethau i sylwi arnyn nhw, ac mi roedd hi'n gallu dweud fy mod i wedi prynu'r sail i'r gacen yn rhad o *Freezrite*. Roedd y lemon yn neis ac eto ddim cweit yr un wmff ag un y Caffi, ond am y darn gwyn ar y top; fel arfer, mae o i gyd yn dod i ffwrdd wrth dorri'r darn cyntaf, a dydy o ddim yn codi. Wrth gwrs, mae un Celyn yn wastad yn codi ac mae hi yn gallu cael pigau bach ar ei hyd o. Mi fwytaodd hi ddarn mawr beth bynnag, fel tasa fo heb dwtsiad yr ochr ar ei ffordd i lawr y lôn goch.

Mi ddaethon nhw â'r ci na efo nhw ac roedd o'n sychu'i dîn yn y carped glas a phinc. Mi ges i ffit pan ddeudodd Ross fod y carped yn lliw brown a rhywbeth. Ond mi ddwedais i mod i wedi anghofio sut oedd o'n edrych yn iawn. Wedyn mi dagodd y ci, a bron â chyfogi. –*Don't vomit on the new carpet,* meddwn i, gan fod fy chwaer i ddim yn siarad Cymraeg efo fi rŵan. Mi ddywedodd hi fod yr ystafell yn wahanol efo'r carped a bod o'n gweddu, ac a oeddwn i'n mynd i grafu'r waliau, ac a ydw i wedi cael rhywbeth newydd i'r tŷ? Nac ydw, newydd briodi ydw i – mae'n iawn iddi hi yn swbwrbia Parc y Ffin yn edrych allan ar y wlad.

Wedyn, mi welodd hi'r dillad i gyd ar y gwresogydd ac medde hi

–**Fyswn i ddim yn gallu diodda cael rheina'n fanna, fyswn i ddim yn gallu diodda eu gweld nhw.**

–Paid â phoeni, medde finna, **dw i ddim yn eu gweld nhw. Ar ôl diwrnod hir yn y** *salon* **dwi'n falch o gael syrthio ar y** *setee.*

Cymharu mae hi achos fod ganddi hi lein ddillad a gardd fawr a 'mod inna mewn fflat a'i gefn at goed lle mae dillad yn cael eu dwyn. Wedyn, mi ofynnodd os oeddwn i wedi golchi gorchuddion y soffa cyn gwahodd y ci i orweddian arnyn nhw. Piti fod angen llifio ar y drysau i'w cau nhw'n iawn, ac oedd roedd y bleinds hir gwirion na yn well wedi cael côt o baent.

–**Pam fod gen ti olau mawr?**

–**Wel,** meddwn i, **dw i ddim fath â Romeo a Juliet ym Mharc y Ffin efo lamp ymlaen.**

–**Pam nad ydy dy lamp di ar ben y teledu mlaen?**

–**Achos does gen i ddim plwg,** meddwn i.

Roeddwn i isio chwerthin ar hyd y lle – mi roedd Ross wedi cael gafael ar botel o *Cream Soda.* Mi roeddwn i yn cael bath ar ôl gwaith, a dyma fo yn gweiddi o ochr arall y drws;

–**Hei, mae gen i syrpreis i ti!**

–**O, be?** meddwn i. Botel o blydi *Ice Cream Soda* i'w atgoffa fo o blentyndod, ac achos ei bod hi'n boeth ganol haf. Mi aroglodd Celyn y fanila a deud ei fod o'n gyfoglyd, a gadael ei diod hi i'r ci. Yfodd ei gŵr bopeth yn ufudd heb ddweud gair o'i ben. Chymerodd neb ddarn arall o'r *lemon meringue,* ond mi fuaswn i'n gallu bwyta darn arall o hon â'r hufen ysgafn ma yn y Caffi yn ddigon hawdd. Gobeithio wna i ddim cysgu ynghanol *Coronation Street."*

Roedd Celt yn rhannu dipyn o'i genadwri am fywyd, a Lin wedi'i dal fel aelod o'r llys canoloesol o flaen y Cyfarwydd. Cododd law ar Heulwen, ond ni allai dorri yn rhydd rhag y genadwri.

"Y Mabinogi ydy fy nghrefydd i, ac fe sylweddolais i yn fwyaf sydyn heb Flodeuwedd, heb y chwedlau yna, fy mod i wedi colli fy nghrefydd. Y Mabinogi a ddaeth â ni at ein gilydd yn Llundain, a Gronw Pebr a'n gwahanodd ni heb fod ymhell o gysgod Castell Dinas Brân. Yn ôl y Gwyddel, mae na felltith ar yr ardal hon. Sut mae dianc?

Y teulu ydy'r felltith arna i. Ron i wedi bod yn sidro mynd yn ôl atyn nhw am resymau ariannol er mwyn cael bod yn nes at Gaerfantell i gael dod o hyd i waith. Wedi bod ym Mhendraw'r Byd am fis, wedi gadael fy nheulu, ron i'n meddwl y buasen nhw'n addfwynach – ond *ten times bitten, ten times shy* efo nhw. Dwi'n gwybod bod ganddyn nhw gyfrinachau, a dw i ddim yn cael bod yn rhan ohonyn nhw.

Mi es i i mewn a cheisio bod yn rhesymol, a dyma fo'n cloi y drws ffrynt y tu ôl i mi. Fy ngharcharu i.
–Dio'm ots gen i, meddwn i, **Mi wna i neidio dros y ffens at drws nesa – eich cymdogion chi 'dan nhw, nid fy rhai i. Chi fydd raid esbonio a byw efo nhw.** Ond wnes i ddim mynd am y drws cefn, ac mi wnaeth o droi arna i, gan ofyn i mi beth oeddwn i'n bwriadu ei wneud efo'r dyledion. A nhw sy di drysu 'mhres i."

Gallai Celt fod yr un mor gartrefol yn sefyll efo'r bysgiwr, efo'i freuddwydion am Lundain bell a'i heolydd wedi eu taenu ag aur; neu yn chwilio am gerrig celtaidd yn yr Adwy. Pleser iddo oedd treulio noson mewn tafarn efo myfyrwyr, yn arbennig rhai cyn-Thatcheraidd eu naws, heb eu taenu â'r awch am hunan bwysigrwydd ac arian, yn y dyddiau braf hynny pan oedd myfyrwyr yn cael bod yn fyfyrwyr. Cofiai Lin iddo ddyfynnu un dydd efo'i gyfochredd eironig **Mae Duw wedi marw (Nietzsche). Mae Nietzsche wedi marw (Duw).** Rhyw niwtraliaeth felly a'i nodweddai. Mae yna rai pethau sydd y tu hwnt i seicoleg gemau meddwl a seiciatrydd – yr anesboniadwy am bobl, ac roedd hwnnw yno hefyd.

"Mi laniodd y pods efo'r teulu, ac mi ddaeth melltith y *Body Snatchers* i 'mywyd i. Fe ddiflanodd y bobl annwyl, a daeth y pods yno yn eu lle. Mi roedden nhw'n tyfu yn y tŷ gwydr heb i chi wybod. Rhaid i chi chwerthin rhag i'r brifo eich cyrraedd chi. Roedd ganddyn nhw eu breuddwydion amdana i – roeddwn i'n mynd i oresgyn y byd efo fy ffidil. Mae nhw'n credu 'mod i'n un arall o'r bocsys cardfwrdd yma sydd wedi syrthio oddi ar y belt, ac mae na dolc ynddo fo. Mi fuasai fy mam yn *gommando* da. Balaclava dros ei phen, gwn yn ei llaw, a mynd yn syth i mewn; at y *jugular*. Ti'n aros am y golau ar bendraw'r twnel, ac mi ffendi di mai'r trên sydd yno yn dod tuag atat ti."

"Mi glywais i un dda am y golau ymhen draw'r twnel ar wal yr ysgol ym Manceinion. Rhywbeth tebyg i – **Oherwydd y problemau ariannol, mae'r golau ym mhendraw'r twnel wedi cael ei ganslo.**" Chwarddodd Lin.

Byddai Celt yn cael sbri weithiau ar ddydd Gwener pan fyddai'n cael ei *Giro*, ond roedd ganddo ei gydymdeimlad i rannu â phobl. Roedd newydd fethu ei gyn-gariad a'i gŵr newydd. Blodeuwedd a Gronw Pebr ei brofiad. Gwelai ei dyfodiad hithau i'r Caffi flwyddyn i'r diwrnod o'u gwahanu, ac yntau allan ar lawnt Llwyn Isaf yn sipian lager, fel mwy na chyd-ddigwyddiad. Roedd hyn yn gwneud iddo fod eisiau sesh heno.

"Dwi'n gwella rŵan, ond bob tro y bydda i yn ei gweld hi, mi fydda i'n meddwi wedyn, fel tasa raid i mi. Mi ga'th y gwystlon eu rhyddhau yn y Dwyrain Canol, ond beth amdana i? Heno, dw i am fynd i'r Fusillier i drio eu peiriant Cwis – mae o'n haws nag un y Llew a'r Llwynogod.

Neithiwr ar ôl amser cau, fe ddaeth y giang yma i lawr y stryd yn canu Calon Lân – nid y sothach arferol *Here we go, here we go, here we go . . .* Ac fe feddyliais i amdanat ti Lin. Meddyliais y buaset ti wedi hoffi clywed hynny. Pob bendith. Wela i ti wythnos nesa." Roedd Celt yn medru esgyn i'r mynydd ar adegau.

Teimlai Lin nad oedd *Lady Chatterley's Lover* yn taro deuddeg ar y sgrîn fach. "Roedd y nyrs yn edrych fatha rhywun allan o *Gwersyllt Operatic.*" Yna, chwarddai wrth feddwl llwyfannu pantomeim yn llawn o gymeriadau y Siop Goffi – ymhell ac agos. Enw'r Panto fyddai Yr *Ingenue* gan gynnwys *Fairy Godmother* a gwrach greulon – y cyfan fel rhyw *La Cage Aux Folles* ffarslyd, lleol. Wrth gastio'r ddrama, byddai'r bobl dda i gyd yn dod o Lidiart Fanny!

"Gallai Noel fod ynddo fo fel rhywbeth allan o *Boy's Own.*" A chwerthin wrth gofio ei acen mabwysiedig uchel-ael er ei fod o'n dod o Ponciau, a'r chwithdod o feddwl cyn hir y byddai'r criw yn colli ei gwmni yn y Caffi, ar ôl iddo benderfynu mynd i Fanceinion at ffrind, yn y gobaith y byddai pethau'n gweithio y tro hwn.

22

Rhawiai Marty sglodion bacwn a ffa i'w geg yn eiddgar – roedd golwg bryderus arno. Roedd o'n poeni y byddai'n rhaid iddo ddisgwyl tan ddydd Gwener ar gyfer dyfarniad yn yr achos yn Llys y Goron, Caer a thynnu llun i'r papur newydd. Roedd y cyfan i fod drosodd erbyn dydd Mawrth neu ddydd Mercher, ond ofnai rŵan na fedrai ef fynd i lawr i Glastonbury ar gyfer yr Ŵyl. Roedd na fandiau roc ymlaen a phobl roedd o isio eu cyfarfod i lawr yno.

"Roedden nhw wedi gohirio'r achos gan fod y person yn y doc yn crio. Wel, beth nesaf? Mi fedri di ddefnyddio lluniau ohonyn nhw ar y diwrnod cyntaf a cropio'r llun yn agos, ond mae'n well os oes yna lun o bawb ar ôl y dyfarniad – yn fuddugoliaethus neu wedi eu llethu. Maen nhw'n ffitio'r fformiwla wedyn. Mae na fodd gwerthu nhw i'r teuluoedd wedyn, ar gyfer yr albwm gartref, os den nhw'n addas wrth gwrs."

Fe gafodd Noel benwythnos lliwgar, yn mynd i lawr i Lundain ar gyfer yr orymdaith flynyddol Balchder Hoyw pan oedd canol Llundain yn dod i dagfa. Cafodd amser da, hwyliog er gwaethaf un neu ddau o ddigwyddiadau ychydig yn llai ffodus – hen wraig yn cwyno ar drên nad oedd hi'n gweld, a'i bod hi'n cael ffitiau, a bod y bobl yn meddwl dim amdani hi wrth iddynt cadw sŵn efo'u chwibanau. Mi ddaru Noel ymateb yn ffyrnig tuag ati, a'i hatgoffa faint o bobl hoyw oedd wedi colli eu bywydau yn y siamberi nwy, ac mai dyma'r un diwrnod pan oedden nhw yn gallu dod o'u rhwymau yn rhydd, a goroesi gormes ac erlid. Mi dawodd hi wedyn, ond wedi deall, roedd hi wedi tynnu'r cortyn diogelwch. Fe atgoffwyd hi wedyn na fyddai hi ar y trên hwnnw onibai amdanyn nhw gan nad oedd y gwasanaeth o Hyde Park yn bodoli onibai am y Rali, ac yn arferol ni fyddai hi ar y trên beth bynnag.

Wedyn roedd rhyw bâr priod wedi dechrau rhegi arnynt, neu ddau gariad, ond teimlai'n sicr mai dyna beth fyddai'r hen wraig yn cofio – yr iaith anweddus, ac nid y nhw oedd wedi defnyddio iaith o'r fath – ond pobl yn ymateb iddyn nhw. Ar ôl y Rali, roedd rhai yn mynd o amgylch y clybiau, ond fe arhosodd Noel i mewn yn y fflat menthyg gan nad oedd yn ymddiried yn Martin, y gŵr yr oedd y lleill wedi colli eu pennau'n lân efo fo.

Daeth Brigitte yr *assistante* Ffrengig arall, a chyfaill Sebastian, i mewn yn fawr ei ffwdan ac yn pwffian ar ei sigaret tramor. Ni fyddai'n ysmygu o flaen yr efrydwyr, ond roedd y cyfnod hwn cyn ei Gradd yn dangos ôl straen. Eisteddodd efo paned o goffi du a ffag. Bu'n gweithio mor aml i fyny yn y Llyfrgell Gyfeiriol fel yr oedd pobl yn dod ati yn credu mai hi oedd yn gwasanaethu yno. Ar ôl y drafferth o fynd i Lundain yr wythnos honno i sefyll ei haroliadau gradd, roedd ganddi addewid o fywyd lliwgar yn stôr am ychydig – posibilrwdd o swydd mewn ysgol breswyl yn Ffrainc yn dysgu Saesneg, yn gwneud ei hyfforddiant a dysgu yr un pryd, neu gallai fynd i fyw efo'i chariad ym Mhortiwgal a dysgu Portiwgaeg i fynd efo fo i fywyd newydd yno. Roedd yr arholiadau yn cynnwys gwaith llafar ar bethau fel y teulu brenhinol, a'r Tŷ Gwyn yn America. Hefyd, roedd yn rhaid iddi astudio *Waiting for Godot* ac ni allai wneud pen na chynffon ohono.

Roedd Lin yn falch ei bod wedi dod i nabod Brigitte a Sebastian gan fod eu presenoldeb yn lliwgar a deniadol yn y Siop Goffi. Deuent â chwa o fywyd ehangach a mwy ymlaciol y Cyfandir gyda hwy, a bron ar adegau, y medrid dychmygu rhyw gafé yn q *quartier* celfyddydol ar y *Rive Gauche* ym Mharis. Bu ei hamserlen llym o adolygu, a chefnogaeth ei landlêdi yn arwain at y penllanw sef sefyll yr arholiadau eu hunain. Roedd dycnwch ynddi yn astudio tra'r oedd hi hefyd yn gweithio mor galed yn y Coleg. Chwarddai wrth feddwl am y croeso dagreuol a gâi gan deulu ei chariad yng ngogledd Portiwgal lle deuai hanner y pentref i grio eu croeso, ac yna fe ddechreuai 'r dagrau eto ddeuddydd cyn iddi ymadael bob tro.

Treuliodd Brigitte Nadolig ym Mhortiwgal, ac roedd yn wahanol iawn gan eu bod yn cael octopws a thatws i ginio.

"Roedd o'n iawn, braidd yn plastic a deud y gwir." Ond fe gafodd hi ei hel o'r tŷ ar noswyl Nadolig gan nad oedd hi'n Bortiwgead wrth i'r bobl leol actio hen arferiad. Ychydig o'r iaith oedd yn ei meddiant ag eithrio

"Sut mae'r tywydd heddiw?" Ond efallai mai'r flwyddyn nesaf fyddai ei blwyddyn i ddysgu'r iaith, ac i gael croeso dagreuol yn ôl. Dagrau fel afon.

"Dyna pam dw i am fyw yn Ne Portiwgal," meddai gan chwerthin.

Roedd Sebastian yn fwy breuddwydiol – ag amser i dreulio yng nghorneli'r Caffi a thynnu ar y sigaret yn hwy, a chwyno y dylai fod yn adolygu ei hanes cymdeithasol, ond yn credu mai y flwyddyn ganlynol y byddai ef yn sefyll yr arholiad beth bynnag, ar ôl methu â chwblhau ei Draethawd Hir. Hoffai ddarllen nofelau D. H. Lawrence, a thynnu sgetsus ysgafn efo pensil o rai o gymeriadau'r byrddau. Cafodd Lin lythyr hyfryd ganddo:

"Credaf fy mod yn dy nabod ers ein cyfarfyddiad cyntaf. Fuaswn i ddim yn hoffi i ti ddelfrydu yr hyn ydw i – fuaswn i ddim yn hoffi i ti gael dy gamarwain gan rywbeth y buaset yn disgwyl i mi ei gael neu i fod – ond derbynia fi fel dy ffrind; ein cysylltiad gorau yw ysbrydoliaeth a chreadigrwydd, a'n cryfder yw rhannu'r un tawelwch meddwl. Mae bywyd wedi gorfodi i mi newid, ac fe hoffwn petawn i'n medru bod yn ddiniwed eto – yn wir, yn fwy diniwed nac y bûm – ac eto, fe'm gorfodwyd i ddod yn eglur fy meddyliau ac yn ddrwgdybus o eraill. Mae pobl yn greulon y tu hwnt i eiriau, dyna'r unig beth rwy'n sicr ohono. Gan fod gennyt ti yr un lefel o ymwybyddiaeth, dwi'n gwybod fod tawelwch meddwl yn angenrheidiol i ti. Mae'n dy helpu i fyw mewn cytgord gyda'r pobl sy'n werth bod yn ffrindiau â nhw, a dyma ein hunig wobr wedi'r cyfan – yr hyn yr ydym yn caniatáu i ni ein hunain ei fyw." Roedd darllen y llythyr yn gadael Lin mewn dagrau bob tro gan ei fod mor ddiffuant, annwyl a pherthnasol. Trysorai'r llythyr fel un o'r pethau hyfrytaf a ddigwyddodd yn ei bywyd.

Byddai Adonis Dylunio Byw yn cyrraedd yn ei gôt hir yng nglaw yr haf cyn y diosg amdano. Aeth at fwrdd yr Ynys gyda'i liw haul a'i wallt cyrliog, ei grys wedi agor a chroes o amgylch ei wddf.

"Dwi'n cadw'n heini mewn andros o le neis rŵan yn ymyl Warrington. Dw i wrthi'n adeiladu wal fel Mur Hadrian yn ystod y dydd. Mae'n hwyl. Dw i wrth fy modd – mae o'n cadw chi'n ffit. Pan mae hi'n bwrw, dan ni ddim yn gweithio, pan mae'r haul allan dan ni'n gweithio drwy'r amser. Dyna fywyd ynte? Ond mae rhywun yn cael lliw iawn yn y tywydd yma.

Dim ond ychydig o funudau, yna *get my kit off*. Dois i delerau â hynny mewn dim o dro – dw i di bod yn ei wneud o rŵan am ddeg mlynedd. Dydy'r bod yn noeth ddim yn anodd – liciwn i tase pawb yn cerdded o amgylch y lle yn noeth heb ddillad. Ond waeth i ti heb ag edrych ar unrhyw un yn y gynulleidfa yn arlunio, yn enwedig y merched, rhag ofn ei bod hi fel *Thunderbirds – we have lift off*. Ti'n gorfod eistedd yno'n meddwl am unrhyw beth ond rhyw. Mae hi'n rhyfedd heddiw; cyn dod allan, dw i wedi bod yn gwylio *"porno"*.

Y peth anoddaf ydy aros yn llonydd – weithiau, oherwydd eu bod nhw'n gwybod 'mod i wedi cael, diwrnod caled dwi'n cael gorwedd i lawr, ac os ydy hynny yn digwydd dwi'n cael rhoi fy *Walkman* ymlaen ac anghofio am bawb a phopeth. Ymgolli yn y gerddoriaeth. Mae pawb yn gofyn lle dw i'n edrych a be dwi'n feddwl amdano.

Mae'r cwsmeriaid i gyd yn y Caffi cyn dechrau – Ma honna ar y bwrdd acw'n smart – mae ganddi gorff rhagorol, ac mae hi'n dod i'r dosbarthiadau. Fedra i ddim edrych arni hi unwaith mae'r *kit* i ffwrdd. Mae'r boi na'n fancw yn dipyn o boen. Rhyw athro yn rhywle yn meddwl ei fod o'n gwybod y cyfan.

–**Hia.** Gobeithio fod Jessica ddim yn ail-ymuno yr ha 'ma. Roedd Groeg fel *Nightmare on Elm Street* efo hi.

Dwi'n cael gweld fy mab i yfory am y tro cyntaf ers dwy flynedd. Dw i heb ei weld o ers oedd o'n un. Dw i di bod dan y don braidd gan fod Cyfryng -gi wedi dwyn fy nghariad i erbyn hyn – hogan hyfryd gwallt golau. Mae hi wedi llyncu ei stori o am wae y byd, fel mae nhw i gyd yn ei wneud efo Cyfryng-gi am ryw hyd. Wna i ddim maddau iddo fo am hyn – ond mi gaiff hi lond bol ar y gwaith caled pan daw hi i wybod nad oes modd arwain y boi allan o'r pydew pan fydd o'n piso yn y gwely ar ôl pymtheg peint, pan welith hi nad oes diwygio arno fo. Fuodd o'n bocha efo Carwen am sbel hefyd. Does neb wedi cael bywyd mor greulon â Chyfryng-gi medda fo. Dw i'n gwybod fod o ar y stwff caled hefyd, ond fuaswn i ddim yn galw'r *cops* draw i Rhiwabon Road. Fyswn i ddim yn gwneud hynny i unrhyw un.

Sôn am yr Heddlu, dwi'n cofio gwneud ffafr i Aelod Seneddol yn un o'i bartïon *Not The Mayor's Ball*. Roedd raid i mi wisgo fel trawswisgwr a thynnu amdana i am £50. Wnes i yfed cymaint cyn ei wneud o, ac ar ôl tynnu amdana i at fy nhrôns, mi syrthiais i a rhoi 'nhroed ar wydr. Cyn i mi ddeud wrth un o'r plismyn 'ma mewn llais dwfn;

–*Not much of a Detective are you?* Roedd un wedi bod yn fy llygadu. Roedd yr heddlu'n wastad yn y partïon 'ma. Ar ôl hynny, mi aeth y ddwy ferch ma o Garrog â fi adre efo nhw a nhreisio i. Dyna'r atgof sydd gen i o Garrog."

O un o lonydd cefn culion Brynteg y deuai Dolly yn wreiddiol, lle nad oedd y ffordd wedi ei datblygu i'r pen. Bron na ddiflannodd i'w chwpan goffi heno gan mor grwm ydoedd. Roedd yr ysu ar ei chroen lle bu'r eryr yn dal i'w phlygu ambell noson. Eisoes cafodd ddydd ar strydoedd y dref gan rannu ei dyhead a'i dawn mewn ciwiau bws neu fingo. Dolly blygiedig, fyddai'n galw yn Garej Alma ar ei llwybr adref i brynu cabatsien, dau gan o chwerw, ac ugain o Bensons i lenwi gwacter tenau fin nos. Roedd wedi gorwneud y colur wyneb, heb sylweddoli ei bod hi'n gorchuddio ei hwyneb â phowdwr a phaent.

"Paid â chymryd gormod o amser yn tacluso'r tŷ Lin," cyngor cwbl groes i'r hyn roedd hi'n ei olygu gan Mrs Cwricwlwm Cenedlaethol. Roedd ganddi dafod wedi'r cyfan, meddyliodd Lin. Byddai hithau, yn ddigon siŵr, i fyny at ei cheseiliau mewn ffurflenni asesu a ffolios drwy'r haf, a'i byd bach dibwys yn ymddangos mor drefnus. Ymddangosai'n nes heddiw, fel petai'n berson oedd eisiau cael ei chyrraedd, a allai hyd yn oed fod yn ddifyr petai'n ymlacio. Wel, roedd yr Arolygiad newydd fod, a'r cynlluniau i gyd wedi gweithio fel clocwyrc. Ond fe synnodd, er ei bod wedi gwneud ei pholisïau asesu ffurfiannol a'i phwyntiau bwled ar waelod y traethodau oll, nad oedd run arolygwr wedi edrych arnyn nhw yn y diwedd. Roedden nhw wedi rhoi gormod o sylw i berthynas yr athro a'r disgybl yn ei thyb aruchel hi, a dim hanner digon i'w ffeiliau, lefelau, siartiau, graffiau canlyniadau, a'i chofnodi amryliw, tryloyw mewn tair ffeil, heb sôn am ei hunan gofnodi ac ôl-nodi. Roedd hi'n mynd i Venezia ar ei gwyliau haf efo'i gŵr, ac roedd Lin yn falch y câi ei boddi mewn dawn anhygoel meidrol celfyddyd dyn yno – dawn oedd yn drech na chofnodi, yn greadigol yn hytrach nac ailbobi stwff pobl eraill. Ni welwyd Rhish y Pish a hithau efo'i gilydd ar ôl iddi fethu â chael ei gefnogaeth efo problem disgyblu difrifol. Gwelodd hithau nad ef oedd y cyfrwng iddi gyrraedd ei nôd, ac fe'i gollyngwyd fel bricsen o'i ffafr llesmeiriol. Peth rhyfedd iawn o ystyried bod ei Chynllun Gweithredu wedi rhagweld Dyfodol Disglair iddi.

Bnawn Sul o haf, roedd Alma Garej Esso yn gwneud ei phererindod blynyddol at fedd arbennig ym mynwent y dref – Bedd y Plant Na Chafodd Gyfle, wedi ei gysegru i'r holl blant bach a gollwyd cyn dechrau ar lwybr bywyd. Fel ei phlentyn bach hi ar ôl dyddiau'r caru rhydd ar lawnt Llwyn Isaf.

"Sut wyt ti erbyn hyn mlodyn i? Dwi'n dal i dy fethu di wrth gwrs, methu'r hyn yr oeddet am ei fod i mi. Dyna pam dwi'n dod yma, at fedd pawb sy'n debyg i ti. Bedd y plant na chafodd gyfle. Mae dod yma'n fath o gysur, i fod fel y lleill. Dwi'n siŵr dy fod ti'n clywed yr adar yn canu.

Fydda i'n meddwl weithiau a fydda i'n cael cyfle i dy weld di eto, i ailgyfarfod. Gan amlaf, mi fydda i'n meddwl: Byddaf. Fydda i ddim yn cael fawr o gyfle i ddod yma rŵan, ond pan rôn i'n byw yn Rhosnesni, roedd heddwch y llecyn hwn yn denu, rhaid dweud. Medru dod o'r amhersonol atat ti yma. Ac eto, mae'r dref ma yn gwybod dy fusnes di hefyd, coelia di fi. Roedd yn rhaid i mi symud o Rosnesni pan gymerwyd ti oddi arna i. Yn ôl at Mam. Rôn i isio ti gymaint, isio dy garu di gymaint, ond ches i ddim cyfle. Roedd dy golli di ar ôl ychydig ddyddiau o dy gael di yn rhy greulon.

Y peth cyntaf oedd gen i ofn oedd a fyddai unrhyw un

yno i dy gyfarfod di yn y nefoedd. Wedyn, fe feddyliais i – basa dy hen daid a hen nain yno. Mi ddois i heddiw achos ei bod hi'n dair blynedd union i'r diwrnod. Fydda i'n meddwl weithia sut un wyt ti, be fasat ti'n ei wneud yn y dyfodol tasat ti wedi tyfu i fyny, ond ches di ddim cyfle. Mae na Reswm yn yr afreswm medda nhw. Iesu oedd isio ti'n ôl yn gynt na'r lleill. Mae'n rhaid dy fod ti yn sbesial. Diolch am fod yn sbesial. Dw i yn credu ynddo Fo er nad ydw i'n mynd i'r eglwys yn aml iawn. Mae na fwy o grefydd yn y Garej bob dydd na sydd 'na yn fanno, dw i'n wastad wedi meddwl hynny. Pobl fel Jan o'r Lle Fideo. Hen ŷd y wlad fel roedd Taid yn arfer ei ddeud.

Mi fydd dy nain yn colli deigryn drosot weithia yn yr Eglwys. Mae hi yn byw ei chrefydd achos mae hi wedi gadael i mi fynd yn ôl ati hi. Bob tro y dof i fa'ma mae'r darlun yn gliriach. Mi fedra i yn y tawelwch sgwrsio efo ti, a gwneud synnwyr o'r afresymol eto."

23

Bu Llidiart yn braenaru'r tir ar gyfer arddangosfa allanol ar y Cwrt oedd yn arddangos Rhwd, fel sumbol o'n bywyd cyfoes. Testun trafod mawr y dyddiau oedd y pentwr metel a edrychai fel tancer olew ar ganol y Cwrt.

Ac wrth i Drwynog ond Swynol dorri ei sgon, ni allai beidio â chwerthin wrth glywed y dyn o Gaergwrle sy'n gwenu o hyd, yn sôn am sut y bu iddyn nhw ei dorri o i fyny a'i roi o'n ôl at ei gilydd yn yr ysbyty.

"Hoffech chi weld y graith?" Bron i'w Flora redeg ar hyd y bwrdd mewn protest.

Byddai codiad bach yn y prisiau yn digwydd pan fyddai drysau'r Caffi i gyd ar agor, a chyn i Glenda fynd ar ei gwyliau i'r Everglades. Byddai Glenda yn gwneud yn siŵr fod diferion yr eisin wedi'i sychu ar blât arddangos y gacen goffi, ac yn sicrhau fod pawb yn ei rhannu'n hafal. Roedd yn hen law ar ffinio'r rhaniadau ar y gacen.

Cadwai Daniela ychydig mwy i'w chornel goginio ar ôl y newyddion am golli'r plentyn bychan yn ei theulu – roedd hi wedi ceisio canfod ystyr wrth ddal ati i goginio'n wych, wedi ceisio canfod rheswm. Roedd hi wedi credu y byddai ei Duw lliwgar Eidalaidd, cynnes fel haul Môr y Canoldir, wedi bod yn fwy caredig, ac eto, yn dawel yn ei chornel goginio heb ateb gormod ar holi pobl, roedd hi'n dechrau derbyn ei Resymeg helaethach O fel y gwnâi yn Eglwysi helaeth Eidal ei phlentyndod. Yr ynys fach liwgar Burano yn y Bae heb fod ymhell o Venezia. Am dipyn ei basged crog a'i border bach liwgar yn Rhosymedre oedd ei mynegiant hi o'r dwyfol y tu allan i'w gwaith, ac yn araf daeth ei choginio yn gyfrwng eto. Dychwelodd ei gwên sicr i'r byrddau fel machlud noswyl fwyn dros lwgŵn arianaid Venezia ei phlentyndod, a llonyddwch dwfn y Bae pan oedd yr ymwelwyr wedi mynd adref.

Roedd rhywrai hirwalltog o bell yn twtio arddangosfa y Cwrt ar gyfer y noson agoriad swyddogol. "Talpiau o fetel rhydlyd sy'n difwyno'r Cwrt? Neu Gelfyddyd Modern?" chwedl Marty, a anfonwyd yno i dynnu llun ohono. Byddai hynny'n gwneud penawd da yn y *Leader Nos*. Gallai Marty fynd ar ei wyliau wedyn gan ei fod o wedi gwneud £2,000 o bunnau wrth werthu un o'i luniau. Fe gymerodd siawns un prynhawn a pheidio â mynd am y cyflwyno siec yn Blacon a olygai tua £100 o gyflog, ond mynd y tu allan i'r Llys Ynadon yng Nghaer a gobeithio y byddai gwraig y gŵr yn yr Achos yno yn cerdded allan gan ei bod hi'n feichiog. Mi roedd hi, ac fe gafwyd y dyfarniad, ac roedd gwên ar ei hwyneb felly roedd y darlun yn gweddu'r cyfrwng i'r dim, yn gwneud yr union beth yr oedd y papurau tabloid ei angen, gan barselu ein byw bach yn deidi dwt i'w ddisgwyliadau ystrydebol. Gofidiai Marty mai dyna sut oedd o'n cael ei bres, ond eto, roedd y pres am un o'r lluniau *tabloid* werth mwy na sesiwn gyfan efo'r *Independent*.

"Y papurau safonol sydd efo'r gwir ffotograffiaeth, yr hyn y buaswn i wrth fy modd yn ei wneud, ond er mwyn cael y bara beunyddiol rhaid bod yn llawn menter a bod yn y lle iawn ar yr adeg iawn. A dyna wnes i yng Nghaer. Dw i wedi cael mwy o bres gan bapurau dydd Sul unwaith am gael llun tad rhywun oedd wedi ei ddedfrydu i garchar am oes, yn crio. Mi es i mewn i'r Baddonau wrth y llys yng Nghaerfantell – dyna lle'r oedd o – y cyfan wedi bod yn ormod iddo – yn syth i mewn a chipio llun ohono. Mi ddosbarthwyd hwnnw ar draws y wlad ac Ewrop efo cymorth yr Asiantaeth ym Manceinion.

Fe ga i o rŵan – y gwyliau na. Fyswn i ddim yn meindio mynd â'r hogyn bach i *Euro Disney*, neu i'r lle go iawn. Dydy o ddim yn gymaint o waith caled ag yr oedd o. Ti'n tynnu lluniau mewn lliw, a syth â nhw i gael eu datblygu gan y papurau newydd eu hunain. Dw i ddim yn gwneud llawer o ddefnydd o'r ystafell dywyll rŵan. Dw i heb gael y cyfle i dynnu llun er mwyn tynnu llun ers amser maith. Dim ond o fy mab. Dwi'n gobeithio tynnu llun i'r *Daily Sport* yr wythnos nesaf."

"Uffernol." Ymateb agored i'r cerflun metal newydd oedd yn bygwth y Cwrt.

"Waeth i ni ailenwi'r lle ma'n *Steptoe's knackers yard*," meddai Pauline, oedd yn cymharu hwn â chelfyddyd Tŷ Iâl yn ei chof. Daeth Llidiart i roi dipyn o dâp i rwystro pobl yn eu hafiaith rhag bod yn or-frwdfrydig yn ei gylch. Gwaeddodd Pauline: "Fedrwch chi ddim rhoi tâp coch ar ei hyd o a gwneud iddo edrych yn well?"

"Maw fel rhywbeth fysat ti'n ei weld yn nociau Lerpwl uffe'n. Fysa Siams y go o'r Pant wedi medru gwneud llawer gwell gwaith erstalwm."

"Be dach chi'n feddwl ydy o Mr Owen? Cysgodfa rhag ymosodiad o'r awyr, fel yn ystod y Rhyfel?"

"Nage uffen, doedd ne'm tylle yn rheine."

"O wel, roedd rhywun wedi dweud wrtha i mai dyna oedd o," ymatebodd Pauline yn bigog braidd.

"Os mai dene be di celfyddyd – dwi'm yn deall beth ydy o. Mae'n well gen i gadernid y graig ene. "

"*It's a Gorsedd stone innit.*" Torrodd Roc Trwm ar eu traws. "Ddeudodd Celt wrtha i fod y Caffi wedi ei adeiladu ynghanol hen gylch cerrig yr Orsedd, a bod un ohonyn nhw wedi ei adael ar ôl."

"Mae'n fy atgoffa i am y cerrig gorsedd ar y Ponciau. Un peth da, mae'r llanast metel ene yn gwneud i'r garreg edrych yn neis iawn gyda'r ffrâm o rwd yna yn y cefndir," meddai Dai, er ei fod o'n straenio i weld yn iawn erbyn hyn.

"Mae'r blymin peth yn cuddio'r olygfa braf o'r cae yn Llwyn Isaf. Diolch byth mai dim ond am chwech wythnos mae o yma," parhaodd Pauline, yn poeri i mewn i'w choffi. "Fedran nhw ddim rhoi llen drosto fo? Fysen nhw byth wedi ei roi o y tu allan i blasdy'r cynghorwyr yn Neuadd y Dref, yn na fuasen – rhywbeth mor hyll"

"Ac mae ne fwy i ddod – dau beth tebyg i fod o dan do yn yr oriel arddangos." meddai Roc Trwm yn ddisgwylgar.

"Uffen, i be mae'n byd ni'n dod fachgen? Fyse'n ffitiach eu bod nhw wedi ei roi o y tu allan er mwyn cael y fandaliaid i roi eu graffiti ar ei hyd o. Fysa fo'n fwy lliwgar wedyn."

"Symbol o'r oes ydy o i fod – wedi rhydu" meddai Jessica Fardd yn ei chysylltiad cyntaf â Thir mawr dynoliaeth ers tro. "Weithiau, mi fydda i'n teimlo wedi rhydu ac yn goch i gyd yn debyg i'r cerflun."

"Uffen, mae rhwfun wedi cael £16,000 amdano. Fyswn i yn gwario gymaint â nene i roi pas iddo, ffŵl."

Roedd Croeseiriau yn amlwg yn corddi uwchlaw ei croissant, ac roedd yr holl sôn am rwd wedi ei ysgogi.

"Giatiau gwichlyd sy'n para hiraf. Roedd gen i fodryb oedd yn cwyno o hyd, a hi fuodd fyw hiraf. Ac mae'n nhw'n galw'r pethau 'ma yn gelfyddyd – wel, dw i ddim. Beth nesaf? Dwi'n cofio gweld sached o lo wedi'i dollti i ganol stafell, a'i adael yno efo'r sach a'r cwbwl mewn un Oriel yn Llyn Lleifiad, ac un arall oedd cynfasau ar ben ei gilydd yn sypiau yn union fel tase rhywun yn symud tŷ, ac wedi eu taflu nhw ar ben ei gilydd. Fyswn i'n gallu gwneud gwell sioe yn dod allan o'r gwely.

Delwedd ydy popeth – sut mae pethau'n edrych ar y tu allan heb boeni am y tu mewn. Mae pawb yn bwyta ffrwythau eisiau bod yn denau. Dw i ddim yn gwrando ar y sataniaid. Ond dw i mor llipa y tywydd poeth yma. Piti bod y byd mor aflêr. Mae pobl wrth fy ymyl i wedi taflu bara at yr adar – ond wedi ei daflu o yn rhy agos at y ffordd. Mae'r adar bach yn cael braw mor agos i'r ffordd. *Try and keep cool*, Hwyl a heddwch!"

Wedi i'r trafod dewi, roedd yn amlwg fod Bili Belffast yn dod yn un o selogion y Siop Goffi – ond tawelwch a fynnai a llonyddwch i'r cryndod cudd yn ei law. Yn ei ddeugeiniau cynnar, ceid tatŵs ei orffennol yn helaeth ar ei freichiau a'i fysedd. Roedd y ffon a ddefnyddiai i gerdded wedi cilio, ond roedd o'n dal i gael helynt efo'i gefn. Ar ôl newid ei feddyginiaeth roedd o'n edrych yn well, ac roedd clustdlws newydd wedi ei gosod mewn hen dwll, a'i wallt bellach yn gwbl ddu drachefn. Chwaraeai â'r glustdlws yn nerfus ar fwrdd yr ynys.

"Dw i'n teimlo'n ymosodol yn erbyn y Gwasanaeth Carchar. Roeddwn i'n arfer gweithio iddyn nhw unwaith, ond fy ngwraig ydy'r bai. Mi wnaeth y Cwrs yn Worcester ei gwneud hi yn fwy pendant – *assertive* ydy'r gair mawr – ac mi ddaeth hi â hyn adre efo hi, heb fedru ei gadw yn yr offis. Dyna sut gollais i hi. Wna i fyth ddeall ei meddwl hi a'i rhesymau hi. Doedd na neb arall, dim ond hi'n dweud un dydd fel petai hi isio paned o de.

–**Dw i isio ysgariad.** Doeddwn i ddim yn gallu derbyn.

–**Pam?**

–**Achos mod i isio gyrfa.**

Y diwrnod nesaf roeddwn i yn Ysbyty Dinbych – doeddwn i ddim yn gallu delio efo'r newyddion, ac mi wnaethon nhw roi brechiad i mi ac roeddwn i fel *zombie* am dridiau cyn dweud helo wrth rywun o Gaerfantell oedd ar yr un ward. Mi wnaeth y bythefnos yn fanno i mi ddechrau derbyn na allwn i orfodi iddi hi fy ngharu i, fedrwn i ddim gorfodi neb. Dw i 70% wedi derbyn rŵan, ond mae'r *ego* yn cael ei bwnio ar ôl un mlynedd ar bymtheg. Pan oedd popeth wedi dechrau mynd y ffordd iawn. Ar ôl cael fy rhyddhau, mi fues i adre i Belffast at Mam, a meddwl y baswn i yn mynd yn ôl i fyw yno, yn ôl i'r byd lle ces i'r tatŵs. Ond er nad oedden nhw wedi pylu oddi ar fy mraich a 'nghefn, roedd y gymdeithas wedi newid yn llwyr. Dwi'n fwy o Gymro rŵan na Gwyddel. Rŵan fod gen i fy fflat fy hun, mae'n haws dychmygu y bydd fy nghyn-wraig yno yn dod yn ôl ata i.

Yn y Coleg Celf oeddwn i yn y dechrau, ac roeddwn i'n artist da unwaith. Dw i wedi gwneud serameg a modelu cestyll – mi ges i blwc o deithio'r ffeiriau crefft. Dwi'n trio dal i wneud y pethau creadigol, ond pan mae gennych drwy'r dydd i fod yn greadigol, mae'n anodd.

Mae'r mab mor dal rŵan, yn dalach na fi, a dwi'n dal. Mae o'n sôn am fynd i'r Gwasanaeth Carchar hefyd rŵan, ond gobeithio wnaiff o ddim, achos dw i di cymryd yn erbyn y gwasanaeth hwnnw, am gloi ein cariad ni yn y gorffennol. Dw i isio cael gwared ar y dibynnu ma ar sigarets ar ôl i bethau sortio, ond dw i di bod yn glir o *heroin* ers chwe mlynedd. Doedd y gwahanu ddim byd i wneud efo cyffuriau, ac eto fe hoffwn i hyfforddi ar gyfer gwaith cymdeithasol efo pobl ifanc sydd efo problem, achos dw i wedi bod yno, nid wedi ei ddysgu allan o werslyfr.

Dw i isio ysgariad, dw i isio gyrfa, meddai hi.

Wna i byth ddeall meddwl merch."

Dysgodd Lin yn fuan iawn wedyn fod Bili yn dal yn gaeth i *heroin* a'i hen gelwyddau.

Yn nes ymlaen yn y prynhawn, roedd Rhish y Pish erbyn hyn yn ateb pryderon Lin am y byd addysg. Suddodd ei chalon wrth ei glywed "Gall llawer o'r pethau *arty farty* ma yn ein hysgolion gael eu delio â nhw yn wyddonol – rhoi banc sylwadau, a rhif yng nghrombil y cyfrifiadur, ac wedyn bob tro ar yr adroddiad dach chi'n teimlo hynny, dewiswch y rhif. *Flick the switch.*"

"Rwtsh," doedd dim ots gan Lin amdano. "Pobl efo teimladau ydy'r disgyblion ac eisiau ymgolli a mwynhau sydd, nid cyrraedd lefelau a datganiadau ar raglen gyfrifiadur. Tynnwch y datganiadau ymaith a does gan rai pobl ddim byd ar ôl yn eu bywydau." Pan edrychodd ar Rhish roedd yn chwerthin yn iach:

"Ron i'n meddwl y buasai hynny yn dy gorddi di. Dwi'm yn deall y cyfrifiaduron ma chwaith. Dim ond fod yn rhaid i mi smalio mod i'n Ddewin y Cyfrifiaduron yn yr Academia." Cynhesodd Lin ato'n syth.

Roedd Daniela yn gweithio'n hwyr ac yn darparu rhai pethau ar gyfer bore newydd, ac roedd y wên yn ôl yn araf deg bach fel glas sicr Môr y Canoldir. Roedd yn dda bod bwyd ar ôl, achos fe ddaeth criw o Fwlchgwyn yno i fwyta, ac i lwytho'u gwythiennau â *caffeine* yn barod ar gyfer y brotest yn oriel y cyngor ynglŷn â lleoli gwersyll sipsiwn ar eu stepen drws. Roedd y gwrthwynebiad am fod yn groch. Yn y duwch tu allan, roedd y wiwerod llwyd yn troi arnyn nhw eu hunain yn y coed.

"Druan, pobl ydyn nhw wedi'r cyfan: Lle mae'r sipsiwn i fod i fynd?" meddai Jessica Fardd. Beth am eu gyrru i gyd i Suicide Close?

O syllu ar yr Arddangosfa Cerfluniau Rhydlyd am ddigon o amser, ymgollai pobl mewn synfyfyrdod, ac anghofio fod rhai yn ei weld o fel toilet dynion rhydlyd. Cofiai Lin eiriau Noel cyn iddo symud i Fanceinion "Mae o fel Prisoner Cell Block H." Yn y weledigaeth amgenach a arddelai Lin, ynghanol y rhwd, roedd pawb yn cael coffi a chacen goffi – pawb wedi eu clwyfo, neu sydd wedi eu cleisio yn siarad yn ddiffuant o amgylch y byrddau. Pawb sy'n mynd heibio eraill yn fwriadol ar y stryd, pawb sydd heb ateb helo, pawb yno yn cael coffi a chacen y tu hwnt i rwd eu brifo. Pob digalondid wedi ei godi, pob pŵer sydd yno er mwyn ei hun wedi ei ddarostwng, ei anwylo, ei gynhesu, a phawb yn nhw eu hunain heb hualau gorfod actio. Nefoedd o fewn cyrraedd, ynghanol y rhwd.

Roedd Trwynog ond Swynol wedi dod o hyd i gyfrol gain o waith Tennyson mewn arwerthiant cist car i'r Hospis. Roedd y tudalennau yn hardd, ac aur ar eu hochrau. Clywodd Dai Owen y sôn am lyfrau. Roedd Beibl teulu lledr mawr ganddo gartref, a'r hyn oedd yn holl-bwysig iddo fo oedd bod geiriau Crist i gyd wedi eu hysgrifennu mewn coch.

"Maw'n pwysleisio'r pethau pwysicaf yn y llyfr i gyd – geiriau Crist ei hun."

"Sôn am lyfrau, mae'r lle yma'n mynd mwy fel *Peyton Place* bob dydd. *You could write a book!* Gwyliwch eich hun," gwaeddodd Trwynog ond Swynol "Dyma *IT* yn dod am ei baned. Ron i'n nabod ei Nain o," gan gyfeirio at Llidiart – ceidwad y casgliad Rhwd yn chwilio am ei baned foreol. Gofynnodd Dai a fyddai Llidiart yn sicrhau fod yr olew yn iawn iddo yn ei gar gan nad oedd o'n gallu gweld lle i'w roi o ar y car newydd. Er y cwyno, fe fyddai'n gwneud.

"Yr hen ddynion ma," meddai, gan gydnabod yn dawel yn yr edrychiad ar ôl dweud, y byddai yntau yn yr un categori rhyw ddydd.

Cafodd Llidiart noson brysur ar noson swyddogol lansio'r arddangosfa Rhwd. Bu'n rhaid rhoi'r golau i ffwrdd ar y criw celf a'u gwinoedd am naw, achos roedd o isio mynd rownd ei ddefaid yn Llidiart Fanny cyn clwydo. Doedd awgrymu ddim yn ddigon iddyn nhw.

"Ron i'n teimlo fel deud y basai fy swper i wedi rhydu os na fuasen nhw'n mynd adre. Roedd Jessica Fardd yno. Sôn am wynebgaled! Ar ôl dweud yn y papur newydd fod y Rhwd yn *absolute monstrosity* roedd hi'n dal yna i gael ei gwin rhad yn yr Agoriad, ac i fod yn arti- ffarti. Mi ddywedodd hi wrtha i ei bod hi'n bwriadu cwyno i'r *Leader Nos* fod ei geiriau wedi cael eu cam-ddyfynnu. Ddywedodd hi ddim y fath beth erioed.

Ac mae Rambo yn symud i Llidiart Fanny, medde finne."

24

Roedd adlodd yr haf yn gadael Celt yn edrych am ledrith ei orffennol ar strydoedd Caerfantell – a'i freuddwydion bellach yn mynd heibio yn ŵr a gwraig a phlentyn mewn coets ar eu ffordd o'u cynefin, ac yntau wedi meddwl mai ei wraig yntau a fyddai hi. Y Flodeuwedd honno – ac yntau wedi credu ei bod hi'n Franwen.

Mi ddaeth Bili Belfast maes o law i sôn am ei ysgariad fel pe na bai unrhyw fai arno ef yn bersonol.

"Roeddwn i'n arfer chwarae yr hen dapiau yn fy mhen a beio fy hun, ond dw i wedi peidio gwneud hynny rŵan. Rho di fodfedd ac mi gymra nhw filltir." Edrychai'n flinedig y tro hwn. Fe aeth y sgwrs â Lin i sôn am ddyddiau ysgol, ac roedd hi'n teimlo'n esmwythach yn delio â'r pwnc hwn:

"Mae hen greithiau gemau Gwyddelig ar gefn fy mysedd o hyd, ac ar gefn fy mhen." Cofiai fynd o Derry i aros efo'r Brodyr yn y *Gaeltacht*, ac fel y byddai'r siopwr lleol yn ffonio'r Brodyr os oedd y criw hogiau o Derry mor bowld â gofyn am rywbeth yn Saesneg. Cofiai hefyd y côr-feistr efo'i wydrau wrth yr organ yn gweld pawb nad oedd wedi meistroli eu Lladin. "Dwi'n ei gofio fo byth."

Wff14iai Roc Trwm at boster o Ŵyl Gerddorol yn Llanelwy gan fynnu mai cerddoriaeth farw oedd honno, nid fel y grŵp roc oedd o'n ei drefnu yn y *Foxes* – efo'r trydanwr yn canu, a'r ffotograffydd rhan-amser sy'n tynnu lluniau i'r Golofn Roc yn y papur lleol bellach yn gariad iddo. Roedden nhw am rocio o amgylch y byd – a'r *King's Head*!

Roedd Alma Garej Esso yn cael trafferth efo'r ffôn – ei hunig gyswllt â'r byd mawr y tu allan yng nghyfyngder ei sifftiau hir yn y Garej. Llygadai'r dyn Telecom tal oedd yn plygu o amgylch ei stôl uchel.

"Dan ni rioed 'di cael y broblem hon o'r blaen. *I've been cut off.*"

Bu'r wraig lolipop a weithiai ar y groesfan gerllaw â'r ddawn o hyd i weld pobl tref brysur yn gwibio heibio â chornel ei llygaid craff. Roedd ei phresenoldeb ymhlith y craffaf a'r mwynaf yn y Dre. Rhaeadrai ei gwên ar ei hwyneb fel gwawrio'r dydd dros y tir, a'i drochion gwyn o belydrau gwên yn tasgu hyd bobl o'i chwmpas gan wneud iddynt ddisgleirio hyd yn oed ym mlinder bore llwyd Caerfantell.

Roedd hi'n wastad yno ym moreau'r plant. Rhannu'i chysur, rhannu'i chariad, gweld faint o bobl y gallai hi weld a gwella eu dydd. Prin y byddai ei meddyliau yn cael cyfle i grwydro'n ôl i Garno wledig lle'r oedd y Gymraeg yn Gymraeg Sir Drefaldwyn. Câi anhawster meddwl yn y Gymraeg ynghanol y môr o seisnigrwydd, heb glywed llais ei mam a thonfeddi'r wlad. Ar foreau gwlyb socian, fe ruthrai yn ôl i'w thŷ teras a rhoi'r tegell ymlaen i ddadmer o flaen y tân efo paned.

Mwyaf sydyn un bore cyn gwyliau'r ysgol, doedd y ddynes lolipop arbennig ddim yno, a rhoddwyd un arferol yn ei lle. Daeth dydd ei hymddeol anorfod pan oedd rhaid rhoddi'r lolipop heibio, a pheidio â gorfod cael sesiynau o sychu a chynhesu wrth y tân wedi rhoi gwres boreol ei gwên i'w milltir sgwâr mabwysiedig. Dynes lolipop arall fyddai yno rŵan, nid y ddealltwriaeth ddofn o'r bywyd oedd yn llifo heibio iddi bob dydd. Doedd plant y dre ddim yn cael darn o'r wlad Gymreig bob bore rŵan – ac roedd hynny'n golled. Collwyd eco ei helo ym moreau diwedd tymor. Doedd dim rhuddin na eco'r bryniau yn llais newydd yr;

"*Haia, how are ya doin?*" er mor agored ydoedd.

Cyn pen dim, roedd ei thŷ teras wedi ei werthu, a hithau yn ôl yng Ngharno, gan fod ei chysylltiad uniongyrchol â phobl yng

Nghaerfantell bellach wedi dod i ben.

Roedd treigl y misoedd wedi peri newid meddwl yn y *salon* gwallt, Heulwen wedi bod yn mesur a phwyso. Daeth i mewn i'r Caffi i ddweud y newyddion wrth Lin.

"Dw i wedi bod yn meddwl ers dipyn mod i wedi cael llond bol yn y *Salon*. Fi sy'n cyrraedd chwarter i naw bob bore ac yn agor i'r genod, ond Anthea sy'n cael ei thalu i wneud ac mae hi'n dod i mewn ugain munud i ddeg. Dydd Gwener dwytha roeddwn i'n swp sâl efo annwyd, a ddaeth hi ddim i agor i'r genod. Roedden nhw y tu allan tan chwarter i ddeg, ac mi feddyliais i; dw i di cael llond bol ar hyn.

Dw i wedi bod yma ers un mlynedd ar bymtheg, ers gadael ysgol. Yn y dechrau roedd o'n bres da, ond erbyn hyn, dydy'r cyflog ddim yn newid fawr ddim. Ond nid mater o gyflog ydy o chwaith, ond amser. Dwi'n mynd bob yn ail nos Lun i wneud gwallt dwy hen wraig sy'n byw yn y Ffrwd. Dwi'm isio pres ond mae o'n dal yn amser. Ac mae pob dydd Sadwrn wedi'i gymryd yn y *Salon*, a dan ni'n gweithio'n galad i gymryd cant pedwar deg adra.

Ma'r ddynas na yn y swyddfa ar draws lôn yn cael cant am ddal ffôn yn un llaw a ffag yn y llall, ac yn cael ei sadyrnau i ffwrdd. A da ni'n gorfod aros yn fama hyd yn oed os oes na uffar o ddim byd i'w wneud. Dw i di cael digon ar gael fy iwsio. Dwi'n ei chael hi'n anodd deud 'Na'. Roedd na ffrind i'r ddwy hen wraig wedi ffonio yn gofyn gai hithau *perm* a *blow dry* hefyd. Ond roedd yn rhaid i mi esbonio ynglŷn â'r prinder amser.

Mae Ross a finna'n mynd i Sbaen ar ôl Dolig nesa. Does na'm pwynt mynd rŵan achos ei bod hi'n ddiwedd haf ac *appartments* yn bump a chwe chant i'w rhentu, ond os awn ni yn Ionawr, mi fydd yna amser i setlo lawr cyn yr haf. Dwi'n mynd at fy ffrind gora o'r ysgol a'i gŵr sy'n rhedag gwesty. Mae Gwyliau *Thompsons* yn defnyddio'r gwesty. Mae Dad yn meddwl fod Sbaen fel Blackpool, ac fe ellith fod, ond yn eu rhan nhw o'r arfordir mae gen ti ddwy hotel, a thafarn a'r môr.

Os na cha i waith yn y gwesty, o leiaf fe fydd Mel fy ffrind, i yno. Fyswn i ddim yn deud petha wrth bobl eraill fel y baswn i wrth Mel. Ac mae Martino ei gŵr hi mor annwyl efo'i acen Sbaeneg. Be fasa'n wych 'sa Martino yn gallu cael ystafell i mi yn y gwesty lle y gallwn i dorri gwalltia pobl *Thompsons*. Fysa'n llai o oriau. Ond i dorri gwallt yn Sbaen go iawn, mi fuasai'n rhaid dysgu'r iaith. Taswn i'n dysgu ugain gair bob wythnos fe fuasai'n ugain gair yn fwy bob tro. Dydy Ross heb hoffi'r cwrs coleg cymaint a chymaint – roedd y lleoliadau gorfodol yn tueddu i "ddefnyddio pobl," medda fo. Doeddwn i ddim yn lecio deud wrtho fo fod pawb yn defnyddio pawb arall.

Dw i di awgrymu yma yn y siop mod i'n meddwl mynd allan am bythefnos o wyliau i weld be di be. Fe fydd byw yno bob dydd yn wahanol i fynd yno am bythefnos o wylia. Ond dim ond ffleit i ffwrdd ydy o efo plên. Mi swn i'n lecio i rywun roi brechiad i mi er mwyn i mi gysgu tan fis Ionawr pan 'dan ni'n pasa mynd, yn enwedig pan mae gen i annwyd yn llifo fel heddiw. Hei, os ddaw Dafydd Iwan o gwmpas i ganu, cofia gael tocyn i mi Lin. Mi dala i ti wedyn. Dwi'n ei lecio fo ers roeddwn i'n byw yng Nghaernarfon. Pan af i Sbaen mi af i â darn o Gymru efo fi – tapiau Dafydd Iwan. Fe fydd raid i ti ddod allan i aros yno."

25

Yr arwydd cyntaf un fod Hydref ar ei ffordd drachefn oedd cwymp y cnau o'r goeden gastanwydden a chrafu chwilfrydig plant am ffrwyth y gwymp honno. Roedd hyn yn arwydd o flwyddyn i flwyddyn fod rhai pethau yn aros run fath. Byddai ambell feic wedi ei barcio o dan y coed. Byddai rhai pobl yn cerdded heibio'r goeden yn dalog gan gredu fod yna lwybr i'r maes parcio o amgylch cefn yr adeilad. Ond yn anorfod, fel cwymp y dail, byddai'n rhaid i'w camau ddychwelyd. Gerllaw y gastanwydden fe gadwai'r llwyfen ei chyfrinach. Roedd wiwer goch wedi dychwelyd i'r cyffiniau ac yn swil o'i hymddangosiad ym myd y wiwerod llwyd. Cuddiai ym mrigau'r llwyfen, yn union fel y cuddiai hadau'r llwyfen eu siâp calon, eu calon llonydd. Calon gobeithion ac ofnau, chwantau a chur ddoe, heddiw ac yfory.

Roedd Dolly yn rhyfeddu bod wythnosau'r haf wedi gwibio heibio, ac roedd hi wedi dal i lwybreiddio i'r Siop Goffi, er gwaethaf bygythiad y grŵp cynyddol sy'n yfed ar lawnt Llwyn Isaf, ac yn dwyn yn sustematig o archfarchnadoedd cynyddol Caerfantell. Chwibanai hithau alaw *Venus in blue jeans* yn annisgwyl yng nghornel y Caffi, a roedd wrthi'n ceisio hel alawon ei bywyd ar un tâp caset. Caneuon fel *Crazy* hyd at fersiwn Elvis o *Hen Shep, Lipstick on your Collar* a'r caneuon *Who's Sorry Now?* a *"Getting to know you, getting to know all about you."*

Roedd Celt yn cynnig sigaret i Bili Belffast, yn grediniol ei fod o wedi dod o hyd i frawd celtaidd o'r iawn ryw. Doedd â wnelo ei ddatganiad ddim â'r hyn oedd yn cael ei smocio.

"Ma nhw'n deud fod y glaswellt yn lasach ar yr ochr arall, ond y gwir ydy – mae'n frown ar y ddwy ochr."

Roedd Gwyneth yn mynnu ymateb *"You've gorra laugh at life or it gets on top of ya dunnit?"* a'i chwerthiniad yn eco ar y Cwrt, yn dianc o'r Caffi drwy'r hollt agored yn y drysau cyn eu cau yn derfynol am y flwyddyn.

Daeth lolipop hir, melys y gwyliau coleg i ben i Lin, gan adael y pren yn y canol, a bellach roedd y siop felysion wedi cau tan y gwyliau nesaf. Deuai wynebau'r noswylio i wynebu tymor arall yn yr oriel ddyddiol o gaffi – bob un yn ymgynnull o un i un i ffurfio senedd.

"Mae hi mwy fel hydref na diwedd haf," gwaeddodd Gwyneth. Roedd hi wedi clywed fod hen ffrind oedd yn arfer dawnsio efo hi yn y pumdegau, Doreen, yn gorfod cael tynnu ei bron.

"Hei dwi'n mynd i fod ar y *telly* eto – wel, dwi'n gobeithio y daw y camera draw ata i y tro ma. Gloria Hunniford yn dod i Eglwys y Plwyf, a gan fy mod i yn y Côr, dan ni arno fo yn syth. *Eh? Terrible innit.* Syr Harry, a rŵan Gloria." Byddai Andy Warhol yn falch iawn o Gwyneth, gan ei bod hi'n profi ei theori am chwarter awr o fri dan y llif olau yn gywir. Roedd Lucille, ei merch, yn eistedd wrth y bwrdd fel llefrith wedi suro yn disgwyl i'w marchog gyrraedd ar ben ei geffyl a'i chipio hi i'r sinema efallai, neu o leiaf i brynu pryd arall iddi. Roedd Lucille wedi cael llond bol ar yfed te heddiw.

Deuai tymor gwyliau Tŷ Iâl i ben a digon o gyfle i'r tywyswyr ymlacio. Bu'r tymor heb wasanaeth Pauline.

"Wnaiff Pauline ddim ond gadael i chi gyrraedd mor bell â mae hi eisiau," chwedl cyn gyd-dywysydd iddi yn Nhŷ Iâl. "Dydy hi erioed wedi gweithio, mae hi'n wastad wedi ei osgoi o am unrhyw gyfnodau hir o amser. Prin y gallwch chi alw yr Ymddiriedolaeth yn waith – yn casglu pres wrth fynedfa Plasdy Iâl. Ond dan ni i gyd yn colli cymaint wrth iddi hi ein cadw ni mor bell. Mae'n drasiedi yn wir, achos mae yna drysor yn ei chymeriad hi, dim ond ei fod o dan glo, ac yn amddiffyn ei hun gormod drwy'r amser."

Yn ei fflat, fe dreuliai Pauline oriau yn y ffenest, ac yna allan â hi cyn gynted â phosibl yn y bore. Doedd hi ddim yn hoffi unrhyw sustem oedd yn rhoi gorfodaeth arni. Bu gwraig o Landrillo yn Rhos yn garedig wrthi gan ei chydnabod hi am y cymeriad cymhleth oedd hi, ond wedi ei marwolaeth, doedd ei theulu ddim am barhau'r ymlyniad. Roedd hi'n wastad yn mynnu bod yn iawn, hyd yn oed efo mân fanylion, ac am gywiro manion bywyd mewn pobl.

"Mae hi'n mynnu peidio â phrynu teledu yn gwmni iddi'i hun, er bod ei llygaid wedi hoelio arno yn yr hen fflat yn Westminster Drive ers talwm. Golyga hyn ei bod hi'n gallu mynd i wylio *Coronation Street* efo Mrs Wilcox, ac er na siaradant pan mae o ymlaen, o leiaf mae Mrs Wilcox yn fod arall o gig a gwaed sy'n anadlu yn yr un stafell, ac felly'n rhyw fath o gwmni."

Boddai Geoff mewn mwg yn y bwrdd i bedwar yn y cefn gan sibrwd *"I know you . . . yes . . . I do."* Roedd ei iechyd wedi dirywio yn ddiweddar a Jessica Fardd wedi ei yrru o'r tŷ a chipio ei oriad personol i'w fflat. Fe fyddai'n rhaid iddo ddygymod yn yr hostel efo'r gweddill. Roedd y Caffi wedi arfer efo fo yn chwythu ar ei darten a chwstard, cyn mynd i ddal y bws chwarter i wyth i rywle gan fod y chwarter wedi naw yn rhy hwyr. Gwaeddodd yn uchel ar hyd y Caffi.

"Oh you cheeky little bitch. What a silly little girl you are Angela. Her", a phwyntio tuag at neb yn arbennig. *"Ah so bloody daft you are . . . Angela."*

Roedd pawb trwy eu tawelwch di-symud yn deall i beidio ag ymyrryd gan nad oedd Geoff yn peryglu eraill o gwbl. Gadael iddo fo gael ei ddeialog dychmygol oedd y gorau.

"Go away. Fly away. Naughty little girl," a'r weinyddes oedd yn golchi slaets bwydlen y dydd yn edrych yn bur anghyfforddus â'i chefn at bawb, fel ei bod i fod i hedfan o amgylch yr ystafell.

"Silly little girl you are," yna chwerthiniad gwyllt.

"Aren't you Angela?" Dw i heb gymryd gormod o parasetamol yn ddiweddar, nac wedi llyncu *bleach*, ond mi wnes i unwaith, gan mod i isio lladd fy hun." Cafwyd distawrwydd am eiliadau ar ôl i Geoff ymadael.

Esboniai Marty wrth Dai Owen y fantais oedd ganddo dros fois y teledu i gael lluniau llonydd ar y teledu.

"Ma nhw'n dibynnu arnom ni rŵan i gael y gorau o'r sefyllfa gan na all y gwŷr camera fod yn ddigon cyflym rŵan a chael llun mewn ffocws, gan fod y rhan fwyaf yn cael eu rhoi yn y fan yn y cyrtiau mewnol. Os gewch chi afael ar lun, mae ganddyn nhw ddiddordeb – yn enwedig llofruddiaethau, neu dreisio. Ond dw i isio hel y lluniau i lyfrau er mwyn eu gadael ar fy ôl rhag i'r cyfan fynd yn wastraff."

Fel hydref yn bygwth gwyrddni'r dail o amgylch, daeth y newydd trist am farwolaeth disymwth tad Sebastian ar ôl iddo ddychwelyd i Ffrainc. Ar daith awyren pur arferol, fer. Daeth Brigitte i mewn i ddweud.

"Mi yrrais i'r *rosary* mewn poced bach lledr – y *rosary* a gefais i'n Lourdes, a rhywsut, allwn i ddim peidio â meddwl fy mod i wedi paratoi rhywsut – efo prynu'r Groes ddechrau'r haf. Mi ddaeth yr awyren i lawr ynghanol hoffter mawr ei dad – y coedwigoedd – ac rŵan roedd o yn eu canol nhw wedi ei wasgaru, bywydau mewn bagiau plastig fel na chaniateid i wraig adnabod gŵr mewn marwolaeth. Fe aeth bywyd yn rhy fyr i'r baw. Roedd o wedi dweud os byth y byddai farw o'u blaenau iddyn nhw ddodi tegeirian du ar ei arch – ac fe fuon nhw yno ddoe i ganol y goedwig i ddodi clwstwr ar yr arch yn dyner mewn anghrediniaeth. A doedd yr hen gi bach ddim yn deall i le yr oedd ei feistr wedi mynd.

Mae meddwl amdano'n gorfod gwerthu'r car, clirio'r garej a phethau ymarferol felly, yn anodd iawn. Clywais ei fod yn dal i wneud lluniau mewn lliwiau pastel ysgafn, bron fel petai'r weithred yn brifo gormod ar hyn o bryd."

Roedd Rhish y Pish yn gobeithio dianc am dridiau cyn ailgychwyn ysgol i Ardal y Llynnoedd neu Baris. Unrhyw beth i beidio â meddwl am ysgol a'r ffaith ei bod hi'n ddechrau blwyddyn addysgol arall. Eto'i gyd, unwaith y byddai yno byddai'r act yn ôl yn ei lle, fel yr oedd yn y capel ar y penwythnosau pan nad oedd wedi dianc efo'r Gymdeithas Trawswisgwyr. Cyffyrddodd y perm yn ei wallt.

"Dw i'n trio cnocio'r blynddoedd i ffwrdd. Yr unig un dw i'n dwyllo ydy fi fy hun. Dwi gallu mynd yn isel. Mae fy nghyfneither efo pendil tymer llai na fi, ond mae symudiad fy mhendil i yn mynd o un i gant. Dwi naill ai'n un neu gant. Dwi'n osgoi dechrau tymor bob tro, yn ei ofni fel dedfryd o farwolaeth. Wedyn, ar ôl y deuddydd neu dridiau cyntaf, dwi'n iawn.

Lle rhyfedd ydy ysgol. Prin yw'r ymddiried. Mi wnaeth na un athro ymddiried ynof fi unwaith a deud ei fod o'n mynd i gael triniaeth ar ei geilliau, ac mi gadwes i'r gyfrinach. Ond mae'n rhaid ei fod o wedi dweud wrth rhywun arall, a'r diwrnod cyn iddo fo fynd, dyma nhw'n gweiddi yn yr ystafell athrawon; *"I hope they don't cut your balls off."* Fyswn i byth wedi dweud mod i'n mynd i gael hynny wedi ei wneud – fyswn i yn dweud bod rhywbeth yn bod efo nghefn i, neu mod i'n mynd am brêcdown, neu'n mynd i drafod y Cwricwlwm Diwygiedig yn Rhayader. Unrhyw beth ond y gwir. Roedd gen i ofn ei fod o'n meddwl fy mod i wedi dweud rhywbeth.

Fy mhrif arbenigwr ffasiwn ydy Heulwen Siop Dorri Gwallt. Mae hi wedi gwneud hyn bob blwyddyn, rhoi delwedd newydd ar ddechrau blwyddyn addysgol. Ond mae hi'n ein gadael ni am dywydd braf y Costa del Sol. *Jammy dodger."*

Roedd yr arch-ddarlithydd, Stormin Norman, hefyd yn wynebu tymor newydd:

"Dwi'n mynd i fod yn darlithio yn hen adeiladau Ysgol Ramadeg y Llwyn ynghanol yr holl newid ma ym myd addysg Caerfantell – ac mae dyddiad yr adeiladau yn gweddu i mi – dyna fy nghyfnod i, fy oes aur. Felly dwi'n hapus yn cerdded i lawr y coridorau yna. Mi gaf i freuddwydio fy mod i'n ôl yn Ysgolion Gramadeg y chwedegau ar gyfer gweddill fy nyddiau i yn y gyfundrefn. Dyna'r unig beth alla i ei wneud."

Daeth Dolly i mewn efo bag llaw *Johnson the Cleaners* a chyhoeddi fod y tywydd yn codi'r felan arni.

"Lle mae'r hen selogion i gyd? Dydy'r mab ddim yn dod yn gwmni rŵan. Mi dw i'n colli ei gwmni o. Mae'n rhaid i chi adael iddyn nhw fynd medda nhw. Ma nhw'n rhedeg ar ôl ei gilydd bob munud ac yn dal llaw fel y ddwy wiwer lwyd yna o gwmpas y lle. *Makes you sick to see them.*"

Roedd rhywbeth yn corddi Dolly heddiw.

"Mae na ddyn ddim ymhell o fan hyn wedi gafael yn ei ferch fach dair mis oed a'i hysgwyd hi nes fod yr einioes wedi mynd ohoni. Dim ond achos bod hi'n crio. Mae na rywbeth yn bod efo babi os nad ydy o'n crio. Be sy'n bod efo'r bobl ma? Ma nhw 'di cael gafael arno fo. Doedd o ddim o rownd fan hyn. Dw i'n meddwl fod y byd yn mynd yn wallgo.

A dyna i chi'r anifail na wnaeth fy nhreisio i yr holl flynyddoedd yn ôl. Dim ond cerdded adre rôn i, ond o leia ges i fyw i ddweud y cyfan wrth rywun wedyn. *Ta ra Lin love.*" Daeth y *"Ta ra love"* o'r hi go iawn, o'r meddal y tu ôl i'r crystyn, y person y tu ôl i'r gwallt gosod, Dolly ddiniwed cyn y treisio.

Roedd Trwynog ond Swynol dros goffi a sgon yn sôn am angladd perthynas pell i'w gŵr yn Solihull, a'r Parlwr Angladd amhersonol a'r arch efo'r caead oddi arno.

"Dw i ddim yn lecio hynny fy hun. Dan ni fel cenedl mor

wahanol, mor bersonol. Mae'r *Crem* i ni yn gynhesach ac yn fwy personol hyd yn oed. Y cwbl oedd ganddyn nhw yn fanne oedd tâp yn chwarae a ficer mewn jîns yn gwisgo casog yn dod i ddweud gweddi. Dim organ na dim. Roedd o'n ofndadwy. A dwi'n licio Capel yn fwy nac Eglwys. *I'm very chapel me."*

Roedd Dai Owen yn cytuno, "Ers talwm, roedd y capeli yn gefn i'r bobl – roedd gweinidogion yn mynd â'r Efengyl ar led. Rŵan, mae'r gweinidogion yn disgwyl i bobl ddod atyn nhw. Adeg y Streic, roedden nhw'n cael bwyd yn Capel Bychan."

Teimlai Dai yn wahanol ar ôl cael awel y mynydd a mynd am y *Ponderosa* ar Fwlch yr Oernant ar y bws. Deuai yn ôl o'r mynydd wedi cael gwedd ffres ar bethau yn ei feddwl.

"Falle fod fy ngolwg i'n dirywio, ond mae'r atgofion yn dod â rhyw gydbwysedd yn ôl o hyd. Tase rhywun yn fy ngweld i fin nos wrth y tân – dw i wrthi yn adrodd rhyw bennill mae'n siŵr. Mae'n well na'r sothach ar y bocs. Dwi'n cofio'r Gweinidog ers talwm yn dweud pethau sylweddol fel: Ron i'n meddwl fod gwareiddiad wedi dod yn bellach na hyn."

Hanes y gwyliau yn Torquay oedd dan sylw gan Pauline pan ddychwelodd i'r Siop Goffi, a'i uchafbwynt oedd gweld *Annie* efo'r cast o blant bach. Ond lle'r oedden nhw ar y diwedd? Ac yna, hanes y *Faulty Towers* o westy a phawb fel delwau *Madame Tussauds* yn y Cinio Mawreddog oedd i fod. Yna, hi yn agor pecyn mawr o felysion yn y theatr ac yn eu gwasgaru er mwyn i bawb gael gwared ar flas y braster wedi ei sychu ar y golwyth cig oen oer gawson nhw i ginio ar y platiau claear. Diolch byth am y *courier* – Gwyddel oedd yn digwydd taro tant ddoniol yn Pauline. Yna, fe aeth y sgwrs at hen rigol a hen gur – Tŷ Iâl.

"Ma nhw'n mynd i godi ugain punt y pen yno am ginio Nadolig – does yna ddim synnwyr. Mi gafodd y Garddwr driniaeth lawfeddygol ar ei arddwrn, a wnaethon nhw ddim cymaint â chodi bys bach i godi ffôn. Mae amryw o'r tywyswyr yn dweud bod eu arthritis yn deillio o goridorau oer y lle. Mae'r Ymddiriedolaeth mor dda efo hen adeiladau, piti nad yden nhw mor dda yn trin pobl . . . A dydy'r math o sombïaid sydd ganddyn nhw'n tywys yno rŵan ddim run fath – maen nhw'n edrych drwyddoch chi."

Roedd Trwynog ond Swynol wedi codi stêm *"It's not on, she's been a good mother to him . . . You know where she put the knife don't you? . . .* Mae gen i griw yn dod i aros oedd yn gysylltiedig ag un o hen gapeli Pentre Cythraul, lle'r oedd y gŵr yn aelod. I feddwl fod yna ddigon o gapeli yno i gael Eisteddfod Gymraeg ym 1946. Mae gen i darian ar y piano. Mi ganais i'r solo *Who is Sylvia?* Dw i dal ddim yn gwybod lle uffen aeth hi! Beth bynnag, mae hi'n 150 o flynyddoedd ers sefydlu'r Achos, a dw i di prynu *quiche* gan Daniella ar gyfer y bwffe. Hei, fe fyddan nhw'n meddwl mai fi sydd wedi ei gwneud hi. Mi fydd hi'n benwythnos arbennig – mae na bobl yn dod o bob cyfeiriad. Dwi'n hoff o draddodiad."

"Haleliwia!" Gwaeddodd Croeseiriau.

Troai'r coed cefn ychydig yn fwy yn eu lliw bob dydd a gwelid wynebau yn adlewyrchiad llachar y ffenestr fewnol, â'r oren a'r brown yn llachar hongian am hir amser ar y breichiau y tu allan, yn gyndyn o ddisgyn eleni. Roedd y winc gafodd Lin gan Shaz yn siarad cyfrolau – yn dweud heb eiriau:

"Paid â gofyn i mi, fe fydd pethau'n iawn, rho amser i mi. Dwi'n gweithio efo'r genod, yn cael ambell i ffag gan Llidiart, ac yn dod yn ôl i'r hen ffordd o drin pobl wrth y til yn araf deg bach. Mae Amser yn gwella'r briw."

Bwldosiodd Carwen yn ôl i mewn efo manylion diweddaraf ei rhaglen radio ar yr orsaf nad yw'n bod. Yr wythnos hon, roedd hi'n mynd i wneud rhaglen am beryglon cyffuriau. Mae'r bobl ifanc yn ei charu ac mi wnawn nhw wrando arni yn sôn am beryglon byw fel Jimi Hendrix, Janis Joplin ac eraill.

"Dwi'n falch o ddod i mewn i'r caffi achos dw i newydd weld dau hen gariad o Uganda yn ôl yng Nghaerfantell ar gyfer dechrau cyrsiau coleg. Doeddwn i ddim yn gallu credu wrth eu gweld nhw yn dod i lawr y stryd. Mi ddeudais i wrth un: **Mae hi'n ddwy flynedd i'r wythnos ers i ni wneud y Prog.**"

Byddai Glenda yn ymddiried y Caffi yn gyfan i'r hen law medrus, Megan, er ei bod yn cymryd mwy o amser na neb wrth weini. Teimlai Glenda y gallent wneud yn dda ar fin nosau gan fod yr hen arddangosfa fodern, rydlyd a ddi-lun, yn mynd o'r diwedd, a'r un newydd yn addo bod yn fwy addawol. Deuai'r crefftwr hwn i mewn i fwyta yn aml, ac yn ôl y paratoi, roedd o am ddod â'r Môr yno. Tra'r oedd Glenda yn rhoi trefn ar y llyfrau yn hwyr y nos, roedd bobl yn dal i lusgo cerrig a phridd i mewn ar y llawr newydd, yn creu traeth, ac roedd tonnau'r arddangosfa yn rhwydi. Maes o law, byddent yn bigog ymestyn i'r nenfwd.

"O leiaf," meddai Llidiart, "fe fydd yr arddangosfa yma yn heddychlon. Fydd ddim ofn gen i y bydd rhyw botiau seramig yn malu. Dim ond isio i un *nutter* ddod i mewn i ganol rheiny. Dwi'n cofio'r arddangosfa efo'r ffigurau *papier mache*. Roedd hwnnw'n *tidy like*. Ond rŵan, mae'n nhw'n dod â'r tywod i mewn fesul berfa. Fydd hi fel Talacre yma."

Llwybreiddiodd un wiwer goch brin o'r coed yn nerfus, heb wybod lle i droi, nid felly rhai barus, cyffredin, llwyd.

Roedd Dai Owen ar fwrdd yr ynys heddiw, ac yn ei feddwl ei hun, yn pregethu yn un o hen bulpudau y Rhos. Capel Bychan oedd hi heddiw. Trueni ei bregethu oedd mai delfrydiaeth wiw oedd llawer ohonynt, ond roedd ymgais at wireddu'r syniadau yn realiti yn ei fywyd yn syrthio ar dir caregog.

"Mae pawb isio mwy y dyddiau yma. Does ne neb yn fodlon." Roedd yn anodd meddwl am y Caffi heb Dai, a'i gamau yn dychwelyd ar gylch bywyd i gamau plentyn bach unwaith eto. Cyn hir efallai, fe gai'r cysur o ildio'n llwyr i'r Rhos yn ei feddwl.

Chwedl Glenda, "Mae o'n rhy falch ers ei waeledd. Pawb sy'n ffonio mae o'n dweud wrthyn nhw yn union yr hyn mae'n nhw'n disgwyl ei glywed." Roedd yn sylw hynod o dreiddgar, ond roedd na un bregeth ysgytwol ar ôl gan Dai pan ddaeth i mewn efo'i ffon wen.

"Y gair gwaethaf a greuwyd erioed ydy'r gair 'Fi'. *All for one and all for me*. Fi, fi , fi. A hyd nes y dysgwn ni ddweud 'Ni', ddaw'r byd ddim yn ôl i drefn. 'Den ni'n mesur a phwyso popeth yn y glorian Fi – hyd yn oed ein gweithredoedd da. Codi hwn a hon yn y car er mwyn iddyn nhw ddweud ein bod ni'n gwneud yn dda ac yn helpu;

–Dyn c'redig dyw. Dim ond yn gwneud pethau er mwyn i bobl greu duwiau bach ohonom ni yden ni.

Mae'r Teulu wedi darfod rŵan. Pan oeddwn i'n fach,

roedd y teulu i gyd ene ar nos Sul yn capel – nid gyrru'r plant yn hwyr i'r ysgol Sul fel heddiw. Erstalwm yn Rhos, roedd pawb yn mynd i Gapel Calfaria fis Ionawr i'r Gymanfa Ganu. Wnawn nhw ddim croesi'r stryt rŵan. Ma nhw wedi anghofio am y wraig a'r *hatling* heddiw. Ar adeg y Streic ddaru neb farw o newyn yn y Rhos – rhannu oedd pawb, a hidio am y naill a'r llall, ond rŵan yn Rhos a phob rhos arall, mae 'ne gloeon ar y drysau. A'r Stiwt – y coliars yn rhoi ce'niog yr wsnos i'w adeiladu achos doedd eu cyflog nhw ddim mor haden yn nagoedd? Ers talwm byddai'r bobl drws nesa yn gofyn os oeddech chi isio rhywbeth pan oedd rhwfun ddim yn glên. Faint o bobl Dre heddiw yn eu c'lonne fyse yn hoffi cael rhwfun yn galw yn lle eu bod nhw ene yn eu hunigrwydd drwy'r tyrn?

Roedd fy hen gyfaill Jim yn gw'bad beth oedd tlodi – eto, chwarae efo'n gilydd, roedden ni heb wybod ein gwahaniaethau. Don i ddim yn meddwl dim am ei gario fo ar fy nghefn i'r ysgol gynradd heb sgidie ganddo am ei draed. Lle felly oedd Rhos. Fe gawson ni i gyd yr un dechreuad. Os oeddwn i wedi bod yn ddrwg, fe fuasai Dad yn fy nghyrru i'r gwely am wsnos ar ôl ysgol – ddaru o erioed fy nharo i, dim ond effeithio man lle'r oedd o'n brifo. Ac os oeddwn i'n hwyrach na phedwar o'r gloch yn nôl fy nhe Sul y pnawn, roeddwn i'n mynd heb de achos fod Mam eisiau dipyn o hoe cyn mynd i'r Capel am chwech. Byddai Dad yn adrodd hen bennill i mi;

Rhanna dy bethau gorau
Rhanna â thi yn dlawd . . .
. . . Rhyw eiddo bach yw eiddo'r dyn
sy'n cadw'i nefoedd iddo'i hun.

Rhywbeth fel ene. Un o'r hen feistri, ond dwi'n anghofio prun rŵan.

Y meddwl ydy'r dyddiadur gorau – ac er mai ychydig o amser sydd o mlaen i, mae na lawer iawn mwy i edrych yn ôl arno – a dene lle mae fy ngobaith. Tra pery'r cof, mi rydw i yn dal yn fyw hefyd. Mi gefais innau'r fraint o fyw yn Rhos yn ystod yr oes aur. Ac maw gyd wedi mynd. Bai fi a'm tebyg am beidio â mynd yn ôl. Dyna 'dyw. Be dwi'n ei wneud yn byw yn Dre? Ffitiach mod i yn Rhos. Ers talwm, roedd gan bobl Rhos dri pheth – Capel, y Stiwt, a'r Hafod. Mae galw'r lle yn Rhos rŵan yn sarhad ar y gorffennol. Does na neb y medri di bwyntio bys atyn nhw a deud;

–**Dene gymeriad.** Does gan neb ganol distaw llonydd heddiw. A fi sy'n deud nene am Rhos cofia, nid rhyw draws gwlad digwilydd. Fi, sy'n tynnu coes bobl Dre fod angen dangos Pasbort ar Allt y Gwter.

Mi oedd na ddyled o wyth cant dau ddeg ac un o bunnau yng Nghapel Calfaria yn y dauddegau, ac mi gawson nhw Apêl i gadw'r drysau ar agor. Mi roedd pobl yn gwerthu eu moch, a'r coliars yn rhoi eu pres. Mi roedd yn well gan bobl fynd heb fwyd na gweld y capel yn diodde. Fe glirion nhw'r ddyled erbyn Sul y pnawn, ac efo'r arian oedd yn weddill, gwneud mygiau i gofio clirio'r ddyled – i gofio'r aberth a'r dathlu. Fyse neb yn gwneud nene heddiw. Ar y Sul, mae na chwech mewn festri oer yn cadw'r adeilad i fynd, ambell i gonsart i hel pres. A lle bynnag oedd Caradog nos Sadwrn roedd o ene wrth yr organ ar y Sul. Dyletswydd. Ers talwm, y Gweinidog oedd llais y werin a'r undeb, ar y blaen yn gorymdeithio efo'r glowyr adeg streic, yn mynd â'i waith i ganol clwyfau ei oes. Yr unig beth sydd ar ôl ydy'r fynwent. Mi aethon ni â'r hyn oedden ni wedi'i etifeddu gan ein rhieni – y gymdeithas – efo ni pan gawson ni addysg

–*How are you?* 'di rŵan os wyt ti'n lwcus, yn lle;

–**Lle ti di bod yn cuddio uffern?** Mae 'ne sôn am roi llond o arian Ewrop i wella'r pentre – maw 'di dod ugain mlynedd yn rhy hwyr ffŵl. Ma na rai yn gweithio'n galed ond chawn nhw fyth y peth byw na yn ôl. Fydde pawb yn edrych ar ôl eu pobl os oedd 'ne swydd yn mynd

–**Iawn machgen i, gad ti o efo fi.** Rŵan, does neb yn hidio.

Does ne'm byd fel Melin Trefîn a Chlychau Cantre'r Gwaelod heddiw. **Cwm tecaf y cymoedd yw** a chlychau Aberdyfi – roeddwn i'n sidro am rheiny un noson. **Nid yw'r felin heno'n malu.** Dw i ddim yn deall y stwff newydd 'ma. Fysech chi ddim yn deud

Mae Wil yng ngharchar Rhuthun

a'i wraig yn malio dim. Fysech chi'n defnyddio rhyw eiriau hir, ffansi a neb yn eu deall nhw. Lin fach, dech chi'm yn sgwennu i'r werin heddiw. Dwi'n cofio *Daffodils* Wordsworth, a *Macbeth*. **Out brief candle, out!**

Y pethau ddysgais i ar yr aelwyd ydy fy atgofion i rŵan. Ar fy ôl i, fe fydd ne hen lyfrau yn y fflat ene – croeso i ti eu cael nhw Lin – dwi'n gwybod fod gen ti ddiddordeb yn y Gymraeg. Dim ond bod ti'n deall mai'r hen bethau ydyn nhw. Ma nhw'n hen ond mae gynnon nhw dal rywbeth i'w ddweud.

Fydde nhad wastad yn deud **Planna hadau pan wyt ti'n ifanc i gael cysgod pan wyt ti'n hen.** Dydy pobl ifanc heddiw yn plannu diawl o ddim byd. Dene'r pethe sy'n fy nghadw i fynd . . . dyna pam dw i dal yma . . . yr atgofion gafodd eu plannu ymhell yn ôl.

Mae Jim ar fy meddwl i heddiw. Mi ddaeth Jim i'r byd yn unig a mynd oddi yma'n unig. Mi fyddai wrth ei fodd yn dod i mewn i'r Caffi difie efo'i atgofion. **Ti'n cofio hwn? Ti'n gwbad. Oedd o'n byw yn ymyl** . . . a'i gof yn fyw ar hyd fap y gorffennol. Beth fydd gan blant y presennol i'w gofio? Meddylia; wedi bod i lawr yr Hafod bob dydd am ddeuddeng awr, yr unig beth gwerth meddwl amdano oedd nefoedd. Mi roedd capeli mawr a bychan yn golygu rhywbeth 'radeg honno. Rŵan, dim ond gwybod lle maen nhw mae pobl, os wyt ti'n lwcus. Wrth ymyl y siop fideo uffen, drws nesa i'r 'Pryd ar Glud'.

Yn Rhos erstalwm mi roeddwn i'n byw acw a Jim yn byw ene – dau fyd gwahanol yn gweld pethe o gyfeiriadau gwahanol. Roedd o'n byw mewn tŷ a siambar ym Mhentrefelin, a 'radeg honno, roedd Pentrefelin yn wahanol i weddill Rhos – lle'r oedd pobl yn gynefin â thlodi. Fe fuo farw ei dad a'i fam, ac aeth Jim i ofal. Fe fu i Jim farw yn unig, ond roedd o yn gyfoethocach na fi achos fod o yn gwbad be di tlodi. Roedd o wedi gweld ochor ene i'r wal. Mi roedd o'n cofio cael bwyd yma ac acw yn y dyddie pan oedd festrïoedd capel yn cynnig çymorth, ac yn cofio caredigrwydd pobl adeg y Streic, yn cofio mynd i lawr i Riwabon â'i gap yn ei law.

Caled yw fy nhamaid bara.

Ro'n i'n lwcus; fe ges i gefnogaeth rhieni, ond aeth Jim ddim i *Grammar School*. Roedd na amryw un tebyg iddo fo – dwi'n cofio Harri Bellis – roedd ganddo fo fwy o frêns yn ei draed nag oedd yn fy mhen i – ond o'dd i Dad o'n yfed bob nos, ac yn bedair ar ddeg oed, talent fel ene'n mynd i lawr Pwll Gresfford. Gwastraff a thrasiedi, achos fe gafodd Harri Bellis ei ladd, ond dene i ti rwfun galluog, ac wedyn rhwfun fel fi yn cael y cyfle i fynd yn fy mlaen.

Dwi'n cofio helpu malu ffenestri Melin y Pant, a phump yn cael eu galw o flaen yr athraw, ac un yn cael y fath gurfa, a'r plant wedyn yn dial ar yr athro – yn tynnu ei blanhigion a'i goed o i gyd yn Rhiwabon. Ma nhw'n deud fod dial yn felys, ond dydy o ddim. Dyna un peth dwi'n difaru. Mae o efo mi byth. Roedden ni'n hogie drwg weithiau – yn dilyn llwybr y trên o Pant i Blas Bennion oherwydd fod o'n *short cut*.

Dro arall, mewn Cwarfod Pregethu yn Capel, roeddwn i i fod – fy nhad yn gapelwr mawr – ond roeddwn i yng nghefn sinema y Stiwt uffen yn smocio. Dim byd mor gryf â'r Capstan Full Stength dw i arnyn nhw rŵan. Mi ddaeth yr athro ata i y diwrnod wedyn a gofyn

–Lle'r oeddet ti neithiwr?

–Yn y Cwarfod Pregethu. Roedd Dad ene – gall o brofi hyn.

Celwydd golau. Mi rôn i'n gythrel mewn croen, yn disgwyl mynd i lawr y Pwll yn bedair ar ddeg oed, ond mi ddywedodd fy nhad – **Na**, a 'nghyrru i yn ôl i'r ysgol. Wedyn, mi weithiais i yn fform 4 a 5.

Doedd tlodi heb guro Jim – fo oedd piau ei dŷ o frics coch Rhiwabon, yn y stryd ddisylw yn y Dre. Fe gafodd ei fagu yn Rochdale, yna dod yn ôl at adre, ac roedd o dal yn y Rhos er fod o'n Wrecsam achos fod y cof dal ene. Mi ddaeth o'n ôl i weithio i'r gwaith brics, yna i'r Bers ac wedyn ar y bysus, ar y Crosville. Mi welodd o lond o bethau ac roedd o'n cofio cymeriadau fel Bob Herrings.

Roedd Jim o ddifri efo'i atgofion, fel y cap a'r tasl anghyffredin wedi ei glymu i'w ben.

–**Wyt ti'n cofio?** Roedd Jim yn cofio yn well na fi achos ei fod o yn cofio o'r ochr ene. A dyna pam dwi'n edmygu Jim, ac yn mynd i'w golli o. Ei hanesion o am yr Achos wedi bygro yng Nghapel Gobaith ac am y Plismon yr hen gythrel, yn dwyn dillad ar ôl i rwfun dorri ffenest Siop Crecy.

Dim ond y ci oedd gan Jim – y ci roedd o'n sôn o hyd ei fod o am fynd â fo at y milfeddyg achos fod o'n hen – ond y ci na allai wynebu lacio gafael arno. Mi ysgrifennodd I. D. Hooson yr holl flynyddoedd yn ôl am Wil yng ngharchar Rhuthun a neb yn malio amdano ond Fflach y milgi chwim. Roedd Jim yn Wil arall, dim ond mai *terrier* oedd ei gi o. Prin fod pobl y dref yn ei ddeall o – meddwl ei fod o'n od oedden nhw.

Falle mod i di cael cyfle i ddysgu dipyn bach mwy o Sa'sneg, ac am lenyddiaeth Gymraeg, ond mi roedd gan Jim hanes Rhos yn fyw ar ei leferydd, gan mai fo oedd hanes go iawn y pentre. Dyna'r werin i ti, a does na neb o'i sort o ar ôl yn Rhos rŵan, dio'm ots faint o bres Lotri gawn nhw. Neb. Fo oedd yr olaf un, yn marw'n alltud yn y dref, heb neb i'w edmygu. Rhos oedd yr un man ar wyneb daear lle nad oedd o'n cael ei ystyried yn rhyfedd. Y werin dlawd – nid rhai a gafodd fywyd hawdd fel fi.

Gwerin y graith, bonedd pob gwaith
A pherthyn i honno rwyf fi.

Cyn i mi fynd o'r hen fyd ma, mae'n rhaid i mi gael gafael ar Salmau'r Werin eto, ond fedra i yn fy myw a chofio pwy sgwennodd nhw.

Dwi'n clywed Jim rŵan;

–Dwi'n gweiddi Cymraeg ar y ci 'Tshid yma uffen' neu weiddi 'Doro fyny'. 'Sneb yn deall Cymraeg yn Dre. Fe fydd eco yr ychydig eiriau hynny gan Jim wedi tewi rŵan yn hwyr y nos ar Bradley Road. Hen Jim.

Wel, adre â fi rŵan, **Mi geisiaf eto ganu cân** . . . Dwi'n mynd i'r gadair siglo wrth y tân beth bynnag, a falle nad oes gen i dân glo hyfryd, mi wnaiff y tân trydan bach y tro. At hanesydd y pyllau glo efallai heno, efo'r tâp mae Carwen wedi ei ddarllen i mi. Er, mae gen i hen ddigon o dapiau yn fy mhen tae hi'n dod i hynny. Cofio Gwaith mawr Dodd – yr unig beth da a ddaeth allan o Goedpoeth erioed! Ia – o Wlad y Derods uffen! Dio'm yn llyfr gaiff ei daflu i'r tân yn nac ydy? A hefyd mi fydda i'n meddwl am golli Jim, a ffaelio ei weld o difie'r pnawn o hyn allan.

–**Wyt ti'n cofio Dai?** Dim ond dy gofio di heno Jim, a gwbad mai ffrind gorau dyn ydy ei atgofion."

Doedd gan neb lun o Dai Owen – fynnai o ddim tynnu un hyd yn oed yn ei annwyl Rhos fel petai ganddo ofn cysylltu ei hun ormod â'r presennol creulon. Dai, â rhywbeth yn gwisgo canol ei ddwy lygaid i'r byw bellach.

"Dwi'n gorfod mynd i glinic llygid mis Ebrill nesa. Meddylia'r disgwyl sydd gen i – ar ryw restr dros y gaeaf. Dwi'n poeni am y bobl fyddwn i'n arfer eu gweld nhw ar y stryt yn Dre yn ffaelio â dallt pam mod i'n mynd heibio iddyn nhw. Bydd y Nadolig yn anodd, yn methu gwybod pwy yrrodd y cardiau.

–**Be uffen sy'n bod efo fo?** Ond fedra i ddim eu gweld nhw. Mae na lawer gwaeth na fi. O leia mae gen i do dros fy mhen. Mae na wastad rhywun gwaeth. Os fedra i gredu nene.

Os na fedri ddyfod drosodd
Danfon lythyr, Deio bach."

Dechreuodd hymian emyn dôn yn hunanfeddiannol, a'i sain yn lledu drwy'r Caffi:

Pan fyddo'r don ar f'enaid gwan yn curo,
Mae'n dawel gyda Iesu wrth y Groes.

Arddangosfa newydd yn cyrraedd ei phenllanw – rhwydi glas, glas golau, gwyrddlas, a gwyrdd tywyll dwfn dan lif-oleuadau. Ar y rhwydi, yn cyfleu y tonnau, gwelir tai tryloyw fel petaent yn Nhywyn, Abergele ar drugaredd y llif elfennau, ac yn hollol fach a dibwys o'i gymharu â'r tonnau enfawr. Breuder dyn yn wynebu'r tonnau. Bu'r cynllun yn cadw artist oddi ar y strydoedd, a rhywsut, roedd yr adeiladwr fel y cymeriadau oll yn y Caffi yn ceisio nodded rhag stormydd a rhwystredigaethau bywyd, eisiau canol y corwynt lle'r oedd hi'n ddistaw.

Daeth Lin a Iest i mewn â newydd syfrdanol yn gloywi o'u hwynebau – roedd Lin yn disgwyl plentyn, ac roedd hi'n fodlon. Mi fedrai y byd addysg aros amdani am flwyddyn neu ddwy.

"Mae pobl yn deud *That'll clip your wings* ond wnaiff o ddim – mi fydda i'n fwy penderfynol o ddod yma, ac yn gallu bwydo'r babi efo sŵn y piano a cherddoriaeth, ac fe fydd ganddo fo neu hi ddigon o ewythrod, gan gynnwys ewythr newydd – Rhisiart. Mae o wedi llenwi'r gofod a adawyd ar ôl Noel, a gwn ei fod yntau hefyd mewn cysylltiad â Noel ym Manceinion ac yn berson mor annwyl a doniol. I feddwl fod yr holl fisoedd wedi cael eu gwastraffu o beidio â'i adnabod yn llawn pan oedd o efo Mrs Cwricwlwm Cenedlaethol. Dyna golled. Mi allen ni fod wedi bod yn ffrindiau mor dda yn llawer cynt.

Beth am fedyddio'r plentyn yma yn y Siop Goffi? Gobeithio wnaiff o droi allan yn *Arty*." Wedi dweud y newydd da wrth bawb, roedd hi yn poeni am Noel eto ar ôl clywed adroddiad gan Rhish fod o'n ddigalon. "Mae ei bersonoliaeth o yn gallu bod fel Southport – mae'r môr wastad allan yn Southport – a ninnau eisiau i'r llanw fod i mewn o hyd. Mi ddaw yn well dwi'n siŵr Rhisiart."

"Dwi'n mynd i'r cwrs Opera arty ma ym Manceinion a dwi'n llenwi fy mhen yn llawn ohono, gan mod i wedi gweld fod yna fwy i fywyd na gwaith. Dyma fy ffordd i o ddygymod efo'r gweddill, ac mae'n gyfle hefyd i wneud yn siŵr fod Noel yn iawn." Dangosodd Rhish y Pish y fath dirionedeb yn y sefyllfa hwn, ac roedd Lin wedi amau fod ganddo ganol meddal beth bynnag. Er iddi ffieddio a phitïo Mrs Cwricwlwm, ni fedrodd ddrwg leicio Rhish. Ni fynnai yntau grybwyll ei henw hyd yn oed ar ôl iddo ei hadnabod yn iawn.

Roedd Zanzibar yn ei ôl wedi diddori trwy gydol yr haf yn y Gwersyll yn Skegness. Roedd un neu ddau wedi dod drosodd i fwynhau ei berfformiadau o'r *Butlins* crand ar draws y ffordd i'w wersyll o. Ond roedd y pres yn dda.

"Does na ddim digon o hud yn Nghaerfantell, er mod i'n dyfeisio fy Sioe Gonsurio ar gyfer oedolion rŵan. Mi 'swn i'n gallu bod ar fordeithiau wedyn yn lle yn eistedd ar fy nhîn dros y gaeaf. Dwi'n edrych am asiant gwahanol hefyd – ddim yr un sy'n trefnu y walk-ons yn *Brookside*. Tra'r oeddwn i'n disgwyl i 'nghariad newydd i, Petula, ddod o'i gwaith modelu yn y Tec, mi ddaeth na blentyn bach ata i efo disgleirdeb yn ei lygaid a deud:

–**Ti ydy Dyn yr Hud!** Roedd y frawddeg yna'n gwneud y cyfan mor werthfawr. Mae'n rhaid ei fod o wedi ngweld i ym Mhrestatyn erstalwm. Dw i di prynu *vodaphone* rhag ofn fod pobl isio cysylltu yn gofyn am fy ngwasanaeth, achos fe wnes i Sioe Hud mewn canolfan yng Nghaer oedd yn llwyddiant mawr. Efallai y medra i ddod â dipyn o hud yn ôl i'r hen Gaerfantell.

Neu *Panto*, beth am *Panto* fel yr un wnes i yn Trekko Bay World efo'r cawr mawr yn cael ei herio gan Zanzibar y Consuriwr? Petula sgwennodd sgript hwnnw i mi ar ôl i mi adael fy ngwraig a'r hogyn bach i fynd efo hi i Trekko Bay."

Synnodd Jessica Fardd bawb nad oedd yn ei hadnabod drwy ddatgan ei bod am ddiweddu ei hoes fel lleian drachefn. Yna, daeth ag albwm newydd hyfryd o *Supa Snaps* i'w ddangos i bawb.

Lluniau wedi eu chwyddo mewn maint ohoni hi yn fronnoeth ar ei thaith *impromptu* efo Adonis o'r Gymdeithas Dylunio Byw y llynedd.

"Mae un bron yn fwy na'r llall. *It's a case of Have boobs will travel.* Roeddwn i'n disgwyl i nheulu i ymateb yn fwy cadarnhaol ar ôl mynd â'r albwm ar y bws i ddangos iddyn nhw.

– 'Mam mae gen ti bar anferth o tits,' a finna'n meddwl fod yr haul a'r awyrgylch wedi hydreiddio pob mymryn o'm bod. Doedd gan bobl ddim rhwystredigaethau yno fel ein cymdeithas ni.

Rhaid i mi brynu llawer mwy o foron. Dw i newydd ddarllen erthygl sy'n dweud y bydda i'n gweld yn fwy eglur os wna i gratio mwy o foron i mewn i'm cyri nosweithiol. Ddaru'r optegydd ddim gwadu hyn pan fues i'n cael fy mhrawf llygaid – dim ond ychwanegu moron at ei restr siopa fo'i hun. Os gymra i un bob dydd fe fydd fy llygaid yn blydi disgleirio yn y nos. Fedra i fynd i erlid pobl yn Suicide Close fel *Return of The Zombies.* Fuaswn i wrth fy modd yn chwalu eu hen fyd siofenistaidd, syllu-tu-ôl-i'r-llenni nhw."

"Ydech chi'n dal ar agor?"

Cais gan ddieithriaid wrth y drws, a Megan yn eu hateb

"Dan ni fatha'r *Windmill Theatre* yn ystod y rhyfel – wastad ar agor."

A daeth plentyn bach gwallt golau i weu ei ffordd o amgylch y byrddau, yn sgipio a'i fysedd o fwrdd i fwrdd. Edrychai'r hen gymeriadau eto'n ifanc.

"Mi alwa i'r babi yn Llidiart Fanny Roberts!" Yna difrifoli bendigedig Lin. "Dwi'n mynd i gadw Dyddiadur o'r geni, a'r argraffiadau yn ystod y dyddiau cynnar, a'i gyflwyno fo i'r babi ma pan mae o neu hi yn ddeunaw.

Does na ddim byd yn mynd i newid rhyngom ni gyd yma. Yn y Caffi dw i ar fy mwyaf real. Does dim rhaid i mi olygu rhannau allan o'm cymeriad yma" a rhoddodd gusan sydyn, dyner ar foch Rhisiart, cyn cilio'n anorfod at yr hyn oedd yn ei disgwyl.

DENG MLYNEDD YN DDIWEDDARACH

Y Werddon,
"Popeth dan yr Unto",
Caerfantell.
5. 12. 2008.

Hospis Paradwys,
Ymddiriedolaeth Terence Higgins,
Ffordd Rhydychen,
Manceinion.

Annwyl Rhish,

Sut mae? Sut wyt ti ers tro? Maddau'r ffurfioldeb, ond roeddwn yn benderfynol fod hwn yn cyrraedd pen ei daith, gan dy fod ti yn symud cymaint ym Manceinion. Roedd gen i syniad go dda lle'r oeddet pan oeddet ti'n golygu *Between The Sheets* efo Healthy Gay Manchester, ac yn hyrwyddo'r Cerdyn Disgownt, ond ar ôl i ti symud i'r Hospis mi gollais i drac! Mi ges i'r awydd mawr yma i ysgrifennu atat ti, ysgrifennu ar bapur ac nid gyrru e-bost. Gobeithio dy fod ti'n iawn. Dydy o'n beth rhyfedd, a ninnau wedi treulio blynyddoedd yn y Caffi heb dorri gair. Dw i'n falch ein bod ni'n dau wedi dal yn ffrindiau da beth bynnag, yn ffrindiau drwy Noel mewn ffordd. Gobeithio fod dy waith gofalu arbennig yn mynd yn ei flaen, dwi'n siŵr dy fod ti â ffordd arbennig efo dioddefwyr AIDS. Ti fu'n graig i Noel yn ei wendid a'r salwch a'i llethodd. Roedd gennych *rapport* hyfryd rhyngddoch a weithiau roeddwn i'n cenfigennu oherwydd ei fod yn berthynas mor arbennig – roeddech chi'n brifo eich gilydd weithiau hefyd, ond eto, roedd popeth o fewn terfynau. Ar ddiwedd y dydd, roeddech chi'n gwybod fod gennych barch at y naill a'r llall. Y peth annwylaf oedd peidio â dweud rhai pethau wrtho, ei ddiogelu. Byddai dweud wedi ei ddinistrio. Pan dyfodd difaterwch y gymdeithas fe glosiaist tithau. Fe driniaist glwyfau aml i *queer bashing* cyn iddo ddod i'r

Hospis. Beth yn fwy all pobl ei ddisgwyl mewn bywyd? Noel – y cyntaf o giang y Caffi i farw, a hynny yn bedwar deg chwech oed.

Mi weles i Noel unwaith ar ôl iddo gael y newydd fod ganddo AIDS, ond fues i ddim yn ddigon dewr i fod yn graig iddo yn ei ddirywiad – yno yn y ffosydd fel petai. Mi ddaeth ei salwch â'r dur allan ynot ti. Buost yn ddewr i adael y swydd ddysgu gyfforddus a mynd i wneud gwaith lle'r oeddet yn cyffwrdd yn llythrennol â bywydau pobl. Yn cyfathrebu. Fyddai dim llawer wedi aros yno wrth ei wely ac yntau wedi ei barlysu i lawr un ochr, ac wedi'i ddallu mewn un llygad. Roedd cryndod clefyd Parkinson's hefyd yn gafael. Roeddet ti'n mynd yno cyn ei farw yn y Pasg, ac yn dodi blodau nad a yn angof ar waelod y gwely. Roedd o'n medru gweld lliwiau drwy'r niwl.

Mae fy hogyn bach, Osian, yn ddeg oed rŵan ac er mod i'n dod yma i Gaffi Gwerddon 'Popeth dan yr Unto', mae yna ddigon o bethau i'w gadw fo'n ddiddan yn y siop enfawr. Er mwyn i mi gael ysgrifennu hwn atat, mae Iestyn yn cyflawni ei rôl fel Dyn y Ganrif Newydd ac yn gwneud y siopa i gyd, ac efallai y bydd o i ffwrdd am awr neu fwy gan mai dyma'r ganolfan gymdeithasol rŵan. Dwi'n athrawes rhan-amser, ond dw i dal i hel caffis pan ga i gyfle, ond mae hi'n chwith ofnadwy ar ôl Y Caffi. Roedd hi mor bersonol yno bob dydd, hyd yn oed os mai codi llaw drwy ffenestri yn unig a wnaem ar rai. Rhyfedd, mi ddwedson ni gyd y bydden ni yn rhoi ein cyrff ar y ffordd i rwystro'r lle rhag cau, ond wnaethon ni ddim. Mae tyfu yn golygu Cyfaddawdu yn tydy?

Dw i wedi bod yn meddwl llawer iawn am y Caffi gynt a'i gymeriadau. Rŵan, mae gweld y lle fel Canolfan i'r We – 'Caffi Cyberia' – lle medrwch fynd i syrffio'r We a chael paned bowdwr o beiriant yn unig, yn fy nhristáu yn fawr iawn. Lle i gael cysylltu efo'r byd, ond rŵan does neb yn siarad â'i gilydd o fwrdd i fwrdd. Y Briffordd Wybodaeth fyd Eang, ond dim troi i lawr y lonydd culion a'r cul-de-sacs at gymeriadau'r Caffi gynt. Pentre byd-eang heb enaid na chyffwrdd. Twyll o gyfathrebu. Mae pawb yn Caffi Cyberia fel petaent ar fwrdd yr ynys efo'u byd bach ymsonol. Gadawyd i enaid y Siop Goffi farw'n oer ac unig ar batio y gaeaf. Ni sylwodd unrhyw un arno yno yn dawel tra daeth technoleg i reoli lle gynt bu cyfathrebu. Roedd pawb â gormod o ddiddordeb yn eu hadlewyrchiad eu hunain drwy'r gwydrau. Mae nhw wedi lladd ein Caffi ac fedra i ddim dioddef mynd i'r adeilad mwyach. Mi fodlonodd Glenda ar redeg un busnes yn y diwedd – sef bwyty *Brief Encounters* ynghanol Caer.

Pan fydda i'n gweld rhai o'r hen gymeriadau, mi fydda i'n cael peth o'u newyddion. Mi glywaist ti am Geoff annwyl yn cyflawni hunan-laddiad pan oedd llif y Clywedog yn uchel yn Erddig. Roedd pobman wedi cau iddo – Ysbyty Dinbych lle'r arferai fynd ddim yno mwyach, ac roedd Jessica yn euogrwydd i gyd am fynnu goriad ei fflat yn ôl oddi wrtho. Geoff yn cael ei rybuddio i beidio â mynd allan yn y nos yn mynd ei hun yn y diwedd. A Shaz gafodd y golled o du ôl i'r cowntar, mae hi wedi ail-briodi a symud i fyw i Telford. Roedd hi'n dechrau bywyd newydd a'i chariad yn garedig efo hi. Fe fyddai ganddi dŷ efo cegin fwy, ac efallai bod gwaith yn yr archfarchnad i lawr y ffordd. Roedd rhywun wastad yn cael yr argraff efo Shaz – er bod ei chymar newydd yn trio'i orau, ac yn annwyl tuag ati – nad oedd y tristwch gwaelodol o'r trywanu a ddigwyddodd ger Clwb Ffantasi yn cael ei sgubo ymaith. Y tristwch o golli anwylyn arbennig a roddodd iddi ei phlentyn. Roedd Derwyn yn fyw bob tro yr edrychai ar Dewi. Gadawyd bwlch ar ôl Shaz ymhlith y tystysgrifau, ac fe gyfeiriodd Glenda ato wrth esgus mynd â sbwriel i'r bin ar ôl rhoi ei rhodd ffarwel iddi. Petai Glenda'n fardd, fe ganai gerdd i'r bwlch ymhlith y tystysgrifau.

"Gewch chi'r gwydr yn ôl," meddai Shaz.

"Bygro'r gwydr," atebodd dyfnder Glenda, a welodd golli un a fu'n y Siop Goffi ers dyddiau ysgol. Mi gafodd ei gwerthfawrogi, ac roedd hynny'n fwy na llawer.

Mi ymddeolodd Megan yn sydyn pan ragwelodd beth fyddai tynged y Caffi. Diflannodd, ac eto, rwyf wedi cael cip arni yn crwydro strydoedd Caerfantell yn dawel, ac mae'n dal i fynd i'r theatr ac i'r Ganolfan Sinema Rhithwir. Roedd hi'n ddigon call, ac mi ymadawodd ag urddas. Gwnaeth *Exit* gweddus i seren.

Mi gafodd Lucille (merch Gwyneth) blentyn gan stiwdant ym Mhrifysgol Caerfantell, ond doedd hi'n methu delio efo fo ac fe gafodd ei fabwysiadu. Yna, mi gafodd hi ei breuddwyd – y *bedsit* – a phan nad oedd neb o'i chwmpas, cysgai efo Radio Cymunedol Y Caeau ymlaen drwy'r nos, i smalio bod rhywun yno'n llenwi'r gwacter. A Gwyneth ei mam – mae hi rŵan yn canlyn cyn-gariad Lucille, a'r tro diwethaf y gwelais i hi (paid â chwerthin rŵan) roedd hi'n teimlo fod ganddi *trickle* yn ei phen. *"I thought I was cracking up Lin"* meddai hi.

A Dolly, hen Dolly oedd yn trio edrych mor ifanc – wel mi gafodd ei chlefyd y siwgwr hi ei drin, ac mi fuo hi mewn cartref yn cael ei hedrych ar ei hôl am tua blwyddyn, ac mi welais i hi heb fod ymhell yn ôl yn edrych fel hen wraig go iawn – dim *stilettos* na gwallt gosod. Dim mwy o'r colur gormodol, achos roedd hi'n ymfalchïo fod ei gwallt ei hun wedi tyfu yn ôl – roedd tyfiant o'r newydd yn ei hanes a drechodd y treisio, ac roedd hi'n edrych yn llawer gwell. Dechreuodd ddod â bagiau lawer o siopa i mewn yn ddyddiol cyn cau'r Caffi, ac fe fyddai'n symud y siopa o un gadair i'r llall, ac yn gofyn i chi ei warchod â'ch bywyd os âi allan i'r lle chwech.

"Be ti'n neud Doll, yn chwarae *Musical Chairs*?" gwaeddai Llidiart arni. Roedd hi bellach yn trin ei bagiau yn annwyl fel ei breuddwydion.

"Tisio help llaw efo'r paciau 'ne?"

"Na, dw i di arfer rŵan." Dolly a'i phaciau i neb yn arbennig, a'i chefn yn crymu. Dychmygaf hi yn dosbarthu y cyfan hyd ei min nosau er mwyn cadw ei hunigrwydd yn gynhesach nag y bu yn nyddiau'r gwallt gosod. Tybed lle'r oedd hi bellach?

Mae Roc Trwm wedi graddio'n uchel mewn Celf ac yn cynnal gweithdai yng Nghanolfan Gelf hen safle'r Hafod, yn gobeithio ymestyn ei fusnes ei hun. Bydd rhywun yn gweld Roc Trwm a Celt ambell dro ar y stryd, ac fe fyddent yn dweud 'Helo', a sôn ambell dro am hen ddyddiau y Caffi. Mae rhywun yn byw fwy a mwy ar ei atgofion wrth fynd yn hŷn. Roedd Roc Trwm yn un o'r tirionaf o'r criw i gyd yn nyddiau cynnar y Caffi, a dyna pam roedd pawb yn hoff ohono, gan gynnwys Dai Owen. Mae Dai wedi ei gaethiwo i'w fflat gofal warden, heb eisiau cymorth na sylw unrhyw un. Diwedd trist i ddyn oedd mor fawr yn ein meddwl, efo'i syniadau cyfoes am addysg. Mae hi mor anodd dygymod â cholli golwg rwy'n siŵr, a rhaid i Dai fynd i storfa'r dychymyg os yw am weld band undyn yn mynd i fyny Allt y Gwter eto. Rhoddodd rai o'i lyfrau barddoniaeth i mi, un ohonyn nhw oedd "Salmau'r Werin."

Ti'n cofio Heulwen aeth i Sbaen – wel mae hi'n dal yno yn reolwraig Taverna, er i'w chariad hi gael ei ffendio yn y gwely efo'r *courier* o *Sunspinner Tours*. Mae hi'n wastad yn ei gael o'n ôl am ryw reswm, ac mi glywais i ei bod hi'n disgwyl babi. Mi fuodd yn fentrus, ac mae ganddi fwy o galon fawr na sgen i. Un felly ydy Heulwen, a fel y dywedodd un o'i chyd-weithwyr yng Nghaerfantell;

–Mae hi wrth ei bodd yno, yn galw'r lle yn gartref erbyn hyn.

Fe adawodd Croeseiriau fwlch ar ei ôl ar feinciau'r dref mor sydyn. Diflannodd yn fwy sydyn nad oedd ef ei hun wedi ei ragweld, er iddo olygu ei fywyd yn barod i farw – roedd ei bapurau yn y *bureau* wedi eu trefnu a'u twtio. Cafodd ei goffau yn wefreiddiol o gywir yng Nghapel y Graig fel y dyn rhyfedd, hunan ganolog yr oedd o, a bod meinciau y dref yn dlotach oherwydd ei gilio. Ond fe roddwyd her i ninnau yn eistedd yno'n gwrando – Faint ohonom ni aeth at y fainc i eistedd gyda'r dyn unig hwn am ychydig?

Mae o bellach allan o'i unigrwydd mewn gwlad sydd well. Diolch am ei fywyd, a heddwch i'w lwch o. Dyna'r Deyrnged orau glywais i erioed i unrhyw un mewn Capel, gan i'r person ddweud y gwir wrth goffáu.

Pethau rhyfedd ydy meinciau – byddwn yn eistedd arnynt am sbel â chwmni llon a gloywder yn ein llygaid. Dro arall, brwydrwn am le arnynt ganol haf, neu eisteddwn arnynt yn unigol. Tystiolaethant i'n dagrau a'n dyrchafiad ac fe dreuliai Croeseiriau oriau arnynt yn dilyn ei hoffter. Deuwn oll i eistedd ar feinciau am ychydig, ac wedyn fe awn gan adael bwlch y bydd dim ond ychydig yn sylwi arno. Dwi'n cofio Croeseiriau yn dweud "Dwi'n dod i gwblhau fy nghroeseiriau yma, ddim i gynnal clecs y llan. *Clap trap*. Mae 'ne ddwy o Rosddu wedi digio ar ôl i mi ddweud hynny wrthyn nhw. Ond *take it or leave it* ydy hi efo fi. Dwi'n hidio run mymryn amdanyn nhw. Dwi'n dysgu geiriau newydd bob dydd. Mae rhai pobl ffasiwn *Oddballs!*" Weithiau, roedd o ar gefn ei geffyl gwyn – yn sôn am grefydd. "Dw i wedi gweld y cwltiau 'ma yn cael eu cludo i ffwrdd i'r gwallgofdai. Fedrwn ni gyd ddim mynd i'r un man o addoliad – does ne'm digon o le." Y tro diwethaf i mi ei weld, roedd o ar fin dal bws i Aberystwyth am y dydd, a'i fag nodweddiadol yn ei law.

"Pwy a ŵyr na wela i yr hen weinidog a'i wraig?" Tybed a gyrhaeddodd? Fe adawodd Croeseiriau ddrama'r llawr heb orffen y croesair, heb lenwi'r llythrennau i gyd i mewn, heb ddeall ambell gliw cryptig, ond fe ddeallodd fwy na'r rhelyw ohonom, yn ei breifatrwydd pigog. Bydd gwestai tymhorol Bolton neu Minorca, a chyfarfodydd Bingo neuaddau bychain yn dlotach o'r cysgod hwn fu'n fflitian i'w cynteddoedd yn achlysurol. Byddai cynulleidfa cwisus teledu yn llai niferus. Dw i'n wastad yn cofio chwerthin pan ddeudodd o am *Mastermind:* "Pan mae'r golau a'r gwres arnoch chi dwi'n siŵr eich bod chi'n cael gwasgfa. Roedd o'n wastad yn dyfynnu Pope yn trafod Gobaith. Gobeithiwn ei fod yn y fro fwyn honno lle'r oedd pob croesair wedi ei llenwi, a dim un o'r cliwiau bellach yn cryptig, a Chariad annwyl yn gafael amdano, yn lapio amdano, fel na wnaeth neb erioed o'r blaen.

Fe aeth ymweliadau Pauline â Thŷ Iâl yn llai mynych, ond daliodd ei diddordeb mewn penwythnosau *Turkey and Tinsel* i'w hysbrydoli tua Llanduduno. Y tro diwethaf y gwelais hi, roedd hi wedi bod i dŷ ar lan llyn Winderemere oedd yn ei hatgoffa hi, o Dŷ Iâl yn y dyddiau da. Roedd cerdded wrth y llyn yn ei hatgoffa am y dyddiau pan roedd hi'n ddiogel i gerdded dros y caeau i'w gwaith tywys. Mae ei siarad dibaid yn dal i fod yn annwyl – yn gyfuniad rhyfedd o unigrwydd a'r ofn mwyaf sensitif o adael pobl i mewn i'w stafell fewnol. Fe barhaodd yn sengl yn ei fflat ddi-deledu, ac mae rhyw ruddin i'w diddymdra, rhyw falchder, rhyw foneddigeiddrwydd. Mi glywais i hi yn dweud wrth rhywun *"It's funny how people drop out of existence."* Ond ni allwn ei hanghofio hi, ac roeddwn yn hoffi ei hanesion am ei thripiau bws i Sir Fôn a sut roedd yr Americanwyr ar y daith yn trio ysgrifennu Llanfair P.G. *"Three go's and a 'ch'"* chwedl hithau.

Sôn am Landudno, fe ddiflannodd Carwen yno i ddechrau bywyd newydd, wedi ei gwisgo â gwallt ffug ac yn defnyddio enw gwahanol. Mi aeth yno i goleg y dychymyg, ac roedd yn achos trist iawn. A'r cymeriadau eraill – dyna i chi Trwynog ond Swynol a'i dywediadau bythgofiadwy *"I haven't been feeling myself recently"* ac *"I'm not a great lover of death."* Tybed lle'r oedd hi yn trafod yn uchel bellach – cofiaf ei geiriau am Noel:

"Tell me Lin, how come nobody snapped him up?" Ond roedd yn rhy

gymhleth i roi esboniad manwl iddi! Dywediadau anfarwol sydd bellach wedi tewi o'r Caffi!

A Zanzibar y Dyn Hud – y consuriwr efo'r ffôn llaw i ffonio ei asiant, neu yn bwysicach, i dderbyn galwadau di-ri ganddo. Clywais ei fod yn dal i wneud ei dymor haf yn Skegness, a gweddill yr amser yn disgwyl i freuddwydion hedfan heibio. Y diwrnod welais i o ar y stryd, roedd pob ffôn llaw wedi tewi, a dim asiant eisiau Zanzibar. Yn anffodus, ni lwyddodd ei hud i rwystro'r Siop Goffi rhag cau.

Mae'n anodd ysgrifennu beddargraff i'r Caffi wrth gloi y llythyr hwn, ond chyrhaeddodd y Siop Goffi mo'r flwyddyn 2005 cyn ei droi'n Ganolfan i'r We Fyd-eang, 'Cyberia'. Dwi'n swnio fel hen garreg fedd yn dweud "Persawrodd y munudau prin yma." Cyn i'r lle gau, fe ddeuai pobl ynghyd weithiau ar nos Wener, ac yn y dyfod ynghyd hwnnw ceid arlliw o'r dyddiau da, a deuai'r awel unwaith eto i oglais y parasolau ar y Cwrt. Cyn i'r lle gau, llwyddwyd i osod cofeb yn y Cwrt i gofio Morgan Llwyd, lle addas i gofnodi y "canol llonydd" y tystiodd yntau iddo. Dan ni gyd yn dal i geisio hwnnw er gwaethaf ein technoleg a'n soffistigedigrwydd. Efallai'n fwy fyth. Gallwn gyfathrebu â'r byd mewn amrantiad, ond ddim â'n cymdogion, ddim â'n tu mewn ni ein hunain. Ond ni lwyddwyd i arbed y Caffi, er gwaethaf ein geiriau, ni osodwyd ein cyrff ar draws y ffordd i rwystro'r datblygiad.

Rŵan, dwi'n eistedd wrth fwrdd Mega-Archfarchnad 'Popeth dan yr Unto'. Yn y Caffi hwn, ceir prydau parod y cwmni yn syth o'r meicro-don am bris cystadleuol bedair awr ar hugain. Daw ambell un i'r caffi yma a elwir Y Werddon, lle y cânt ail-lenwi eu *cafetières* coffi hyd nes iddynt ffrwydro o goffi cryf. Er gwaethaf y lliwiau golau hawdd-ar-y-llygad a'r oriau agor bedair awr ar hugain, dydy cymeriadau ein Caffi ni ddim yma. Pan welwn rywun o'r hen fyd yma, bydd y sgwrs yn llithro yn ôl at gymeriadau y Caffi *arall.* Er bod gwell bargen ar ambell bryd, ar ôl dipyn, mae'r cof yn mynd yn ôl at y cacennau bach, a'r bwyd cartref. Ffug yw Y Werddon hon, a bodloni mae pobl yma, nid mwynhau. Fe geir cerddoriaeth hawdd-ar-y-glust fel papur wal yma a'r *mini* disc cefndirol, ond dydy hyn ddim fel yr hen ganeuon a oedd gennym ar gyfer holl gymeriadau ein Caffi. Syllu drwy'r gwydrau mae rhan fwyaf o drwynau yr Archfarchnad yma at yr un rad ychydig i lawr y lôn gyda phobl yn cyrchu yno o raid. Mae hyn yn rhoi i rai rhyw deimlad o oruchafiaeth. Ni a nhw. Ac roedd pawb yn ni yn y Siop Goffi gynt.

Mae Nadolig arall yn nesau ac mae blynyddoedd er pan ddigwyddodd y pethau yno. Mae'r byd yn dal i droi, ond mae wedi newid llawer hefyd. Flynyddoedd yn ôl ar yr hen deledu, roedd 'na hen hysbyseb yn sôn am ail-greu y caffi lle cafodd rhyw wraig neu'i gilydd ei hoff sgon. Fatha Trwynog ond Swynol, oedd wastad yn fwy swynol yn y glorian. Trueni na allwn ni ail-greu ein Caffi ni, achos wrth fynd yn hŷn, y sylfaenol waelodol bethau sy'n bwysig. Dwi'n gwybod y medrwn siopa heb symud o'n sgriniau digidol gartref rŵan, ond ddim byw ydy peth felly.

"Mi ddylet sgwennu llyfr," meddai pawb, ac yn sicr mae pennod gwerth ei dweud am hanes y Caffi. Ni fuodd yn byw y bennod honno. Mae fy mab bach yn cymryd rhan mewn fersiwn promenad o'r hen ddrama ddirgel o Wakefield ar gyfer y Nadolig. Dw i dal i chwilio am –

"Rhyw newydd wyrth o'i angau drud ·

A ddaw o hyd i'r Golau." Dw i am drio canu geiriau'r carolau yn iawn eleni. Dwi'n falch fod dipyn o'r angerdd, dipyn o fwrlwm creadigol y Caffi wedi dod i feddiant Osian.

Wel, dwi'n falch fy mod i wedi medru sgwennu atat ti. Mi fuasen ni wedi medru bod yn ffrindiau yn llawer cynt tasen ni wedi cymryd y drafferth. Dyna un o drasiediau bywyd ynte, fod pobl ddim yn mynd i'r drafferth, ac wedyn mae o i gyd drosodd. Ond roedd y Caffi yn wahanol bryd hynny – roedd pobl yn mynd i'r drafferth yno. Er i atgofion rai droi'n bethau gwahanol bellach, erys cysgodion o'r hyn a fu arnom oll. A dyma fi ar fwrdd mewn caffi arall yn sgwennu hwn ar un o'r ysbeidiau hynny mewn bywyd – rhyw egwyl – pan mae'r meddyliau yn glir. Ac os wna i foddi digon yn nisgleirdeb y sbotleit ma uwch fy mhen, medraf ddychmygu fy mod i nôl yn yr hen ddyddiau, a ddigwyddodd ddim ond ddoe neu echddoe. Yn ôl yn y Caffi a fu'n ddrych i'n bwydau ni ac i'n cyfle ni.

Pob bendith, cofia e-bostio neu hyd yn oed sgwennu go iawn pan gei gyfle!

Dy ffrind bob amser,
Lin.

xx.